BBC
BOOKS

中世英国人の仕事と生活

Terry Jones' Medieval Lives

テリー・ジョーンズ　アラン・エレイラ
高尾菜つこ 訳

原書房

土地を耕す農民。『ラットレル卿の詩編』彩飾写本、14 世紀初頭、大英図書館。© British Library

楽器を演奏する人々。オルガンと中世の弦楽器ハーディガーディを引いている。『ラットランド詩編』彩飾写本、1260 年頃、大英図書館。© British Library

国王ヘンリー二世と対立し、王宮の騎士に暗殺されるカンタベリー大司教トマス・ベケット。象牙の浮き彫り、1400 年頃、メトロポリタン美術館。

上：王冠をかぶった男性とヘッドドレスを着けた女性がバックギャモンに興じている。『ラットレル卿の詩編』彩飾写本、14 世紀初頭、大英図書館。© British Library

下：ワット・タイラーの反乱軍と会見するリチャード二世。ウィリアム・ウォルワースがタイラーに斬りかかろうとしている。フロワサール『年代記』彩飾写本、1460 〜 80 年頃。大英図書館 © British Library

中世英国人の仕事と生活

目次

序章

「この配管ときたら、まったく中世風だ！」――テリーの父親は、古くさいとか、時代遅れとかいった悪い意味で、よくmedieval（中世の）という言葉を使ったそうだ。これは無骨で役に立たないもの、野蛮なものに対する罵《のの》りの言葉だった。今日の新聞にさえ、「まさに中世のような残酷さ」などという見出しが載っていたりする。

本書は、中世がじつは残酷ではなかったとか、水洗トイレの導入によって何か大切なものが失われたとかいったことを証明しようとするものではない。そうではなくて、ただ中世という時代に対する色眼鏡を捨てて、新しい見方をしてもらいたいのである。新しい眼鏡をとおして見ると、まず「中世」そのものがひどくぼんやりしていて、あるのかないのかわからないことに気づくだろう。せっかく眼鏡を新しくしたのに、よく見えないなんて……と思うかもしれないが、がっかりするのはまだ早い。

そもそも中世とは何か？

medieval（中世の）とは、中世に属するという意味である。もちろん、当時の人間は誰もその時代が中世だとは思っていない。彼らにしてみれば、どの時代の誰もがそうであるように、つねに現代に生きていたわけだ。

現代と古代の間に「中間の時代」があったとする概念が最初に登場したのは、一四六九年にジョヴァンニ・アンドレアという司教が書いた手紙だった。ルネサンス期の人々の多くがそうだったように、彼もまた壮麗な古代ギリシア・ローマの世界に傾倒し、古典世界こそが文明の唯一の礎《いしずえ》であると思っていた。彼は時代が古代の価値観に回帰しようとしていることを喜ばしく思い、それゆえ何とか古代をmedia tempesta（中世）と切り離そうとした――それは中世が古代と「当時」の間に横たわる荒涼とした時代、世の中が泥と無知にまみれた時代だったからだ。

「じつはあなた自身がその中世に生きているんですよ」と言ってやりたいところだが、それでは彼があまりに気の毒だろう。

一方、middle agesという言葉が最初に英語に登場したのは一七世紀だった。これはただの時代区分の言葉ではなく、当初からある評価をともなっており、その評価は今も一七世紀と変わっていない。つまり、紀元四世紀（あるいは五世紀か六世紀）からルネサンスまでのmiddle ages は、ヨーロッパが無知と迷信に満ちた封建社会にあり、歴史の塵となるべき停滞時代にあったというわけだ。中世の人々はおとぎ話のような世界に生き、科学にも正しい知識にも触れることなく、封建大領主たちの専制支配のもとで生涯を過ごした、ということになっている。

最近では、この中世という「期間」を、イングランドがノルマン人に征服された一〇六六年までの Dark Ages と、そこからヘンリー・テューダーが王冠を手にする一四八五年までの Middle Ages に分ける傾向がある。しかし、たとえこの区分が今日の教育現場で正式に採用されているとしても、それを「事実」として考えることには慎重であるべきだ。実際、それはまったく事実ではない。それはただの便宜上の区分であり、歴史家が考え出した手段にすぎないのだ。

もちろん、歴史的な「時代区分」が役に立つ場合もある。歴史家の多くは、その後の時代の流れを左右するような決定的瞬間や歴史の転換点を重視し、その意義を議論する。たしかに、歴史はつねに変化しており、同じことが繰り返されることはけっしてない。このことを否定するのは馬鹿げているし、過去の歴史を「時代区分」というフレームにはめ込まなければならないというルールもない。しかし、一〇六六年のヘースティングズの戦いは、イングランドの歴史において、きわめて重大な転機になったことは間違いない。

ところが、学者たちは一〇六六年以前のイングランドにも封建制度は存在したとか、征服王ウィリアム一世はイングランドの法律をほとんど変えなかったとか、ノルマンの侵略前後で戦争の形はそれほど大きく変わらなかったとか、さらには、イングランドはノルマン征服によって少しも変化しなかったなどということを熱心に証明しようとする。しかし、ハロルド二世がヘースティングズの戦いで敗れたとき、イングランドが根本から変わったことは明らかであり、私たちの誰もがそう確信している。

イングランドの男性貴族の少なくとも半分、おそらく四分の三は、一〇六六年から一〇七〇年までの間に死んだ。残された家族は土地や財産を奪われ、寡婦や娘たちの多くはウィリアムの臣下と結婚させられることを避けるため、女子修道院へ逃げ込んだ。ロンドンの町は焼き尽くされ、ほかの多くの町もあちこち破壊された。農業経済は広範囲にわたって荒廃し、北部では抑圧が飢饉をもたらし、人々は共食いをするまでに追いつめられた。

これはとてもなかったことにはできない事態であり、ノルマン征服はまさに取り返しのつかないほどの変化をもたらした。イングランドはスカンディナヴィアの勢力圏から永久に切り離され、フランスに縛りつけられた。ノーサンブリア伯のワルセオフのように、これに抵抗する者たちもいたが、彼は失敗し、ウィリアムを追放しようとするデーン人の企てに加担したかどで一〇七六年に処刑された。結局、時計の針が戻されることはなかった。

ワルセオフの吟遊詩人だったソーキルは、古ノルド語でこんな哀歌を書いている。

ウィリアムは冷たい海峡を渡り
きらめく剣を赤く染め

今、高貴なるワルセオフ伯を裏切った
イングランドでの殺戮《さつりく》はまだまだ終わらない

「中世」がいつから始まったかもそうだが、いつ終わったかについてはさらに議論の余地がある。四〇〇年もしくは五〇〇年後、一〇六六年に匹敵するような大きな転機があったとすれば、それはいつだろうか。一四八五年八月二二日、ボズワースの戦いでリチャード三世が敗れ、ヘンリー・テューダーが勝利したとき、イングランド王位をめぐるヨーク家とランカスター家の長きにわたる闘争に終止符が打たれ、大いなる権威をもって新たな王朝が開かれたことは確かだ。だが、それは一〇六六年の変化とは比べものにならない。何と言っても、当時のイングランドは、新しいやり方と異なる言語をもった新しい民族への全面的服従を強いられたのだ。

しかし、すべてが後戻りできないほどに変化した瞬間がひとつあった。それは一五三六年、ヘンリー八世が修道院の解散を命じたときである。一〇六六年、ウィリアム一世はイングランドの土地の四分の一を教会に与えていた。つまり、彼の征服はイングランドをフランスばかりか、ローマにも縛りつけたのである。

修道院解散の頃までに、イングランドには約五五〇もの修道院があり、そこにいる修道士たちは「教皇の軍隊」と呼ばれていた。

当時、ヨーロッパ全体が急激な変化のなかにあり、カトリック教会というひとつの普遍的組織の分裂は、その変化をもっとも顕著に象徴していた。イングランドにおける修道院の解散は、そうした変化がもたらした劇的な結末だった。宗教のインフラそのものが一変し、やがて誕生したイングランド国教会は、ローマ教会によって築かれた社会とはまったく異なる社会を生み出すことになった。

西ヨーロッパはすでにそれまでとは違う国民国家の発展へと突き進んでおり、ローマとの決別は、イングランドでのそうしたプロセスをより確実なものにした。政治的観点から言えば、教皇の旗印のもとでウィリアムに征服されたイングランドでは、ローマはもはやいかなる権威ももたなかった。また、言語の観点から言えば、それまでラテン語が学問の言語、フランス語が支配階級の言語とされていたイングランドで、英語という自国の言語がそれらに取って代わった。何世紀にもわたって積み重ねられてきたイングランドの法律や慣習も、大陸の束縛を離れ、ついには教会法から教皇の管轄権が排除された。それから数年間、イングランドはヨーロッパ大陸における唯一の領地だったカレーを保有しつづけたが、英仏海峡はかつてないほどに両者を大きく隔て、「海外」はそれまでよりはるかにかけ離れた国となっていた。

ひとつの長い時代が、まさに終わりを迎えたのだった。

中世の人々とは

便宜上、本書では「中世」（実体として存在したことはない）を一〇六六年から一五三六年までとし、この四七〇年間について話すことにする。

ただ、四七〇年というのは、中世の終わりから現在までと同じくらい長い期間である。当然ながら、これほど長い年月の間には状況も大きく変わる。同じ中世でも、一一世紀半ばの人々は、一六世紀初めの人々とはまったく違う世界に生きていたはずだし、同じ景色のなかで同じ生活を送っていたはずもない。したがって、「中世の暮らし」について話すとは言え、これだけ長い期間をカバーしているという点を考慮して、内容に関しては多少割り引いて解釈する必要がある。

そのあたりをうまく加減し、中世に対する固定概念を捨てれば、当時の人々の暮らしがぐっと身近に感じられるはずだ。それは社会や政治に関するさまざまな問題について、現代にも大きな影響を与える決断がなされた時代である。つまらない固定概念のせいで、何世紀にもわたって蓄積されてきた中世の芸術や議論、思想、文学、そして発見の数々が、歴史の塵として忘れ去られてきた。だが、素顔の中世はじつに魅力にあふれており、私たちがそれを失ったままでいるのはもったいない。

一〇六六年から一五三六年までに生じたあらゆる変化のうち、おそらくもっとも重要性が低いのは人口の変化だろう。一〇六六年のイングランドには約二〇〇万、一五三五年には約三〇〇万の人々がいた。古代ローマ帝国がブリテン島を支配したローマン・ブリテンの時代には四〇〇万から五〇〇万の人々がおり、一三〇〇年頃には人口は約六〇〇〇万人に増加した。だが、飢饉や病気（黒死病も含む）、そして各家庭の労働生活の変化によって、一四五〇年までに人口は半減し、なかなか回復しなかった。

一方、本書における「中世」に生きたこの二〇〇万から三〇〇〇万の人々が、いったいどんな人々で、どこに住み、どんな暮らしをしていたかについては、時代とともに大きく変化した。一〇六六年と一五三六年の王国の様子をそれぞれスナップ写真に取ったなら、そこにはきっとふたつのまったく異なる世界が写っているだろう。

一一世紀半ば当時、町に住む人々は人口のわずか一〇パーセントにすぎなかった。ウィリアム一世がつくらせたイングランドの土地台帳『ドゥームズデー・ブック』によれば、住人が二〇〇〇人以上いれば、そのコミュニティーは「町」と見なされたが、当時はそうしたコミュニティーが一八しかなかった。ロンドンでさえとても小さく、現在のシッティングボーンほどの広さしかなかった。イングランドは完全な農業国で、司教たちも村を拠点としていた。

また、当時は富が今日よりもずっと少数の人々の手に集中していた社会でもあった。『ドゥームズデー・ブック』の調査を分析したところ、ブリテン島の住人の約一〇パーセントは奴隷で、彼らは金で売買され、みずからの財産を所有できなかった。その上の労働者階級──小屋住み農（cottars）、ボーダー（bordars）、隷農（villeins）──は、人口の七五パーセントを占め、領主の所領に縛られ、賦役の義務を負った。そして残りの五パーセントが、土地に関するかぎり、すべてを所有していた。

ノルマンの侵略は、イングランド社会の階級区分をそれまでよりさらに明確にした。教会以外で読み書きを習える場所はほとんどなく、出版された書籍は修道士たちが苦労して手で書き写していた。支配階級は、下層階級と言語も文化も異なっていた。また、イングランドは一種の戒厳令のもとに営まれ、侵略軍のメンバー（ノルマン人）が殺された場合、コミュニティー全体がその責任を負わされた。

しかし、一六世紀初めまでに、これらはすべて過去のものになっていた。奴隷制はとうの昔になくなり、農奴制も実質的には消滅し、土地は地代を払う自由農民によって耕されていた。町は独自の憲章と独立した寡頭制民主主義をもつ重要な都市の拠点となっていた。しかも、多くの人々はそうした町がすでに時代遅れで、それを運営する自治体が古代の特権にしがみつき、新たな産業への取り組みを妨げていると考えていた。

というのも、当時、すでにイングランドに繁栄をもたらしている新たな産業発展があったが、それらは地方や、自治体に属していない非公式の町に見られたからだ。

一方、ロンドンは主要な大都市となり、そこには多くの職人や商人、そして高度な教育を受けた法律の専門家が集まっていた。ロンドン市民の約六〇パーセントは読み書きができ、印刷による書籍の既存市場もあった。

ただ、イングランドはひどく法律万能主義の社会で、ちょっとしたことですぐに裁判になった。そのため貧しい者たちでさえ、金持ちに対して法を行使することができた。訴訟手続きは英語で行なわれ、陪審員による裁判も定着していた。

本書で紹介するのは、これといって変化がなかった時代の話ではない。一〇六六年から一六世紀初めにかけて、イングランドが大きく変化した時代の話である。それは絶えず変化する世界に生きた人々の物語なのだ。

ルネサンスがつくり出した「中世」

一六世紀に入っても、イングランドの建築家たちは、彼らにとって「現代的な」建築様式だったものに依然として夢中だった――過去三〇〇年から四〇〇年にわたって大流行した、高くて、明るくて、軽快なゴシック建築である。しかし、矛盾するようだが、それは現代的とは言いながら、どこか時代遅れでもあった。大陸では、時計の針を戻して、古代ギリシア・ローマの古典様式がもてはやされていた。ルネサンスはけっして新たな再出発ではなく、回顧的で保守的なものだった。

やがて、世間の流れからやや取り残された感のあるイングランドでも、そうした古典回帰の風潮が抗しがたいものとなった。こうして古典を美化し、現代性を拒絶することによって、ルネサンスはローマ帝国時代に戻るための心のかけ橋を築き、その間に横たわる沼地を漕がずに渡れるようにした。この沼地こそ、まさに中世だった。

「ルネサンスが中世を生み出したのは自己を定義するため、啓蒙主義が中世を長くとどめたのは自己を賞賛するため、そしてロマン派が中世を復活させたのは自己から逃避するためだった。こうして幅広く枝分かれした『中世』は、現代世界でもっとも一般的な文化的神話のひとつを形成した」（ブライアン・ストック、『文書に耳を傾けて *Listening for the Text*』）

「ルネサンス」という言葉は、「中世」と同じくらい無意味な言葉とも言えるが、当時の人々が実際にその言葉を使ったという点は評価できる。この言葉は、一四世紀のイタリアの詩人ペトラルカによってつくり出されたもので、彼はローマ帝国崩壊後から自分が生まれるまでの時代に生きた人々を、「暗黒時代」の住人と呼んで非難した――「彼らには後世に伝えるべき独自の文化が何ひとつなかったにもかかわらず、後世の人々からその先祖伝来の遺産を奪った」。イングランドがルネサンスに追いついた一六世紀半ばには、それは本質的にはすでに終わっていた。歴史家たちによれば、イタリア・ルネサンスが終わりを迎えたのは一五二七年五月六日、スペイン軍によるローマ略奪のときだった。

しかし、中世が闇と無知の時代であるという概念は世界に放たれ、消えることがなかった。スイスの歴史家ヤーコプ・ブルクハルトの名著で、一八六〇年に出版された『イタリア・ルネサンスの文化』（新井靖一訳、筑摩書房、二〇〇七年）によれば、中世の人々は個々の人間でさえなく、何らかの一団のメンバーとしてしか存在しなかった。ある章のタイトルは「個人の発展」である。そのすぐあとに大作『イタリア・ルネサンス *Renaissance in Italy*』を出版したイングランドの作家ジョン・アディントン・シモンズによれば、現代の歴史は自由の歴史であり、この自由を獲得するために、人々は中世の闇と束縛からルネサンスの栄光へと飛び出す必要があった。

一九世紀後半のロマン派は、彼らがイメージする中世の神秘的な光と闇に興味を抱き、だらりとした奇妙なローブと実物大の鎧を身につけ、キャンドルを手にして、そこへ探検に出かけた。そして彼らがもち帰ってきたのは、白馬の騎士と囚われの乙女、不敵な無法者と悪い王様、悪魔と手を組む錬金術師と清らかな聖人、虐《しいた》げられた農民と狡猾《こうかつ》な吟遊詩人を描いたおとぎ話のような絵画や物語だった。

こうした空想の世界には、歴史の変化などという概念はなかった――中世は本質的に永遠に変わらないものだった。ブルクハルトが中世の特徴とした個人としてのアイデンティティーの欠如も、この時代を固定概念によって理解したほうが便利でわかりやすかったからだ。やがてそうしたイメージは一般化され、今ではそれが中世イングランドの世界と誰もが思い込んでいる。しかし、それは一九世紀の画家や小説家が、二〇世紀の映画会社と結んだ非神聖同盟によってつくり出した架空の歴史世界なのである。

本書は、こうした固定概念のいくつかを検証し、解体して、それを実際の世界に生きる実際の人々の姿に置き換えようとするものだ。この四〇〇年余りの年月の真の姿は、ステレオタイプのイメージよりもずっと面白くて、感動的で、驚きと刺激に満ちている。

一三世紀の地図製作者がつくった奇妙な世界「地図」——いわゆる「マッパ・ムンディ」——には、胸に顔があったり、大きな一本足を頭上にかざしたりする怪物が住む世界が描かれているが、もちろん、これは製作者が実際にそんな世界に生きていたということではない。同じように、一九世紀に中世イングランドをイメージした者たちは、しばしば過去の題材を文字どおりに受け取りすぎたため、偏った空想世界が構築される結果となった。

フランスの歴史家アラン・ブーローによる近年の著書に、『領主の初夜権 *The Lord's First Night*』というかなり笑える作品がある。封建領主には家臣の婚礼において、新郎より先にその新婦と同衾《どうきん》する権利があったという昔話の真相を調査したものだが、『フィガロの結婚』からメル・ギブソンの『ブレイブハート』まで、これは野蛮な封建時代を象徴する究極のテーマだった。もちろん、こんな慣習は完全な空想であり、十字軍の遠征に出る騎士たちがその妻につけさせたという貞操帯と同じようなものだ。

しかし、この droit de seigneur（初夜権）についての言及が、中世の史料に見られたことは確かである。ただし、それは一四世紀、王の支持者たちが地元領主への抗議の材料に利用した古代の風習として記されていた。

要するに、本で読んだことを何でもかんでも信じてはならないということだ。

第一章——農民 Peasant

中世の農民と言えば、史上もっとも過酷な仕事と思われがちだが、そもそも農民の記録はほとんど残されていないため、私たちがそう推測しているにすぎない。ただし、ここにひとつ例外がある。一三八一年の夏、農民たちはイングランドの歴史に深い爪痕を残した。

それはまったく驚くべきものだった。どこからともなく、何万という「農民」たちがロンドンに集結した。「ケントやエセックスの最下層の民衆」[1]からなるふたつの大きな武装集団が、ロンドン市の城門を突き破り、暴動を起こした。彼らはジョン・オヴ・ゴーントの邸宅や、聖ヨハネ騎士団の小修道院を中心とする建物のいくつかを破壊した。翌日、ロンドン塔へ押し入った反乱者たちは、大蔵大臣だった小修道院長をはじめ、カンタベリー大司教、大法官、さらにその他の要人数名を引きずり出し、タワー・ヒルで首をはねた。

それはイングランド史上、最初で最後の大規模な民衆蜂起だった。

その日の終わりまでに大虐殺が繰り広げられた。ある場所では、首を切り落とされた死体が約四〇体も山積みにされ、「市内には殺害された死体が横たわっていない通りはほとんどなかった」。大司教の首は、頭蓋骨に司教冠が釘で打ちつけられた状態で、ロンドン橋にさらされた。

もちろん、これはいわゆる「農民一揆」だった。詩人で年代記編者のジャン・フロワサールは、事件からまもなくして、フランス北部や低地帯諸国の宮廷の読者に向けて記録をまとめた。そのなかで、彼はイングランドの農民がどういう連中で、彼らが何に不満をもっているのかをこう説明している。

「イングランドでは、ほかのいくつかの国々と同様、貴族が民衆に対して大きな権力をもち、彼らを拘束しておくことが慣例となっている。つまり、民衆には領主の土地を耕し、穀物を収穫し、脱穀し、もみ殻をより分けるという義務がある。また、干し草を刈り入れ、木を切り、薪を割る必要もある。彼らは領主のためにこうした務めをすべて果たさなければならず、貴族だけでなく、高位聖職者に対してもこうやって仕えている。イングランドではそうした労役がほかの国々よりも多く、とくにケントやエセックス、サセックス、ベッドフォードといった州では、ほかのどこよりも過酷だという。

そのため、これらの地域に住む者たちはしだいに不満を募らせ、こんなことを言い出した——われわれはあまりにひどい抑圧を受けている。この世の始まりに奴隷はいなかったはずだ。悪魔が神に対してしたように、領主に対して逆らったわけでもないかぎり、誰も奴隷のように扱われるべきではない。ところが、今の状況はどうだろう。われわれは天使でも精霊でもなく、領主と同じ人間であるのに、彼らから家畜のごとく扱われている。とうとうこれに耐えられなくなった民衆は、自由のために立ち上がり、領主のもとで何らかの働きをした場合、その対価が支払われることを要求した」（『年代記』、第二巻、第七三章）

ただし、フロワサール自身はこの反乱にまったく共感せず、農民に不満を抱くようなことがあるとは考えなかったようだ。実際、彼は農民たちの暮らしは楽すぎるとし、問題は「すべて民衆の富と安楽のせいだ」と述べている。とは言え、彼の記述は、農民の暮らしが貧しく、卑しいものであるというステレオタイプをいっそう明確にしてくれた。

そもそも「村」とは、荘園領主がその隷農（villeins）を拘束しておく場所であり、彼らは土地そのものか、あるいは人的役務に縛られて、妻子とともに粗末なあばら家に住んでいた。彼らは自分のためにも働いたが、週に三日までは領主のために働き、（その収穫の一部を納め）さらに作物の一〇分の一――十分の一税――を教会へ献納しなければならなかった。

獣のように粗野で教養がなく、みすぼらしい――私たちのイメージする中世の農民は、そんな哀れな姿をしている。たしかに、こんな野蛮で卑しい下層階級の連中に、騒ぎを起こすだけの余裕を与えるのは危険だというフロワサールの見解には、妙に納得がいく。

しかし、「農民」に対するこうしたイメージの大半は、まったく事実と異なる。実際、あまりに事実と異なるため、歴史家の間ではもはや「農民一揆」という呼び方はされず、フロワサールの記述も信用されなくなっている。むしろフロワサールのほうが、社会評論家としてあまり信頼できないことがわかってきた。

混沌のなかの秩序

その反乱は、残忍な扱いを受けた半奴隷たちの愚かな暴動ではなかった。それは高度に組織化され、緻密に計画された行動だった。第一に、イングランド各地でほぼ同時に蜂起が起こったことは、農民たちに大規模な組織力があったことを意味する。また、年代史の興味深い報告によれば、フランスに対する沿岸防衛を維持するために、ケント勢のリーダーはこう命じたという――海から約六〇キロメートル以内の場所に住む者は行軍に参加せず、敵国から沿岸地域を守るために残ること。

さらに、反乱者たちが選んだロンドンの標的は、そこでの暴力行為が明確に計画されたものであることを示している。最初の標的となったジョン・オヴ・ゴーントは、宮廷の嫌われ者に対する庶民院の弾劾を邪魔した人物で、自分が王位に就こうとしたのではないかと疑われていた。ケントの反乱者による最初の要求は、農奴制に触れてさえいなかった。彼らがまず求めたのは国王と庶民院への忠誠であり、ジョン（すなわちジョン・オヴ・ゴーント）という名の国王はいらないこと、動産の一五分の一という従来の徴税以外の課税はいらないこと、そして誰もが招集に応じて反乱に加われることを求めた。

六月一四日、反乱者たちはロンドン市郊外のマイル・エンドでリチャード二世と会見した。そこで彼らは、「裏切り者」の引き渡しをはじめ、農奴制の廃止、適正賃金で働く権利、そして地代の減額を含む要求を提示した。農民問題も争点の一部にはなっていたが、それが筆頭にあったわけではなかった。

三日目までに議論はさらに進展し、もはや革命的な展開となった。反乱を率いたワット・タイラーは、農奴制の廃止にくわえ、法外措置の禁止、「ウィンチェスター法」(伝統的な慣習法)以外のすべての法律の撤廃、国王と大司教をのぞく国家と教会における貴族制度の完全撤廃、さらに教会領地の没収と分配を求めた。

反乱者たちによる破壊行為の標的は、記録文書が保管されている場所――大修道院や小修道院、法律家の住居――だった。この事件を伝えるトマス・ウォルシンガムの年代記には、かつてのカンボジアでポル・ポト派が多数の知識人を虐殺した「イヤー・ゼロ」を思い起こさせるものがあり、そこには多くの悪意や捏造が含まれていた一方で、多少の真実もあったと思われる。

「彼らは古い記録をすべて焼き払おうとした。新旧の文書の内容を知っていたり、それを記憶できたりする者はみな惨殺された。書記官だと知られるだけでも危険だったが、手近にインク壺があったりするととくに危険だった。そうした者たちは反乱者の手からほとんど逃れられなかった」(『イングランド史 *Historia Anglicana*』)

しかし、この反乱は知識や教養に対する総攻撃というわけではなかった。破壊されたのは厳密に法律文書だけで、それ以外の文書は多くの場所で無傷だった。つまり、反乱者のうちの少なくとも何人かは字が読めたということだ。

では、もし農民たちが粗野で無学でみすぼらしい、田舎の「ルンペンプロレタリアート」（階級意識に欠け、労働意欲を失った浮浪的な貧民層）でなかったとすれば、彼らはいったい何者だったのだろうか。

農民の住宅事情

peasant（農民）という言葉は中世の英語では使われなかった。それはフランス語のpaysanに由来し、この語はたんに田舎の男性または女性を意味する。当時、領地で働く者たちは自由農、あるいは小屋住み農（cottars）や小自作農（smallholders）、隷農（villeins）といった農奴の身分にあった。フロワサールが言っている農民とは、この最後の「隷農」のグループで、半自由農である彼らは領地を勝手に離れることができず、領主に賦役の義務を負っていた。おそらく一三八一年当時、イングランドの男性の三〇パーセントはこの隷農だったと思われる。

農民はひと部屋だけの粗末な「あばら家」に住んでいたとよく言われる。しかし、中世のさまざまな村の遺構には、こうしたみすぼらしい住居の痕跡は少しも見られない。歴史家のクリストファー・ダイアーによれば、「発掘された村のほとんどは、おもに頑丈な住居で構成されている」。実際、ダイアーの言葉を借りれば、「私たちが探すべきなのはちっぽけな建物ではなく、標準的なサイズながら、使われている素材の質や量、あるいは大工仕事のレベルによって、より裕福な者たちの家とは区別される建物である」。

しかし、たとえ最下層の半奴隷が頑丈な家に住んでいたとしても、彼とその哀れな大家族はそこですし詰めにされ、ひもじい思いをしながら、身を寄せ合っていたのだろうか。祖父母やおじ、おば、姪、甥が、本当に入り乱れて暮らしていたのだろうか。

おそらく、そうではないだろう。

確かな証拠が示すところによれば、当時の農民たちは私たちと同じように核家族で暮らし、プライバシーを重んじていたようだ。すでに一二世紀には、ごく小さな田舎家にも上の部屋があったようで、一四世紀初めまでには多くの人々がこうした家に暮らしていた。いずれにせよ、個室のある家の住人は、家族の目を気にせずに暮らせたというわけだ。農民がプライバシーを重んじていたという推論は、ほかの考古学的証拠からも引き出せる――少なくとも一三世紀、彼らの家には堀（や生け垣、柵など）がめぐらされ、ドアには鍵がつけられ、家財も鍵つきの収納箱にしまわれていた。

では、隷農（villeins）とはどんな種類の農民だったのだろうか。彼らは守るだけの価値がある何をもっていたのだろう。あばら家からは、ピューター製の卓上食器類、釉薬《ゆうやく》をかけた鉢、さいころ、トランプのカード、チェスの駒、サッカーボール、楽器、「ナイン・メンズ・モリス」のボードゲームなどが発掘されている。また、当時の人々は私たちが思っているよりずっとましなものを食べていたようだ。証拠によれば、彼らはパンとチーズだけでなく、豚肉、ラム肉、牛肉、果物、野菜も食べており、内陸の村においてさえ魚を食べていた（ヨークシャーのワラム・パーシーの廃村で魚の骨が発見されている）。

どうやら農民の暮らしに対するこれまでのイメージは間違っているようだ。

ワラム・パーシーの遺構は驚きに満ちている。その村は整然としており、考古学者たちはアングロ＝サクソン時代にさかのぼる初期の村の痕跡が見つかると期待していた。ところが、そうした名残はどこにもなかった。ワラム・パーシーは『ドゥームズデー・ブック』に載っているものの、村そのものが出現したのは一二世紀末頃だったようだ。その地域の農民たちは、それまで周囲に点在する農場や村落に住んでいた。

これではまるで、一一世紀以前のその地域には村がほとんどなかったかのようだ。この奇妙な事実とノルマン征服の間に関連性があったかどうかはわからないが、村の創設が荘園制度と関係があったことは確かなようだ。つまり、村は地元の領主によって、その隷農のためにつくられたということだ。

農民の地位

ノルマン征服当時、農村に住む人々の多くは完全な意味での奴隷だった（そして『ドゥームズデー・ブック』によれば、一〇八六年でも人口の約一〇パーセントは同じく奴隷だった）。これは王が土地保有者として据えたノルマン人の大領主たちにとって、満足できる経済的分布ではなかった。こうした荘園の領主たちは、土地を所有する代わりに、王に対して兵役を果たすことを期待された軍人だった。彼らはイングランド人に土地を耕させることは望んだが、彼らを食べさせ、面倒を見るという責任は望まなかった――これは奴隷をもつことのデメリットのひとつである。そのため領主にとっては、農民が家族で「村区」に住み、小作人として集団で働いてくれるほうがよかった。小作人は領主に対する労役をしていないときにわずかな土地を耕し、これで生計を立てなければならなかった。この労役が彼らの地代だった。

こうした人々が隷農と呼ばれる農民だった。隷農制（villeinage）は一〇六六年以前から発展しはじめたが、ノルマン人がそれを強力に推し進め、奴隷制は数世代のうちに消滅した。ほかの西ヨーロッパの国々に比べて、イングランドではこの制度がより普及していたと述べている点で、フロワサールはおそらく正しかった。

荘園領主の多くは複数の荘園をもっていたが、ほとんど戦いに出ていて留守だった。そのため、彼らは荘園の管理を誰かに任せる必要があった――というより、隷農に代わりに管理してもらう必要があった。これは荘園裁判所をつうじて行なわれ、土地をどう耕すかをはじめ、植えつけや収穫の時期（隷農は広い開放耕地にいくつかの地条をもっていた）、各人の土地の境界、さらに異なる耕地で家畜の放牧が許される日などが決められた。裁判所を取りまとめていたのは領主の家令（steward）だったが、各役人を務めたのは村から選出された隷農で、さまざまな決定も村人からなる陪審によってなされた。そこには全体を監督する代官（reeve）や、作物を見張り、違反者を裁判にかける柵の管理人（hayward）などがいた。家令（steward）の仕事は、裁判所に運営方法を指示することというより、領主の利益（さまざまな支払いや果たされるべき務め）を守ることだった。

実際、荘園裁判所は領主に罰金を科す権限をもち、よくそれを行使していた。ノッティンガムシャーのラクストンに残された記録によれば、共有地に土を放置したとして、裁判所が領主に罰金を科した。ハートフォードシャーのオルベリーの農民たちは、領主のジョン・パテモアに拘束され、家畜を奪われたとして、一三二一年、その不当な仕打ちに対して議会に申し立てまで行なった。

村によっては完全自治の政治的実体に近いものもあり、まさに農民による農民のための運営がなされていた。隷農は、規則をひそかに無視することで権威に抵抗し、役人としての影響力を利用したり、法律を都合よく変えたりして制度を巧みに操った。たとえば、あの有名なノッティンガムシャーのゴタム村は、住人たちの知恵と度胸で伝説となった。

一二〇〇年頃、国王ジョンがノッティンガムの町の近くに狩猟小屋を建てると言い出した。

ゴタム村の住人たちはこれがどんな影響を及ぼすかを悟った――王が小屋へ行くのにこの村を通るとすれば、その道は国道とされ、新たに税金を払わされることになる。

そこで彼らはどうしたか。何と村全体で頭がおかしいふりをしたのである。村人たちはカッコウが逃げ出さないように茂みを柵で囲ったり、うなぎを溺れさせようとしたり、池に映った月を熊手で引き寄せようとしたり、チーズを丸くするために丘を転がしたりしたという。当時、狂気は伝染すると考えられていたため、村中が狂人ばかりというアイデアは効果てきめんで、作戦は大成功したようだ。

隷農は愚かでも無力でもなく、じつは国を動かしていた。主人である領主は隷農たちのやり方や伝統を尊重しなければならず、荘園では年二回、ご馳走を用意して彼らの労をねぎらうのが慣例だった――恩寵賦役（boon work）には酒が出るもの（wet boon）と出ないもの（dry boon）があった。今どき、年二回も極上ディナーをご馳走してくれる雇い主がどこにいるだろうか。

ワラム・パーシーでは、領主が教会の近くに整然と並んだ家々を農民たちに提供し、土地はきちんと計画された耕地につくり変えられた。パーシー一族かチェンバレン一族（どちらもこの村に一定の権力をもっていた）が所有していた領主の館は、一二世紀に建てられた壮麗な屋敷だったが、やがて打ち捨てられ、取り壊されて、その場所にはいくつか農家が建てられた。

ウェールズのコスメストンには、当時の農民たちがなかなかの暮らしを楽しんでいた証拠がもっとある。ほとんどの家族が住んでいたのは、プライバシーを守るために柵や堀がめぐらされ、部屋がふたつある家だった。代官（reeve）――荘園裁判所の全体を監督する隷農――の住居からは、石油ランプや釉薬をかけたフランス製の陶器が発掘されたほか、特殊な水差しが見つかったことから、彼がみすぼらしいどころか、コース料理の合間に手を洗うような優雅な暮らしをしていたことがうかがえる。その家には衣装だんすがあり、少なくとも一脚の椅子があり、木の床があった。さらにテーブルクロスと燭台もあった。

代官が寝ていたのは床を高くしたベッドで、驚くほど快適な木製の枕がついていた。小箱の鍵が見つかっていることから、彼は大切に保管しておくような物ももっていたようだ。薬草――ノミヨケ草――はベッドに虫を寄せつけず、蜂蜜の入った椀は虫捕りとして使われていた。そこには屋外トイレもあり、排泄物は定期的に収集され、家畜の糞尿とともに肥料として利用された。

この場所で硬貨が見つかったことは、貨幣が流通していたという証拠であり、この村が完全な自給自足経済ではなかったことがわかる。実際、一三世紀以降は地代が労役ではなく、貨幣で納められるようになり、これは隷農がほかに売るだけの作物を余分にもっていたことを意味する。そして地代を払ってもなお、彼らには村の商店で物を買うだけの金が残っていた。

彼らはまた、宿屋のなかにある居酒屋で使う金ももっていた。ほとんどの村は飲み水が乏しかったため、エールは生命維持に不可欠で、松やにを塗った革製のジョッキで飲まれていた。

多くの場合、エールの醸造は、夫を亡くし、土地を耕すことが困難になった女性にぴったりの仕事だった。しかし、隷農のなかには、もっと気取った好みをもつ者もいた。コスメストンの村では、フランス製のワイン瓶の残骸が発掘されている——農民たちはフランスの輸入ワインを味わっていたというわけだ。

こうした事実は、中世の農民の暮らしに対する私たちのイメージと大きくかけ離れている。これを説明するためには、中世がどんよりと停滞した時代ではなく、変化と発展に満ちた時代だったことをまず認識する必要がある。

サバイバルの日々

一一世紀、農民たちの暮らしは最低水準にかなり近いものだった。一年の仕事は一〇月に始まり、休耕地だったところを耕し、ならして、小麦やライ麦の種が蒔かれた。その目的は、この作業を一一月一日の「諸聖人の祝日」までに終えることだった。そこそこ豊かな農民で、村の三つの共同耕地に分散した三〇エーカー（約一二万平方メートル）の土地をもっている場合、そのうちの一〇エーカー（約四万平方メートル）は休耕地だった。理論上、一エーカー（約四〇〇〇平方メートル）は一日で耕せる土地の広さとされた——一般に、地条（strips）と呼ばれる耕地片四つ分にあたり、それぞれに五つの長い畝間（furlongs）が一面に伸び、各畝間の末端で鋤の向きが変えられた。つまり、地条ひとつが四分の一エーカー（約一〇〇〇平方メートル）だった。

そうした農民は五週間でこの作業を終える必要があり、鋤で八四マイル（約一三五キロメートル）を耕し、同じくハロー〔馬鍬〕で土をならした。しかも、週のうち一日は神に捧げられ、最大三日は荘園領主に捧げられたため、この作業ができるのは一五日間だった。これは妥当なように聞こえるが、実際のところ、一日に半エーカー（約二〇〇〇平方メートル）しか耕せないことも少なくなかった（鋤のトラブルやそれを引く牛馬のトラブル、あるいは雨で土がぬかるんだり、地面が凍りついて耕せなかったりした）。

畑の耕作は二月二日の「聖母マリア清めの日」に再開された。「三圃《さんぽ》制」と呼ばれる農法で、耕地を三つに分け、ひとつを休耕地にして輪作が行なわれたため、前年はライ麦や小麦の畑だったところが、翌年はオート麦や大麦、エンドウ豆などの豆類の畑として耕され、三つ目の耕地は休耕地にされた。この作業は復活祭までに終えることになっていた——理想は三月二五日までだったが、四月末まで続くこともあった。長く厳しい寒さが深刻な問題となることもあった。

一一世紀では、肥沃な土地の場合、最大限に期待できる収穫量は、トウモロコシなら一エーカーにつき八ブッシェル（約二九〇リットル）だった。取り入れの際のロスや家畜用の餌、さらに教会への十分の一税と領主への納入分を差し引くと、正味の収穫量はその半分かそれ以下だった――しかも、二ブッシェル（約七三リットル）は種トウモロコシとして取っておかなければならなかった。全体的に見て、農民は五人家族を養い、そのうえでわずかに残るだけの収穫はあったが、それはあくまでも畑の耕作や作物の成熟、収穫に何も問題がなかった場合のことだった。そして「略奪団」が来ない場合のことだった。

しかし、状況はときにひどい悪循環に陥り、たびたび「略奪団」に襲われた。一一世紀末の様子を記した『アングロ・サクソン年代記』（大沢一雄訳、朝日出版社、二〇一二年）は、まさに災いの連続を示している。

紀元一〇七七年

この年は夏に日照りが続いた。自然火災が多くの州を襲い、多くの町を焼き尽くして、それによって多くの都市が廃墟と化した。

紀元一〇八二年

（中略）また、この年も大飢饉が起こった。

紀元一〇八六年

そしてその同じ年、イングランドはひどく厳しい時期に直面し、苦労と悲しみに満ちた一年となった。家畜に伝染病が広がり、トウモロコシと果物が不作に陥り、天候は人間の想像を超えるような不穏なものだった。恐ろしいほどの雷鳴と稲妻によって、多くの命が奪われた。そして状況は人々にとってさらに悪くなった。

紀元一〇八七年

神がお認めになったように、ウィリアム王がイングランドを統治し、支配するようになって二一年、この国ははなはだしい悪疫が広がる時期に直面した。ひどい病が人々を襲い、ほとんどふたりにひとりが下痢で極度の衰弱に陥った。そしてそれがあまりに重かったため、多くの者が命を落とした。その後、前述のようなはなはだしい悪天候により、深刻な大飢饉がイングランド全土を襲った結果、何百という者たちが飢えによって悲惨な死を遂げた。ああ、それは何と哀れで、何と痛ましい年だっただろう！その哀れな人々は、ほとんど死をまえにして横たわっていた。そして激しい飢えに襲われ、ついには死に至らしめられたのである。そのような時期に悲しみに暮れない者がいるだろうか。あるいは、それほどの不幸を嘆き悲しまないほど冷酷な者がいるだろうか。しかし、そうしたことは、神と正義を愛そうとしない人々の罪から起こるのである。

紀元一〇九八年

聖ミカエル祭のまえ、空がほぼ一晩中、燃えているかのように見えた。この年は種々の課税のせいで、ひどく困難な年だった。また、一年をとおして降りやまない長雨のせいで、湿地帯の作物はほとんどだめになった。

もし地条制がなかったら、状況はさらに悪化していただろう。少なくとも、農民の保有地が分散されていたことで、一度にすべてを失うリスクは避けられたわけだ。また、不作のときには食料配給制度もあった。これは十分の一税によるメリットのひとつだ。十分の一税によって納められた穀物を貯蔵する教会の大きな納屋は、非常時には食料の慈善救済センターのようになった。まるで二〇エーカー以上の耕地をもつ農民は、ほとんど飢える心配がないかのようだ。[2] ただし、これは飢饉が広範囲でない場合の話である。

飢饉になると、人々はよく傷んだパンを食べた。その多くは麦角病にかかったライ麦でこしらえたパンで、体が焼けつくような感覚とＬＳＤのような幻覚を引き起こした。そして飢餓が始まった。

飢餓は、健康な人間を六週間から一〇週間で死に至らせる。第一に、人間はたとえ瘦せても、それが体重の一〇パーセント以下であれば、体力や活力はそれほど失われない。この段階では、まだ働くことができ、ほかの通常の活動も可能だ。しかし、衰弱が進み、通常の体重の一五パーセントから二〇パーセントを失うと、人は抑うつ状態で無感動になり、もはや日常生活を送れなくなる。このまま体重が減りつづけると、胃が大量の水分を蓄積し、外に向かって膨張する。顔の肉がそげ、目も突き出たようになる。肉がますます骨からそげ落ち、分泌腺障害による黒い斑点が全身に現れることもある。こうした変化が引き起こす痛みに苦しむ一方で、下痢やコレラ、赤痢にも感染しやすくなる。

飢餓状態にある人間は、自分の体が痩せ衰えていくのを見て感じることができるため、食べ物に取りつかれたようになる。同じように飢えている隣人や友人、家族への同情は、無関心と無感情に取って代わられる。母親でさえ、自分の子供の手から食べ物を奪い取ろうとするらしい。共食いも珍しくない。最終的に、体重の約四〇パーセントを失うと、人間は必ず死に至る。[3]

状況の好転

荘園制度の発展は、イングランドがより温暖で、雨が多くなった時期と重なる。つまり、何年も豊作が続き（年輪からそれがわかる）、ときどき長雨を原因とする飢饉が起こっては、先に述べたような惨状に陥った。これは中世の農民の人生観そのものであり、あの世への期待でもある。

とは言え、飢饉はぐっと減り、農業経済はノルマン征服以降の数世紀で着実に向上した。一三世紀には、気温の上昇が転じ、過去二〇〇年間の大嵐が減少した。二〇〇年にわたってイングランド経済の重要な要素だったブドウ畑は、一三〇〇年までに完全に姿を消した。作物の生育期は短くなったが、冬の寒さはより穏やかになり、夏はより乾燥した。一二二〇年から一三一五年まで、イングランドでは飢饉が一度もなかった。これと時期を同じくして、農業技術が向上し（適地では馬が牛に取って代わり、耕作のスピードが上がった）、市場や町が発展した。その結果、農民の黄金時代が到来し、人口が急激に増加して、一三一五年までに二五〇〇万人から六〇〇〇万人に近づいた。荒廃地も耕され、耕作限界地も荘園の農地に変えられて、生活水準も上がった。

人々の展望にもかなりの広がりが出た。隷農の保有地は長男に相続されたため、弟たちはどこかべつの場所で生計を立てなければならず、これは人口の大移動につながった。結果として、数多くの農家が新興の町に親戚をもつようになり、おそらく、政治や商売についての情報もかなり入るようになった。彼らはまた、イングランドのほかの地域にも親戚をもつようになった。それは耕地耕作の圧力を受けて、人々が未耕地の広がる新しい地域の荘園へ移ろうとしたからだ。たしかに、農民が旅行することはそれほど多くなかったが、有名な聖地を巡礼したり、市場へ出かけたりして、自分を田舎者と感じる理由はあまりなかったかもしれない。

実際、この当時の農民の仕事ぶりは、いろいろな意味で現代のサラリーマンとほとんど変わらなかった。毎週日曜日と聖人の祝日、復活祭やクリスマスといった教会の祭日は休みで、今の会社員と少なくとも同じだけの自由時間があった。また、地代や税金を払うのに必要な仕事量も、今日とほぼ同じくらいだったと思われる。もちろん、老後の蓄えについては少しばかり心配だったが（現在も多くの人々がそうであるように）、当時の農民はそれほど長生きしなかった。貧困層の割合も今日とほぼ同じで、おそらく人口の約三分の一を占めていた（実際、生活保護を受けるような極貧層がつねに人口のほぼ同じ割合でいるというのは、イングランド社会の奇妙な点のひとつだ)。

一三一五年までに、田舎では活気が満ちあふれ、経済活動が盛んに行なわれていた。農業経営はより進化し、貿易を重視するようになっていた。管理の行き届いた干し草用の牧草地では、現金のやり取りが盛んで、輸出向けだけで八〇〇万頭から一〇〇〇万頭の羊が羊毛を供給した。馬もまた、乗馬用と牽引用の両方で、かつてないほどの数がいた。とくに進んだ地域――ノーフォーク州東部(イングランドでもっとも過密な州)やケント州東部――では、効率の悪さから従来の共同耕地制がすでに消滅しようとしていた。これらの地域では、「農民一揆」がとくに多かったようだ。

また、人々は飢えてもいなかった。実際、彼らの食生活は非常に健康的だった。今日、私たちは栄養素をまともに含まないファストフードをやめ、一日に五皿分の野菜と果物を食べるように奨励される。これはじつは農民の食生活に戻るということだ。ただ、貴族はそんな質素な食事を蔑んでいた――彼らは野菜や果物を貧者の食べ物と考え、青物は体によくないとか、果物を食べると赤痢になると信じていた。

農民が食べるパンは、私たちが食べる白い食パンよりもずっとヘルシーだった――それは良質な全麦パンのように茶色だった。ときにはエンドウ豆などの豆類が加えられ、栄養価がさらに高まった。畑では、中世のカップ麺とでも言うようなものや、乾燥させた野菜のペースト、豆、そしてパンにエールを加えてインスタント食品にしたものなどが食べられた。うなぎのパイも好まれ、ベーコンやチーズ、ソーセージといった保存食品は特別なご馳走だった。

極貧の人々にとってさえ、田舎は野生生物であふれた食料貯蔵庫だった。川には魚がいっぱいで（テムズ川にも鮭がたくさんいた）、農民たちは鳴き鳥やうなぎ、兎を捕まえるための手の込んだ網や罠をもっていた。

田舎は町よりも健康的だった。ワラム・パーシーでは、墓地から六八七体の農民の骸骨が発掘されたが、それは健康と老化についての確固たる考古学的結論を導き出すのに十分なものだった。こうした田舎の住人たちは、都市部に住む親戚よりも病気にかかりにくかったようだ。彼らの骨が示すところによれば、感染率も低く、貧血の症例も少ないことから、寄生虫も少なかったようだ。

さらに驚くべきことに、彼らはそれなりに魚介類も食べていたらしい。これは商取引のネットワークが遠く田舎にも広がっていたことを示す証拠である。また、虫歯もほとんど見られなかった――子供の骸骨のいずれにもなかった。実際、パンに粗い粒や砂塵がたくさん入っているなど、中世の食事は今のものよりずっと人間の歯によかった。それはつまり、彼らの歯がすり減って平らになり、食べ物が入り込んで膿むようなくぼみができなかったということだ。しかし、いくつかの骸骨の歯にあった歯垢の化石は、ワラム・パーシーの人々の多くが慢性的な口臭に悩んでいたことを示唆している。これは中世ではちょっとした問題で、ウェールズでは、農家の女性が夫の口臭を理由に離婚することができた。

田舎でも町でも、赤ん坊は生後一八か月までは母乳で育てられた。これは子供の保護（その未熟な免疫システムを補い、食事を細菌から守る）にもなり、母親の保護（母乳を飲ませることで自然な避妊になると信じられていた）にもなった。

ワラム・パーシーのもうひとつの驚きは、大きな穴のある頭蓋骨が見つかったことだ。それは何らかの鈍器による損傷のようだったが、明らかに手術がなされていた――皮膚が折り返され、傷口がきれいにされ、皮膚がもとどおりに縫い合わされていた。この人物は怪我からすっかり回復したらしい。小さな村の住人でさえ、有効かつ熟練した外科治療を受けることができたのである。

もちろん、現実はすべてがバラ色だったわけではない。動物は小さく（ローマ時代よりも小さかった）、穀物は徒長な低収穫品種だった。牧草地は消耗によってすぐに劣化した。村の生活は町より健康的だったかもしれないが、それでも乳幼児の死亡率は高く、出産は危険をともない、農業労働者は四〇歳ですでに老人だった。

しかし、フロワサールが言っていた種類の農民――領主の土地を耕す義務を負った隷農（villeins）――は、一四世紀初めまでには減少していった。新たに耕作された土地のほとんどは、そのために地代を払う自由民によって耕され、彼らは農奴よりも大きな家族を抱えていたようだ。当時は隷農よりもこうした自由農のほうが多かった。いずれにせよ、隷農の務めは、それまでのような労働地代ではなく、貨幣地代に取って代わられた。そのため、荘園領主たちは収入の約九〇パーセントを現金で受け取っていた。慣習法が意味するところによれば、一定の地代を払って一五エーカー（約六万平方メートル）から三〇エーカー（約一二万平方メートル）の土地を保有する隷農は、比較的裕福であり、とくに土地が不足し、一般市場の地代が高く、物価が高騰し、賃金が安いときはさらに豊かだった。

村と教会

村の暮らしでは、仕事や家庭とともに、教会もその中心にあった。教会はアングロ＝サクソン時代には非常に珍しかったが、ノルマン統治時代には重要な構成要素となり、教会のない村などほとんど考えられなくなっていた。

教会の建物は荘園の物的財産であり、領主がその司祭（多くは平民だが、農奴ではなかった）を任命した。どの教会でも核となるのは祭壇のある内陣で、これは領主のものだった。身廊と塔は教区民のもので、彼らは身廊に立って礼拝に参加した。また、全員が教会を支援するために稼ぎの一〇分の一を差し出すことになっていた。この十分の一税は、教区司祭、教会維持基金、貧者、そして地域の司教の間で均等に分けられた。

荘園裁判は身廊で開かれることが多かったが、教会とそれに隣接する庭は、さまざまな会合や芝居、野外劇、あるいはサッカーやタイル投げ、石投げのようなゲームを行なうための場所でもあった。教区司祭の多くはそれぞれ独自のエールを醸造し、それを飲むことが祭りの一番の呼び物となった。

教会は教育の拠点でもあった。一二世紀半ばまでには、読み書き能力は田舎の大多数の人々にとって、途方もない野望ではなく、現実的な目標となっていた。実際、農家の少年の一〇人にひとりが、少なくとも最下級の聖職者になれるまでに進学したが、これにはラテン語を読む力も必要とされた。必然的に教会は実力主義になり、伝統を重んじる者たちからは、「卑しい身分に育った」牧師を雇っていると非難する声もあった。しかし、これはノルマンの時代が終わり、教会がもはやノルマンの権力の道具ではなくなったことを示していた。

中世に対する誤解としてよくあるのは、当時の社会が厳格な封建制度からなっているとか、農奴として生まれたら農奴として死ぬしかないとかいったものだ。これは事実とは言えない。野心的な女性なら、有利な結婚をしたり、金持ちの男性の愛人になったりする道もあった。男性にも自分の地位を変える方法がいろいろあった——ギルドのメンバーとして一年と一日を町で暮らしたり、軍隊に入ったり、聖職に就いたりすることができた。もちろん、犯罪に手を染める者もいたが、貧しい少年が世俗の職業で出世することも可能だった。

そのもっとも顕著な例が、ウィリアム・オヴ・ウィカムの生涯である。一三二四年、貧しい農家に生まれた彼は、その名前を出身地の村から取ってつけられた。彼は荘園領主の支援で地元の大聖堂の学校で教育を受け（こうした計らいは珍しくなかった）、やがて領主の秘書として雇われた。領主のユーヴデールはウィンチェスター城の長官で、この若者をウィンチェスター司教に紹介した。

イングランドの行政府という狭い世界で、ウィリアムはエドワード三世の目にとまり、二〇代前半で王に仕えることとなった。彼が聡明で思慮深かったことは明らかで、建設や設計に関心と才能をもち、経営者としても信頼できる男だった。三〇代前半で、彼はふたつの荘園において国王の書記官を務め、ウィンザー城の建て替えにあたっては監督を任された。新しい城にアーサー王伝説のモチーフを取り入れてはどうかとエドワード三世に提案したのは彼だったようだ。それ以降、ウィリアムはとんとん拍子に出世した。

一三六四年までにウィリアムは王璽尚書《おうじしょうしょ》に任じられ、フロワサールによれば、その影響力の大きさから、「イングランドの実権を握り、彼なしでは何もなされなかった」という。一方、彼は自力で出世を果たした人物として、教育の重要性をよく理解していた。新たに学校を創設し、田舎出身の貧しい少年たち七〇人を給費生として迎え、立派な教育を提供し、さらにその進学先として大学のカレッジも創設した。彼のウィンチェスター・カレッジとオックスフォード大学のニュー・カレッジは、今も存在している。ウィリアム自身のモットーである「礼節が人をつくる」は、両校のモットーとなった――「礼節」とは単なる礼儀正しさではなく、有能で信頼できる社会の一員であるということだ。これは貴族としての姿勢というより、農民としての姿勢だった。

ウィリアム・オヴ・ウィカムほどの出世は、どの時代でも例外的だっただろう。しかし、一四世紀半ばまでに、ほとんどの農民は基本的な読み書きができ、自分の名前を正しく発音し、それを認識することができた。おそらく、一〇語か二〇語のラテン語に相当する英語も知っていただろう。これによって、彼らは裁判記録のなかに自分たちの土地に関する記述を見つけて読んだり、憲章の内容を理解して、それについて話したりすることもできた。

一四世紀の悲劇

一四世紀初めの活気と繁栄に満ちた農村社会の時代は、長くは続かなかった。一五年のうちに、自然災害によって壊滅的な打撃を受けた。

一三一五年、イングランドでは他のさまざまな苦難にくわえて、飢えが広がった。（中略）肉や卵が底をつきはじめ、雄鶏も雌鶏もほとんど見かけられなくなり、動物はペストで死に、肥料の異常な値上がりで豚に餌もやれなかった。小麦や豆、エンドウ豆が一クォーター（約二九〇リットル）で二〇シリング［一三一三年では小麦一クォーターが五シリングで売られていた］、大麦は一マーク（一三シリング四ペンス）、オート麦は一〇シリングで売られた。塩も一クォーターが三五シリングで売られ、まったく前代未聞の事態となった。この地は困窮をきわめ、聖ラウレンチオ助祭殉教者の祝日［八月一〇日］に王がセント・オールバンズへ来たときも、王の当座の住居へ提供するパンさえ買うことができなかった。

（ジョン・ド・トロケロウ、『年代記 *Annals*』）

こうした食糧不足は五月に始まった。そして夏に豪雨に見舞われ、トウモロコシが熟さなかった——一連の農業災害の始まりである。干からびた湿地帯に建つ村はふたたび泥に沈み、大きく膨れ上がった住民に十分な食料はなかった。この年代記は悲惨さに満ちている。そして飢饉が広がりはじめた矢先、黒死病が襲った。

東からヨーロッパを横切ってきたその疫病は、一三四八年六月にウェーマスに到達した。一年もしないうちに全土が襲われた。何が起きているのかを理解できた者はひとりもいなかっただろう。いったん感染すると、悪臭をともなう大きな腫れ物が脚の付け根や首、わきの下にでき、二、三日で死に至った。この病気で人口の三分の一以上が命を落とし、一三五〇年までにイングランドの人口は一三一五年の半分になった。多くの村が縮小したり、打ち捨てられたりした。国中が死のイメージに覆われ、教会の壁には「三人の生者と三人の死者」の姿や「死の舞踏」の場面が描かれた。

黒死病の影響は誰にとっても破滅的なものだった。だが興味深いことに、これを生き延びた農民たちの生活は、以前とは比べものにならないほど向上した。労働力の不足により、あり余る土地に対して人手は非常に貴重なものとなった。土地をもたない者は見捨てられた保有地を引き継ぎ、より多くの土地を扱える者はあっさりそれを手に入れた。賃金はほぼ倍になった一方、人口の減少によって小麦の価格は半分になった。

隷農制はひどく時代遅れのようだった。というのも、イングランドの経済基盤そのものがすでに変化していたからだ。一三五一年の労働者制定法は、現行法が何の効力ももたないと訴えている。

（中略）使用人たちは上述の法令にまったく敬意を払わず、自分たちの安楽と異常な貪欲さによって、それまで当然のようにもらっていた支給品や賃金が二倍か三倍にされないかぎり、もう貴族には仕えないとしている。（中略）これは貴族にとって大きな打撃であり、上述の平民にとっても困窮を招くことになる。

黒死病から数十年、イングランドが回復してくるにつれ、領主たちはかつての制度を復活させようとした。国がますます貨幣経済へと移行するなか、彼らは好景気のときに忘れ去られていた奉仕の義務に関する古い法律をふたたびもち出した。

結果として、いわゆる「農民一揆」を招いたのは、時計の針を戻そうとしたこの封建反動だった。これに蜂起したのは、荘園裁判所や民兵、そして下級役人として、自立して生きることにすっかり慣れていた者たち、そして封建制度の構造や権威を信じなくなっていた者たちだった。「アダムが耕し、イヴが紡いだとき、誰が領主だったか」と迫ったのは、この反乱の指導者のひとりだったジョン・ボールである。暴動が鎮圧されたあと、この問いかけに対してきっぱりとした返答があった――「そなたらは隷農であり、これからも隷農のままである」。

しかし、もちろん、彼らは隷農のままではなかった。

ワラム・パーシーは、多くの中世の廃村がそうであるように、黒死病でその住民を失ったと思われていたが、発掘の結果、これは事実ではないことがわかった。村には一五世紀まで人が住んでおり、その運命を決めたのは、細菌ではなく、人間だった。

それまでの封建制による合意が崩壊し、領主たちはもし農民が自分たちに対するいかなる義務からも解放されるなら、自分たちもまた農民を守る義務から解放されるということに気づいた。こうして、農民たちはその最大の天敵と直面することになった――羊である。

労働賃金が高くなってくると、たいていの領主は農民からよりも羊からのほうがより多く利益を得ることができた。第一に、羊は羊毛が取れるうえに食べることもできた――農民も食べられないことはないが、それは社会的に許されない――ため、領主たちは所領から高くて、厄介で、食べることもできない農民たちを放り出し、代わりに羊を飼いはじめた。

こうしてワラム・パーシーをはじめ、そのほかの多くの村で、わずかに残った隷農たちがもはや必要とされなくなった。彼らは今こそ先に進むべきだとか、この逆境をチャンスととらえるべきだとか、あるいはシトー修道会の紳士から個人的に鉛鉱山の仕事を打診されるだろうとか、いろいろなアドバイスを受けたに違いない。

中世において農民であることは、必ずしも過酷な人生を意味したわけではない。農民の立場が悪くなったのは、むしろ領主が牧羊のために土地を柵で囲うようになってからのことだ。産業革命以降はそれがさらにエスカレートし、今日でも小規模農家が窮地に追いやられようとしている。

農民の暮らしは、そのときの社会のあり方によって左右される——そして今日の多くの人々の暮らしと比べて、中世の農民が非常に恵まれていた事例はいくらもあった。

第二章――吟遊詩人 Minstrel

ノルマン朝イングランドの歴史は、ある歌とともに始まった。一〇六六年一〇月一四日の土曜日の午前九時頃、吟遊詩人のタイユフェールは馬を操り、剣を巧みにさばきながら、『ローランの歌』を歌いはじめた。

彼はヘースティングズから数キロのところにあるセンラックの丘の麓《ふもと》にいた。頭上の丘の上には、長さ約一二〇〇メートルに及ぶ隊列が七列にわたって広がり、イングランド王ハロルドの全軍が布陣していた。無数の盾が一枚壁をつくり、その隙き間から突き立てられた槍と大きな両刃の斧が見えていた。

タイユフェールは彼らの敵だった。そしてこれは歴史に残る大勝負だった。

彼はノルマンの吟遊詩人で、ノルマンディー公ウィリアムによる侵略軍の一員だった。彼の背後のノルマン軍は、アングロ＝サクソン軍から約九〇メートル離れたところにいた。最前列が射手、次が歩兵、そしてそのうしろに小さな種馬に乗った騎士たちがいた。

夏の間、ハロルドはノルマンの侵攻を待ち構えていたが、九月も半ばになるともう季節が遅すぎると判断し、沿岸の防御態勢を解いた。ところがその矢先、ヨークシャーでノルウェー王ハーラル三世による攻撃があったため、ハロルドはその脅威に対処するため、急遽、北へ進軍した。

ノルマン軍が攻めてきたのはそのときだった。彼らはすでに九月二八日にペバンゼイに上陸しており、それからずっとヘースティングズ周辺地域への支配を強めていたのだった。とは言え、対戦は当分先のことと思っていた彼らは、徴発や略奪に忙しかった。そのため、アングロ＝サクソン軍が前日の午後遅くに到着したとき、ウィリアムは不意を突かれた。ハロルドは北部で身動きが取れず、敵に倒されたかもしれないとさえ思われていた。ところが、彼はウィリアムが攻めてくる丸三日前にハーラル三世を破り、それから驚くべき速さで南下して、まずロンドンへ、次にノルマン軍の侵略現場へと向かったのだった。

ハロルドの到着は、ノルマン軍に大きな不安を抱かせた。彼らが思っていたほど、この戦いは楽に勝てるわけではなさそうだった。ウィリアムはいつ何が起こるかわからないと考えて軍隊を離れず、その夜は徴発部隊を集め、彼らに戦いの準備をさせた。そして明け方、彼らはアングロ＝サクソン軍との対戦に向けて、約一〇キロの行軍を開始した。

センラックに着いたノルマン軍は、そこで希望が打ち砕かれるような光景を目にする。彼らは敵が自分たちと同じような軍隊であると想定していた――最前列が射手、次が歩兵、そしてそのうしろが騎兵隊というものだ。ところが、彼らの目のまえにあったのは、敵の矢を寄せつけないための木の盾による長い壁だった。さらに悪いことに、アングロ＝サクソン側には彼らに射返してくる射手はいなかった――ノルマン軍は最初の連射が終わったあと、敵の射った矢を拾って使おうと考えていたため、矢をあまり用意してこなかった。

　ということは、ノルマン軍の歩兵部隊は、無傷の敵が頭上から雨あられと飛び道具を浴びせてくるなか、必死で斜面を駆け上がらなければならない。そして騎士たちもまた、丘の上へと斜面を駆け上がり、びっしりと突起のついた盾の壁に馬体を押しつけなければならなかった。

　これは決死の攻撃になるだろう……。

　どうやらノルマン軍の戦意はやや揺らいでいたようだ。アングロ＝サクソン軍が戦いをまえに「出ていけ！　出ていけ！」と鬨《とき》の声を上げても、状況は改善しなかっただろう。槍や斧で武装した七〇〇〇から八〇〇〇もの兵に叫ばれては、ただ怖気づくだけだ。

　ウィリアムのお抱え吟遊詩人であるタイユフェールが、ちょっとしたパフォーマンスの許しを求めたのは、この何とも心もとない瞬間だった。[1]

　ある記述によれば、彼は馬をまえへ進め、巧みな剣さばきを披露した。そもそも吟遊詩人（minstrel）は、曲芸などもする「ジョングルール（jongleur）」であり、旅芸人であり、道化師であり、総合エンターテーナーだった。しかし、もしタイユフェールが剣さばきだけしかしなかったとしたら、それはひどく奇妙だっただろう。べつの年代記で、このパフォーマンスをより近くで見ていたとされる人物の記述には、彼が『ローランの歌』を歌っている様子が記されている。

現存するバージョンは二九一節の詩からなり、戦場で歌うには少し長い。内容の関連性から、これが一〇六六年よりあとに書かれたことは明らかであるため、タイユフェールはこれより古く、短いバージョンのものを歌っていたと推測される。さらに、戦場という状況が状況なだけに、彼はおそらく主要部分を編集したハイライトを使ったと思われる。彼が歌ったその歌は、勝ち目のない敵との戦いや英雄の死といった感動的な物語を伝えていた。

そして次の瞬間、タイユフェールはひとりでアングロ＝サクソン軍の隊列に斬り込み、命を落とした。

近年の戦いにおいても、攻撃を迫られながら怖くて前進できずにいる兵士たちのまえで、同じ階級の志願兵が決死の覚悟で攻め込んでいくという場面はあった。結果はいつも同じようだ。人の死は信念にもとづく確信を生み出し、その決死の姿を見た兵士たちにとって、もはや生き残れるかどうかは問題ではなくなるらしい。こうなると、彼らは勝ち目があるかどうかに関係なく、確固たる決意をもって前進する。彼らがそうするのは復讐を果たすためではなく、敵に憎しみを感じるからでもない――彼らが前進するのは、目のまえで死んだ仲間との固い絆のためである。この瞬間の彼らには、戻るべき家もなければ、生活もない。この瞬間こそがすべてなのであり、世界は彼らの戦いを中心に回っているのである。

だからこそ、戦場は歌や音楽や詩を披露する場にふさわしいのである。タイユフェールの辞世の歌は、イングランドの、ヨーロッパの、そして全世界の歴史を決定づけることになった。ノルマン軍は突撃した。最初の攻撃はたしかに自殺同然だったが、彼らの勝利への決意は今や揺るぎないものだった。第一陣に続いて、次々と攻撃を仕掛けた。戦闘は一日中続き、結局、辺りが暗くなった頃、イングランド軍の敗北が決まった。こうしてイングランドの新たな歴史が始まったのである。

一方、勝利したノルマンの兵士たちにとって、このタイユフェールの最期はそれほど英雄的なものには思われなかったらしい。フランス・ノルマンディー地方のバイユーという町に、イングランド征服の見せ場を連続漫画のように描いたタペストリーが残されているが、この「バイユーの壁掛け」にタイユフェールの姿はない。怖気づいた軍の様子や卑しい芸人の活躍は、このタペストリーを依頼したバイユー司教オドにとっては魅力的なテーマではなかったようだ。

広報官としての吟遊詩人

一一世紀のジョングルールは社会の最下層にあった。タイユフェールは「武勲のジョングルール（jongleur des gestes）」で、血が沸き上がるような英雄叙事詩を歌って強者たちを楽しませるのが仕事だった。そこで強調されたのはもっぱら軍人の美徳であり、女性はこの時代の叙事詩にはほとんど登場しなかった。こうした詩は理想の軍人像を表現したもので、聞き手を英雄的行為の世界に引き込み、実際に自分が戦場にいて、男らしい犠牲と忠誠心が織りなす普遍のドラマに参加しているような気分にさせた。

吟遊詩人の役割は、騎士道の概念が洗練されるにつれて、自然と発展した。彼らはやがて報道官としての役割を期待され、戦闘や馬上槍試合での武勇を歌にした――こうした「武勲詩(chansons de geste)」は、祝詞やスコアカードとして役立った。彼らは広報マンとなり、英雄的人物から金銭をもらってその武勇を称えた。そうした詩の最初の例のひとつが、「騎士の鑑《かがみ》」とされたウィリアム・マーシャルの生涯を称えた長詩で、これはウィリアムが死んだ一二一九年に、その息子が特別に依頼して書かせたものだ。

この伝記風の「武勲詩」の語り手は、おそらくウィリアムの従騎士だろう。彼らの大ざっぱな軍人文化では、詩を朗読することのできる家来と、料理などの雑用ができる家来とがまったく区別されていなかった。ジョングルールは、ありとあらゆる面で役立つことを期待された。楽器やよく響く声をもっていれば、よし、それでは夜番をやらせようということになり、火事や攻撃の際には警報の代わりになった。

一三〇六年、リチャードという名の吟遊詩人(王太子の夜番)は、ウィンザー城で火事が起きたとき、声を響かせてそれを知らせた。おかげで城は救われた。ただし、彼がそれを有名な童謡風にして歌い（「ウィンザー城焼ける／焼ける／焼ける／ウィンザー城焼ける／きれいなお嬢さん♪」）、自慢の喉を披露するチャンスにしたかどうかは記録に残されていない。らっぱを吹いたり、横笛を吹いたり、太鼓を打ち鳴らしたりできるジョングルールは、騒がしい戦場で大いに役に立った――彼らはそれで軍隊を呼び集めたり、励ましたり、合図を送ったりした。

タイユフェールのような一一世紀の吟遊詩人は、純粋な信念と非業の死をよしとする文化を重んじ、奨励した者たちであり、まさにそうした文化が求めるとおりに扱われた。彼らが俗物相手に詩を朗読し、それで生計を立てたところで、満足できたはずがない。

しかし、この奇妙な仕事を始まりとして生まれたのが、中世末には文明の偉大な功績のひとつとされた文学だった。ほとんどの文化において、文学はごく限られた人々の洗練された関心事である。古典時代には偉大な叙事詩や歴史、そして教養ある裕福なエリートによる優れた詩が生み出された。しかし、大衆文化はそれとは大きく異なっていた――人々は円形競技場で野蛮な死を見物したり、競馬場で競馬に興じたりした。東洋の文明でも、格調高い宗教叙事詩や歴史、そして高度に洗練された宮廷エリートによる繊細な詩や戯曲が生み出された一方、大衆文化はそれとはまた別物として存在した。その多くは宗教や地域の儀式にもとづく伝統的なものだった。そしてもっとも驚くべきなのは、中世ヨーロッパが、まさに社会全体に共有されるさまざまな形の物語を発展させたということだ。それはまったく読み書きのできない、あるいは十分に読み書きのできない人々を惹きつけるだけの機知や力強さをもち、同時に美的感覚の鋭い貴族や王族を満足させるだけの繊細さや複雑さももっていた。

これはひとつの言語領域にある社会全体に、共通の文化をもたらす地域語（ひいては国語）の発展と密接に結びつくこととなった。そしてそれを実際に担ったのは、歌手や語り部、詩人、さらには吟遊詩人であり、究極的には彼らがヨーロッパの歴史をつくったのである。

元祖エンターテーナー

一一世紀から一二世紀初めの吟遊詩人が、こんなふうに歴史に多大な貢献をすることになるとは、当時は誰も予想していなかっただろう。しかし、決まった領主や主君に仕え、お仕着せの制服を着た吟遊詩人の仕事の多くは、おならやセックスについてのジョークを言ったり、酒宴で歌を歌ったりすることだった。彼らは栄光の記憶や名声の伝達者というより、総合エンターテーナーになろうとしていた。とくにさすらいの吟遊詩人は素朴な芸人で、手品やジャグリング、宙返りをして見せたり、家を一軒ずつ訪ねたりして、どうにか暮らしを立てていた。もっとも恵まれていたのは、祝宴や式典、宗教儀式などで、おもにBGMを提供するために雇われた者たちだった。そもそも吟遊詩人の地位は低かった——当時の教養語はラテン語だったが、彼らの芸はほとんどが土着語でなされ、彼らがヨーロッパ文明の最先端であるとはとても思えなかっただろう。

そんな吟遊詩人の方向性をよく表しているのが、一二二二年、チェスター伯ラヌルフがフリントシャーにあるリズラン城でウェールズ軍に包囲された事件だった。彼は、チェスターの大判官で城守だったロジャー・ド・レーシー――城の地下牢では「地獄のロジャー」として親しまれていた――に助けを求めた。

ロジャーは何かこれ以上ないほど効果的で、悪意に満ち、しかも威圧的な救出方法はないかと思案し、チェスターで開かれる毎年の市を目的に大勢のジョングルールが来ていることを思いついた。ロジャーは彼らを呼び集め、義理の息子ダットンの指揮のもと、リズラン城へ向かって行進させた。ウェールズ軍は、決然たる様子の楽士や歌手、手品師などの集団がその恐ろしい技を今にも披露しようと迫ってくるのを見て、逃げ出した。

さすがは「地獄のロジャー」、これほど無慈悲になれる者は彼のほかにいなかっただろう。この出来事はイングランドの古い罵り言葉を生んだが、残念ながら今は忘れられてしまった。ただ、その気があれば復活させるだけの価値はある――「チェスターの大ペテン師、ロジャーめ！」

この寄せ集めの軍隊をつくっていたのはさすらいの吟遊詩人たちで、彼らは決まった領主に縛られず、お仕着せの制服も着ていなかった。お仕着せのない吟遊詩人は、レコード契約のないバンドのようなものだった。お仕着せを着ているということは、その詩人が一定の地位と収入をもっていることを示し、彼がしかるべき城に受け入れられ、まともな報酬を得ることを容易にした。とは言え、フリーの吟遊詩人には、人を楽しませるためのありとあらゆる技能が必要とされた。

ある一三世紀の詩によれば、真の吟遊詩人とは、「話をしたり、韻を踏んだりするのが上手で、機知に富み、トロイの物語を知っており、ナイフの先に器用にリンゴを載せたり、ジャグリングをしたり、輪くぐりをしたり、シターンやマンドーラ、ハープ、フィドル、プサルテリウムなどを奏でたり」できる者とされている。さらに、吟遊詩人は鳥の鳴き声を真似たり、ロバや犬に芸を仕込んで披露させたり、人形を操ったりする技術も知っていることが望まれた。

よいマナーが人前で鼻をほじらないことでしかないような環境で生き抜くためには、ある程度のたくましさも必要だった。中世のあるマナー入門にはこう書いてある――体をあちこち掻いたり、尻や胸のノミを探したりしないこと。指をパチンと鳴らさないこと。領主や領主夫人のまえで髪をとかしたり、爪を磨いたり、靴を脱いだりしないこと。また、使者は屋敷へ着いたら、まず剣と手袋、帽子を取ってからなかへ入ること――ただし、頭が禿げている場合は帽子をかぶったままでも許された。さらに、邸内で小便をしていいのは世帯主だけとされ、もちろん、吟遊詩人はそうではなかった。

おまけに、その入門書にはゲップやおなら、そして何と大便をするときのマナーについても細かく記されている。

一方、中世初期の君主たちが求めた娯楽は、こちらが安心するほどくだらないものだった。たとえば、ヘンリー二世にはローラン・ル・ペトゥールというお気に入りの吟遊詩人がいた。王は彼の「名人芸」に褒美として三〇エーカー（約一二万平方メートル）もの土地を与えたが、その芸とはジャンプして口笛を吹き、おならをするというものだ。ローランの偉大な音楽の才能というのも、おならでメロディーを奏でられるというものだった。土地は父から息子へと何世代にもわたって大切に受け継がれたが、条件として、当主は毎年、クリスマスの日に宮廷へ顔を出し、「ジャンプ→口笛→おなら」の技を披露しなければならなかった！

イングランドの王族に人気があったというもうひとつの芸が、ライオンの口に頭を入れるといった類のもので、これには体の一部に蜂蜜を塗った吟遊詩人が、芸を仕込んだ熊を連れてくるというバージョンもあった。どんな展開になったかについては説明がないが、何にせよ、それは『クマのプーさん』のようにはいかなかっただろう。

ただし、そんな彼らを誰もが好意的に見ていたわけではなかった。シャルトル司教のジョン・オヴ・ソールズベリーは、一二世紀の歴史家で優雅なラテン語の名文家だったが、彼はジョングルールをけしからんと考えていたようだ。

「そのなりふりかまわぬ行為はひどく見苦しく、皮肉にもこちらが赤面するほどだ。しかし、そんな彼らでさえ、由緒ある屋敷から締め出されたりはしない。（中略）もっと破廉恥な騒ぎによって空気を汚し、それまで恥として隠してきたものを露わにしても、けっして追い払われない。このようなことを見たり、聞いたりする者が賢者に見えるはずがあろうか」(『ポリクラティクス』)

ラヘア

もちろん、同じ吟遊詩人や芸人でも立場はさまざまで、教会に問題なく受け入れられる者もいた——天国にも吟遊詩人はいるというわけだ。だが、下品な踊りや下ネタばかりの芸人もおり、彼らははっきり悪魔の手先とされた。また、吟遊詩人のなかには明らかに出世の道を行く者もおり、そのなかでもっとも有名なのがラヘアだった。

彼自身の記述によれば、[2]ラヘアは卑しい身分に生まれたが、そのエンターテーナーとしての能力を買われてか、何とかヘンリー一世の宮廷に入り込んだ。これが何を意味するかははっきりせず、彼は聖職者の地位にあったのではないかとされる一方、その言葉使いから、ジョングルールや道化師だったのではないかともされている。ただ、ラヘアがかなりの額の金を稼いでいたことは確かだ——数年もすれば「ジャンプ↓口笛↓おなら」で報酬が得られるようになると考えると、吟遊詩人という仕事は貧しい少年が芸を磨くには最高の手段だったと言える。しかし、彼にはそれ以上のものがあった——セント・ポール大聖堂の当時の聖人名簿には、「ラヘア」の名が載っている。

伝えられるところによれば、彼は何らかの理由でローマへ贖罪の巡礼に出かけたが、そこで重病になった。もし回復したら、貧しい人々のための病院を建てると誓った彼は、旅から帰る途中、朦朧とした意識のなかで恐ろしい地獄の夢を見る。そして次の瞬間、目のまえに十二使徒のひとりである聖バルトロメオが現れ、ロンドン郊外のスムーズ・フィールド（スミスフィールド）――馬や家畜の取引市場があるところ――に教会を建てるように命じられた。ヘンリー一世は、市場の東方の土地に教会と病院を建てる許可を与えた。その辺りはほとんどが沼地だったが、公開処刑のために使われていた高台は比較的地面が固かった。そこでラヘアは絞首台を移動させ、立派な小修道院とそれに隣接する病院を建設できるようにした。一一四七年の設立勅許状によれば、聖バーソロミュー病院の目的は、貧者や病人、ホームレス、孤児などを保護し、世話することとなっている。

この場所は一一二九年末までに聖別され、ラヘアは初代の小修道院長となった。聖バルトロメオの祝日には、大勢の巡礼者や患者、そして病院で治療を受けた人々が教会に集まった。一一三三年、ラヘアは三日間の聖バルトロメオ祭市を開催するための勅許状を与えられた。その市の奇妙な特徴のひとつが、市に来ている間は無法者も犯罪者もけっして逮捕されないというものだ。病院と市はどちらもロンドンの名物として長く親しまれ、小修道院の聖歌隊席はロンドンに現存する数少ない中世の建造物のひとつである。貧しい身の上から出世して財をなし、三度もロンドン市長を務めたディック・ウィッティントンと同じく、ラヘア自身も貧しい身の上から大成した伝説的人物となった。

エドワード二世の吟遊詩人

イングランドの吟遊詩人の運命は、その熱狂的な愛好者だったエドワード二世の治世に全盛を迎えたと言える。彼の父親は留守がちで、彼を育てた乳母は吟遊詩人だった。彼があれほど吟遊詩人を愛好したのは、こうした影響によるのかもしれない。実際、エドワード二世の戴冠式にかかった費用を示す財務記録には、一五四人もの楽士が載っている。また、その記録には、王の愛人だったピアーズ・ギャヴェストンの命日に、エドワードがフランスへ旅し、「道化のベルナール」と五四人の裸の踊り子たちによる歓待を受け、気持ちを引き立てたということも記されている。

エドワードは自分を笑わせた者には誰にでも金を投げる習慣があったようだ――彼を笑わせるのは簡単だった。たとえば、ジャック・オヴ・セント・オールバンズは王から五〇シリングを与えられたが、それは「彼が王のまえでテーブルに立って踊り、王を大笑いさせた」からだった。また、王は料理人のひとりに気前よく二〇シリングを与えたが、それは「彼が王のまえで馬に乗り、（中略）しょっちゅう落馬しては王を爆笑させたから」だった。

諸侯たちは、王室に仕える者ひとりひとりに対して厳密な職務明細書をつくり、エドワードの法外な娯楽費を制限しようとした。これはさまざまな技を披露する吟遊詩人にとって終わりを意味した。彼らは曲芸師なら曲芸師、フルート吹きならフルート吹きといったように、どれかひとつの役目に縛られ、人数も厳しく制限されるようになった——「らっぱ吹き数名のほか、吟遊詩人ふたりを置き、ときにはそれ以上、ときにはそれ以下として、王のまえで演奏し、これを楽しませること」。

吟遊詩人の数を制限しようとしたのは諸侯たちだけではない。吟遊詩人たち自身も、みずからの職業を守り、それをより排他的なものにしようとした。楽士の協同組合やギルドは、少なくとも一三五〇年にはすでにロンドンで結成されていたようだ。彼らのおもな目的のひとつは、「ほかの地域の」楽士（ロンドン市民でない楽士）を締め出すことだった。もうひとつは、素人が居酒屋や宿屋、結婚式で芸を披露するのをやめさせることだった。そして吟遊詩人への道は徒弟制度をつうじたものとなり、ロンドンをはじめ、ヨークやベヴァリー、カンタベリーのギルドでは徒弟の数が厳しく制限された。

もしこれが脅威にさらされた業界の自己防衛のように見えるとすれば、ほとんどそのとおりである。実際、イングランドの音楽・物語業界は新たな局面を迎えようとしていた。その証拠に、一四世紀には空想詩という新たな形の土着語文学が登場した。そうした詩はほとんどがフランス語の空想物語の翻訳だった。

空想的な叙事詩

フランス（およびイタリアとドイツの一部）では、一二世紀半ば以降、武勲詩（chansons de geste）の内容に変化が生じていた。それまでの時代の詩と同様、たいていは依然としてキリスト教徒とイスラム教徒の紛争を中心とした物語だったが、しだいに魔法や冒険といったテーマが支配的になり、邪悪な騎士や貴婦人の救出、魔法の指輪や魔法のベルト、魔法の剣などが頻繁に登場した。英雄物語の伝統は、空想物語へと変化しようとしていた。そこで強調されたのは、イスラム教を偶像崇拝的と見なし、イスラム教徒を迷信深くて不誠実、しかも一夫多妻制の支持者として描くことだった。実際、イスラムの世界は危険であると同時にエキゾティックで、女たちはみだらで誘惑的、キリスト教徒の騎士にたまらない魅力を感じ、自分から改宗して彼らに献身的に尽くすといったように描かれている。そうした文学を研究する歴史家のなかには、そこにちょっとした願望的思考が含まれていたとする者もいるが、これは卑怯な言い方だ。冒険物語にはたいてい願望が含まれている。肝心なのは、その願望がどんな性質のものかということだ。

ヨーロッパの詩の新たな傾向を示す例として、もっとも重要なもののひとつが『アイネイアス物語 *Le Roman d'Eneas*』である。これはローマの詩人ウェルギリウスの『アエネーイス』のフランス語版で、一一六〇年頃に作者不詳として登場した。特筆すべきは、ウェルギリウスの詩であれ、フランス語版の詩であれ、それまでにはなかった新しい物語要素が入っていることだ——アイネイアスに恋するふたりの女性ディドとラヴィーニアの心情。つまり、「抗しがたい愛」という新しい文学のテーマである。

言うまでもなく、これはパフォーマンスの世界全体が変化したことを示している。それまでとは聴衆も違えば、そうした娯楽が行なわれる場所も違った。これは戦場や戦士たちが集まる大広間向きの素材ではない。そしてそれは新しいタイプの演じ手を想定している。

この新しいタイプの演じ手が最初に登場したのは一二世紀の南フランスで、彼らはトルバドゥール（troubadour）と呼ばれた。

トルバドゥールの誕生

この新たなスタイルの詩の先駆者となったのは、プロの楽士ではなく、貴族だった。それは感心するほどの女好きだったアキテーヌ公ギヨーム九世で、彼の宮廷はポワティエにあった。一三世紀のプロヴァンスの伝記作家によれば、「ポワティエ伯は世界でもっとも洗練された男のひとりで、女性を惑わすことにかけては右に出る者がいなかった。彼は見事な鎧を身につけた立派な騎士で、貴婦人たちと浮き名を流す一方、詩を書かせても、歌を歌わせても名人級だった。長く世界を放浪した彼は、彼女たちを欺いてばかりいた」。

年代記編者のウィリアム・オヴ・マームズベリーによれば、ギヨーム公はみずから指揮した一一〇一年の十字軍が悲惨な結果に終わって以来、性的な遊びに興じたり、仲間を楽しませるために軽薄な詩をつくったりして暮らした。彼が旅に大きな影響を受けていたのは明らかで、現存する彼の詩の半分は、複雑な拍節構造や様式化された表現において、アラブの神秘主義詩（zajel）に特有の形が見られる。

「トルバドゥール」という言葉は、「詩をつくる人」を意味したが、文字どおりの意味では、それまで知られていなかった新しいものを「見つける人」を表した。ギヨーム公は目新しいものを取り入れ、詩や歌がどんなことについても書ける一方、何もないことについても書けるということを証明しようとした。

私はまったくの無についてこの詩を書いた
描くべき人物もなければ
愛や若さについて話すこともなく
もちろん、無そのものについて話すこともない
書かれたのは昨日、私が馬の背に座り
眠っている間のことだった

ギヨーム公が真の元祖トルバドゥールであることは間違いない。彼は二度も破門されている。一度目は一一一四年で、ポワティエ司教が何かの罪に対して罰を科したとき、彼は大聖堂で司教に剣を突きつけ、赦しを請うた。赦しは得られなかったが、そのことは司教の度胸のよさを示す一方、ギヨーム公の十字軍が何も成し遂げられなかった原因を示しているとも考えられる。二度目の破門は、ダンジュローザ（危険な女）と呼ばれたシャテルロー子爵夫人との不倫が原因だった。彼は三人の子の母親だったこの女性を連れ去り、ポワティエの自分の城の塔に住まわせたと言われている。ウィリアム・オヴ・マームズベリーによれば、彼は「彼女が私をベッドへ連れていったように、私も彼女を戦闘へ連れていける」ように、自分の盾に彼女の肖像さえ描かせたという。もちろん、これを知ったギヨーム公の妻が喜んだはずはない。

ギヨームは娼婦の修道院を設立するという突飛な夢ももっていた。彼の詩には幼稚な性的ジョークが満載で、女性が乗りやすい馬だとか、捕虜だとかと表現されていた。彼はまた、とにかく浮気がバレなければいいという貴婦人ふたりからの誘惑を、面白おかしく記録していた。

しかし、ギヨームは女性に対する恭しい態度を伝える詩も書いており、それがいわゆる「宮廷愛」の原型となった。これらの詩では、彼が恋する貴婦人は既婚女性で、非常に魅惑的であると同時によそよそしい。恋する者は辛抱強くなければならないというのもこうした詩によくあるテーマで、彼はその貴婦人の好意を期待しながら、どこまでも慇懃に振る舞う。宮廷愛の現場では、恋する者を生かすも殺すも貴婦人次第。彼の思いが報われるかどうかの運命は、貴婦人が握っているのである。

ギヨーム公の詩で使われている言語は、南フランスの土着語であるオック語だった。これはかなり大胆な選択で、この時代までは教養語と言えばラテン語だった。しかし、それ以上に革命的だったのは、恋する男が既婚女性に恋の歌を捧げるという設定である。こうした行為は慣例として死刑に値するもので、相手の女性に呪いをかけるに等しいとされていた。

こうした宮廷ロマンはギヨームの息子、さらにその孫娘のもとで花開いた。彼の孫娘というのは、あのエレオノール・オヴ・アキテーヌ（アリエノール・ダキテーヌ）である。彼女がポワティエに開いた宮廷はまさに宮廷愛の舞台そのもので、少なくともそのルールに従って営まれていた。そこでの宮廷文化は土着語によるもので、旧来の英雄的戦士をテーマにした娯楽はひどく時代遅れとされた。

一一八二年のクリスマスの少しまえ、リムーザンのトルバドゥールだったベルトラン・ド・ボルンは、ノルマンディーのアルジャンタンにあるヘンリー二世の宮廷でときを過ごした。しかし、彼は古くさい戦士文化の野暮ったさに不満を感じたようだ――「誰も笑わず、冗談も言わない宮廷などあり得ない。贈り物のない宮廷など、諸侯がいるだけの放牧場と同じだ。粗野で退屈なアルジャンタンにはうんざりした」。

トルバドゥールは彼ら自身が大貴族であることも多かったが、アルジャンタンのトルバドゥールのように無粋ではなかった。彼らは自作の歌を披露したり、吟遊楽士やジョングルールを雇って伴奏させたりした。貴族のトルバドゥールが歌唱コンテストに参加することさえあった。

ただし、こうした者たちが戦士でなかったというわけではない。エレオノール（アリエノール）の息子のリチャード一世とジョン王は、どちらも勇猛果敢な戦士だった。しかし、「獅子心王」リチャードは、顔と顔を突き合わせ、あるいは鼻と鼻を突き合わせて、力のかぎり戦わなければ生きる意味がないと考える一方で、トルバドゥール文化のなかで育った男でもあった。彼は宮廷でも遠征先でも、格調高い詩歌をいくつも書いて披露した。そのうちの二篇は現存し、ひとつには楽曲がついている。

ブロンデル

そのリチャード一世が、お気に入りの吟遊詩人ブロンデルに救出されたという話があれほど広く知れわたったのは、王に詩人のような豊かな感性があったからだ。一一九二年、リチャードは第三回十字軍からの帰途、オーストリア公レオポルト五世に捕らえられた（彼はひとりきりで、しかも変装していた――いかにもリチャードらしいことで、ほかのどのイングランド王もこんな危険は冒さなかっただろう）。ブロンデルは、忽然と姿を消した王の行方を追って、城から城を訪ね歩いた。そして毎回、城壁の外で、王といっしょにつくった歌の一部を歌った。

するとデュルンシュタイン城で、彼はリチャードが歌のつづきを歌い返すのを聞いた。こうして王は発見され、身代金を払って解放されることになった。

この話自体は詩趣に富み、素晴らしいものだが、その真偽は定かではない。ブロンデル・ド・ネスルが有名なトルバドゥールで、たくさんの恋の歌をつくった詩人であることは確かだ。しかし、彼はリチャードのお抱えの吟遊詩人ではなかったし、英語の使い手でもなかった。実際、彼は北フランスの出身で、ピカルディー地方の方言で詩を書いていた。この話はおそらく、ある吟遊詩人の創作だろう。それは一二六〇年頃、作者不詳とされる『ランスの吟遊詩人の物語 *Récits d'un ménestrel de Reims*』を書いた詩人である。思うに、彼はある教訓を伝えたかったのだろう――「あなたの吟遊詩人を大切にしなさい。そうすれば彼もあなたを大切にするでしょう」。

ブロンデル・ド・ネスルの経歴は、トルバドゥールの影響がラングドックからロワール川とその先へと北に広がったことをよく表している（イタリアの詩人ダンテは、「はい（yes）」を意味する言葉によって範囲が限定される三つの文化地域を区別していた――南部はsi、中部はoc、北部はoïl）。

詩や歌をロマンティックに表現する流れは北フランスへと広がり、そこでは詩人たちが「トルヴェール（trouvères）」と呼ばれた。しかし、トルバドゥールの詩はプロヴァンスの文化と独自に結びついており、それは十字軍兵士たちの中東でのさまざまな経験から形づくられていた。宮廷愛の世界が花開き、騎士道が慇懃さや高貴な女性への敬愛と結びつくようになって、新しいタイプの文学が生まれたのは、こうした枠組みにおいてのことだった。つまり、アーサー王と円卓の騎士団のような英雄たちを称える詩的な空想叙事詩である。

カタリ派

同じ頃、プロヴァンスの宗教的信仰は大きく変わりつつあった。教会の世俗性や拝金主義に対する敵意がヨーロッパ全土に広がっていたが、プロヴァンスでは、キリスト教を間違った意味に解釈したのは不正直で尊大な組織であるという考え方が生まれ、これがカタリ派という形に変化した。カタリ派の人々は、世界を神と悪魔というふたつの神格による闘争の場ととらえ、物質世界は悪と悪魔の領域であると信じていた。彼らは聖書を歴史文書ではなく寓意物語として理解し、イエスを人間ではなく天使として見ていた。

彼らの主張によれば、人間は善良であることによって悪の世界から抜け出すことができた。「完徳者（perfecti）」と呼ばれる人々は、理想主義で平和主義のベジタリアンだった。ラングドックの貴族の多くはこのカタリ派を擁護し、彼らに好意的だった。

ギヨーム公の詩にあふれる情熱と、肉体を否定するカタリ派の禁欲主義の間には明らかな矛盾があった。ただ、この矛盾はカタリ派がプロヴァンスの宮廷を支配するようになると、いくらか和らいだ。トルバドゥールの詩や音楽は、より空想的で修辞的、寓意的になっていった。ちょうど一九六〇年代の音楽が社会への抗議とヒッピーの理想主義を表現していたように、一三世紀のトルバドゥールの詩歌はカタリ派の抗議を表現していた。実際、ラテン語ではなく、自分たち自身の言葉を使ったことには、反ローマ的な含みがあった。

教皇インノケンティウス三世はこうした動きにひどく冷淡だった。その訴えがおもにローマ・カトリック教会の堕落と拝金主義に対する反発（この批判には彼も全面的に同意していた）であると認識した彼は、つつましい修道士たちをラングドックへ派遣し、人々の信頼を取り戻そうとした。これには一二〇五年に聖ドミニクスが率いた一団も含まれていたが、彼らにカタリ派を教会へ引き戻すことはできなかった。

一二〇八年、教皇特使の殺害を受けて、インノケンティウス三世は方針を変え、ヨーロッパの騎士団にイスラム教徒を殺すのをやめて、カタリ派を殺させようとした――これは罪の赦しを与えられるだけの尊い行為とされた。この聖戦は、キリスト教「異端」の征伐を目的に始められた最初の十字軍として一二二九年まで続き、ラングドックの多くの人々の命を奪った。それはカタリ派がアルビの町と同一視され、北フランスではアルビ派として知られていたことから、「アルビジョワ十字軍」と呼ばれた。

それは無慈悲で残忍なものだった。ベジエの包囲のときに教皇特使だったアルノー・アモーリは部下たちにこう命じた――「身分にも年齢にも性別にも慈悲は見せるな。（中略）カタリ派だろうがカトリックだろうが、すべて殺せ。（中略）神があとで見分けてくださる」。カタリ派を攻撃したのは、ドルドーニュ地方の地所（いくらか修繕を必要とする立派な農家など）を狙うアングロ＝フレンチのノルマン人たちだった。シモン・ド・モンフォールはこうしてカルカソンヌ、アルビ、そしてベジエを含む全域の支配権を与えられた。

トルバドゥールは逃げるか、殺されるかのどちらかしかなかった。彼らは北イタリア、イベリア半島、さらに北部へ避難し、ヨーロッパ全土で新たな音楽運動を生み出した。実際、この虐殺を唯一生き延びたのは、トルバドゥールの感性だった。豊かな詩的センスをもった避難民の流出はヨーロッパのほかの地域に大きな影響を与え、それはナチス・ドイツからの知識人の亡命に匹敵した。この比較はけっして大げさではない。アルビジョワ十字軍は意図的な大量殺戮にほかならず、それによって推定一〇〇万人が虐殺されたのである。

土着語の勝利

トルバドゥールの影響を示すひとつの例が、ヴォルフラム・フォン・エッシェンバハの作品にある。彼はドイツ最高の物語詩人として記憶されるバイエルン人で、叙事詩『パルチヴァール』（加倉井粛之ほか訳、郁文堂、一九九八年）を書いたことで知られる。これは明らかにクレティアン・ド・トロワによるアーサー王伝説『聖杯の物語、またはペルセヴァルの物語』（佐佐木茂美訳、大学書林、一九八三年）を下敷きにしたものだった。ヴォルフラムは、アルビジョワ十字軍の際にキヨ・オヴ・プロヴァンスという人物から提供された特別な資料を使ったとしているが、どうやらこのキヨという人物は、プロヴァンスの多くのトルバドゥールと同じく、スペインへ避難したあとにドイツへ向かったようだ。

トルバドゥールの遺産は、打ち砕かれた彼ら自身の文化よりもはるかに長く続いた。たとえほかの地域の作家がカタリ派のイデオロギーに共感しなかったとしても、彼らに与えた影響は大きかった。こうしたトルバドゥールの賛美者のなかでもっとも重要かつ影響力があったのは、イタリアの詩人ダンテ・アリギエリで、彼は一四世紀のごく初めに「俗語論」というラテン語の評論を書いている。そのなかで、彼は口語（ラテン語とは対照的なものとして）を文学にふさわしい表現手段として絶賛した。彼が代表例として挙げた三人の優れたトルバドゥールのうち、アルノー（アルナウト）・ダニエルについて、彼は『神曲』のなかでその言葉をオック語で引用し、アルノーの名を不滅のものにした。

アルノーの詩はまったく驚くべきものだ。彼はごく自然な軽いタッチで、緻密に計算された韻律構造を組み立てている。彼の詩を朗読すればするほど、表面的にはごく自然でオープンでありながら、じつはひとりの人間がもうひとりに話しかけているという複雑な構造が明らかになる。それはまるで言葉がその詩に合わせて生まれてきたかのようだ。ただ、それだけに翻訳が非常に難しい。詩の韻律や精神を真似ながら、その意味をべつの言葉で表現するなど不可能である。詩の喜びとそれを表現する言葉とは、けっして切り離せないものなのだ。

No vuelh de Roma l'emperi
私はローマ帝国も望まず
ni qu'om m'en fassa postoli
教皇になりたいとも思わない
qu'en lieis non aia revert
もしこの胸を焦がす
per cui m'art lo cors e'm rima;
彼女のそばにいられないなら
e si'l maltrait no'm restaura
そしてもし彼女が一年のうちに口づけで
ab un baizar anz d'annueu,
この傷を癒してくれないなら
mi auci e si enferna.
私は彼女のせいで死ぬだろう

トルバドゥールの詩を立派に思わせるには、それなりの工夫が必要だった。詩集を出すときには、彼らの作とされる詩にその詩人の伝記が添えられた（たいていの場合、誰が何を書いたかははっきりわからなかったため、そうした伝記はそのトルバドゥールの作とされる詩の内容から校合者が引き出したものだった）。

土着語の有効性や重要性が重視されるようになったことは、西ヨーロッパの宮廷だけでなく、その政治にさえ影響を与えはじめた。君主たちにとって、自分の知的領域をしっかりと確保することは、その権力の地理的領域を確保することと同じくらい重要になった。そのため、彼らは知識人を宮廷詩人や宮廷作家として雇いはじめた。

こうした新しい詩人たちは、従来の吟遊詩人を明らかに見下していた。フランスでは、ウスタシュ・デシャンがこう述べている――「吟遊詩人のわざとらしい音楽は『*le plus rude homme du monde*（世界でもっとも垢抜けない男）』にしか学べない」。一三七〇年代にフランス王シャルル五世の取次役を務めたデシャンは、廷臣として浮き沈みを経験した一方、世界でもっとも垢抜けた篤学の士でも学べなかったと思われる大量の詩――約八万二〇〇〇篇――を残した。それらは事実上、詩による宮廷日記だった。

宮廷詩人が直面した危険は、タイユフェールが戦場で直面した死の危険とも違えば、粗野なジョングルールが寒さや貧しさで野たれ死にする危険とも違った。それは自分の詩が反体制的とか不穏などと見なされる危険だった。ところが、デシャンは貴族や政府、教会の人間をはじめ、資本家や弁護士、さらには女性など、自分が軽蔑する連中を風刺せずにはいられなかったようだ。
　ある目立ちたがり屋の小娘を風刺した彼のパロディーは、今読んでも、非常に愉快で皮肉が効いている。

言わせてもらうけど
私って美貌の持ち主よね。顔もきれいだし
唇はバラみたいに赤いし
ねえ、そうでしょ？

笑顔はかわいいし、瞳はうるんで露みたい
愛らしい鼻に、輝くような金髪
形のいいあご先に、白い首筋
ねえ、そうじゃない？

礼儀正しくて、優しくて
おまけに強くて、勇敢で、ハンサムで

そんな人だけがこの稀な美人を勝ち取るの
ねえ、そうでしょ？

さあ、あなたたち、話し合ってみて
私の言ったことが本当だと考えてみて
それで私の歌は終わり
ねえ、そうじゃない？

もちろん、こうした詩はどこかの愚かな小娘を風刺したものかもしれない。しかし、それは美しい娘をとおして、共謀者になるかもしれない相手に色目を使う貴族を風刺した寓意とも読める。あるいは、そうした貴族が土着語の詩の巧みな表現に敏感に反応し、この詩をそんなふうに解釈したのかもしれない。

いずれにせよ、デシャンは地位も収入もすべて失う羽目になった。

イングランドの土着語

イングランドの宮廷で新たに土着語が使われるようになったのは、ヨーロッパのほかの地域よりずっとあとだった。これは一四世紀半ばまで、イングランドの貴族に独自の土着語があったからであり、それは平民の土着語とは異なっていた。この言葉というのがノルマン・フレンチで、ノルマン征服の遺物だった。一三世紀初め以降、ノルマン・フレンチはしだいに英語化されるようになったが、貴族と平民の間の言語的分裂は一三六〇年頃まで実質的に残っていた。英語が法廷言語となったのは、「訴答手続き法」が可決された一三六二年になってからで、それ以降、従来のアングロ＝ノルマン・フレンチは急速に消滅していったようだ。

一三五〇年のイングランドの宮廷は、土着語の詩に喜んで耳を傾けてはいたが、特定の地域語をイングランドの言語と認めることはなかった。その年、エドワード三世は、有力なコネをもつスペインのドン・カルロス・デ・ラ・セルダよる海賊行為に断固対処することを決めた。ドン・カルロスはそれまで宝物や物資や略奪品をフランドルのスロイスで船に積み込み、盛んにバスク地方沿岸へ運んでいた。エドワードはイングランドの存続が英仏海峡の覇権を握れるかどうかにかかっていると考え、ドン・カルロスに対して命がけの挑戦を決意した。

彼はウィンチェルシーに艦隊を集め、自分は旗艦トマス号、長男の黒太子はべつの旗艦に乗り込んだ。王族全員が顔をそろえ、下の息子でまだ一〇歳のジョン・オヴ・ゴーントもそこにいた。王族の女性たちは修道院に滞在し、そこから戦いを見物できるようにした。

対戦にそなえて、エドワードは自分と軍隊の士気を上げるため、吟遊詩人たちがドイツの踊りをするのを見たり、騎士のジョン・チャンドスが彼らとともにフランス語で歌うのを聞いたりした。[3] 兵士たちは英雄叙事詩のような戦いの世界に陶酔していたが、この王は自分をとくにイングランド人らしいとは思わなかった。

戦いはまさに英雄にふさわしい壮烈なものだった。トマス号は黒太子の船と同じく沈没したが、ふたりの英雄は生き延び、敵のスペイン船四〇隻のうち一四隻を失わせた。実際、これは有名なスペイン無敵艦隊と戦った一五八八年の海戦よりも、ドラマティックで血なまぐさいものだった。しかし、この戦いの様子を記録した詩は、ドイツ語やフランス語ではなく、非常に力強い英語で書かれていた。

私は包み隠さず話して、この務めを立派に果たしたい
武器をもって勇敢に戦い、甲冑に身を包んで立派に向かっていった男たちのことを
彼らは今、墓場へと追い込まれ、その数々の偉業にもかかわらず、命を落とした
彼らは海底をさまよい、魚の餌食になる
あれほど豪語したにもかかわらず
彼らは下弦の月に達した[4]

新たな文学がイングランドで生まれようとしていた。そこでは英語が斬新な方法で使われており、まったく驚くべき形で貴族と平民の間の隔たりを埋めた。ウィリアム・ラングラン

ドの『農夫ピアズの幻想』（池上忠弘訳、新泉社、一九七五年）は、人間の理想的な生き方についてのキリスト教の概念を探究した長編寓意詩である。一三六〇年頃に初めて登場したこの詩は、写しが無限に繰り返され、どの階級の人々にも広く知られていた――その詩の一部は、一三八一年のいわゆる「農民一揆」で合図やスローガンとして使われた。詩には命が宿っており、危険だった。

同じようなことがウェールズでも起きており、そこでは一五世紀初めにこんな法令が出された――「その易断や虚言、忠告によって、現在のウェールズでいくらかでも謀反や反乱を煽るような韻文詩人、吟遊詩人、放浪者は、ウェールズにとどまってはならない」。

しかし、ウェールズの吟遊詩人である「韻文詩人」は、かつてのような英雄叙事詩の伝統に立ち返った。彼らはウェールズ版のアーサー王伝説のなかに反体制的な民族主義の要素を見出し、それをオワイン・グリンドゥール率いる民族的反乱の拠りどころとして利用した。イングランドでは、そうした危険な詩人というのは、独自の言語で新しい文学をつくるニューウェーブの者たちだった。従来の吟遊詩人は古くさく、時代遅れに見えた。こうした状況は、ちょうど二〇世紀半ばの状況とよく似ている。長年、各地の演芸場を回りながら使い古しのネタを披露してきた寄席芸人に代わって、毎週、新鮮なネタを書くようなテレビ時代の高学歴の風刺作家が登場したのだ。

危険なゲーム

一四世紀の終わり頃、リチャード二世は文学が国王によって確固として占有されるべき領域であると考え、それを物理的領土と同じくらい重視した。また、彼は祖父の代からの宮廷詩人によって、あらゆる支えや励ましを与えられていた。その詩人というのがジェフリー・チョーサーで、彼はシェークスピアに次ぐ英文学の重鎮となった。

リチャードの宮廷には、フランスのシャルル五世の宮廷のように、気楽でざっくばらんな知的雰囲気があり、そこでは風刺や皮肉が盛んに披露された。チョーサーはこれに乗じて、教会がいかに堕落し、商業化されているかを風刺した。たとえば、彼の物語には、天使によって地獄へ運ばれた托鉢僧が、そこにひとりの托鉢僧も見かけないことを喜んだという話がある。その托鉢僧は彼らがみな天国にいるのだと思った。ところが、天使はいや、それどころか、地獄にはたくさんの托鉢僧がいると答えた。そしてサタンにこう呼びかける。

「『お前の尻尾をあげてみよ、のう、サタン!』と彼は言いました。『お前の尻を、さあ、見せろ。そしてこの場所のどこに托鉢僧の巣があるかこの托鉢僧に見せてやってくれ!』。すると、ものの二秒も経たないまに、蜜蜂が巣から群がり出るように、まさにそのように、悪魔の尻の中から千の二十倍もの托鉢僧が群れをなして飛び出して来ました。そしてそのあたり地獄いっぱいにうようよと群がりました。そしてあっという間もなく、また、引き返して悪魔の尻の中にめいめいが這うようにして入って行きました」(「召喚吏の話の序」、『完訳 カンタベリー物語 中』所収、桝井迪夫訳、岩波書店)

宮廷で何かを風刺するというのは危険なゲームであり、とくにある年はパトロンだった人物が翌年には追放されるといった場合はなおさらだった。リチャード二世は乱暴に王位を奪われた。彼から王位を強奪し、ヘンリー四世となった男の即位を手助けしたのは、かつてリチャードに司教座を追われたカンタベリー大司教のトマス・アランデルだった。彼は教会へのいかなる批判も許さず、とくに誰もが読んで理解できる英語での批判を撲滅しようと決意した。一年のうちに、アランデルは「異端者」を火あぶりの刑に処し、宗教論議に英語を使用することさえ禁じた。チョーサーの作品は、まさしく土着語での教会批判であり、撲滅の対象にほかならなかった。

これは歴史の知られざる謎のひとつを説明するものかもしれない。英文学の父とされるチョーサーは、アランデルが文学における英語の使用を制限しようとしたのとほぼ同時期に、忽然と姿を消した。

チョーサーはイングランドでもっとも有名な平民だったと思われるが、それでも彼の死については何の記録もなく、遺言も残されていないため、いつ死んだのかさえわからない。残されているのは、彼が姿を消してから一五〇年もあとに建てられた墓の判読しにくい碑文だけだ。

だが、これも彼の埋葬場所を示しているわけではなく、私たちが知るかぎり、そこに彼の遺物が納められているわけでもない。チョーサーが謎の失踪を遂げたことは間違いない。もしかすると、彼は意図的に消されたのかもしれない。

吟遊詩人の衰退

いったん始まった変化をもとに戻すことはできなかった。伝統的な吟遊詩人、つまり、古くからのジョングルールは時代遅れになった。彼らは大衆向けに路線を転換し、市や街角で芸を披露する旅芸人となった。ただ、仕事を失った彼らは、裕福なパトロンの支配を受けなくなったため、自分の望む相手に――ときには国王にさえ――仕えているふりをすることができた。そうした事態が目に余るようになると、ヘンリー六世は調査委員会に彼らを取り締まるように仕向けた。国王の庇護を受けていると偽ったかどで有罪になった吟遊詩人は、罰金を科せられ、国王のために祈ることを余儀なくされた。

吟遊詩人のなかには町に公務員として雇われる幸運な者もおり、彼らは式典で市民の誇りを高めるために芸を披露した。一四世紀には、祝日や閲兵式でパフォーマンスが必要なとき、町は貴族に仕える吟遊詩人と短期の契約を結んでいたが、一五世紀には供給が枯渇しようとしていたようだ。たとえば、ヨークの自治体にはヘンリー六世の時代から仕えていた三重奏団

――「市の楽団員」――がいた。彼らはクリスマスのたびに制服を支給され、復活祭や聖体の祝日、クリスマス、そしていくつかの聖人の日に芸を披露した。

宮廷楽士はまだいたが、そのなかに総合エンターテーナーという古い意味での吟遊詩人はほとんどいなかった。一方、君主がみずから詩を書いたり、自作の歌を歌ったりすることが増えていた宮廷では、楽士たちが上流社会に近づくことを許されていた。若くハンサムなダンサーで、ハープシコードの奏者だったマーク・スミートンもそんなひとりで、彼はヘンリー八世とその妃アン・ブーリンに仕える吟遊詩人だった。一五三六年のある春の日、彼はヘンリーの側近だったトマス・クロムウェルの自宅へ招かれた。そこで拷問を受け、免責を約束された彼は、王妃についての「秘密を暴露し」、自分が彼女の愛人であることを白状した。自白はたいてい当てにならないものだが、「王妃にどうしてそんな卑しい振る舞いができましょう」という彼の言葉から推測するに、スミートンは貴族の出ではなかったようだ。

彼はほかに数人の男の名前を挙げ、それにはアンの兄ジョージ、ヘンリー・ノリス、ウィリアム・ブレルトン、フランシス・ウェストン、そしてトマス・ワイアットが含まれていた。詩人で作曲家だったワイアットは、ヘンリーに自分がアンの元恋人であることを結婚前に話していた。ちなみに、彼の作品は今読んでも、五〇〇年前と同じくらい新鮮である。

私のリュートを責めないで！

知られぬうちに、いざさらば！
あなたは大きな侮蔑とともに
悪意のうちに私の楽器を壊すでしょう
それでも私はあなたのために
私のリュートに張る弦を
ふたたび見つけてみせましょう
もしもこの詩が哀れにも
いつかあなたに恥をかかせるとしても
私のリュートを責めないで！

名前を挙げられた男たちは逮捕され、そのことを口実にヘンリーはアン・ブーリンを始末し、代わりにジェーン・シーモアを妃に迎えた。ただし、ワイアットは釈放された――これはヘンリーが作曲家に弱かったからかもしれない。みずからも作曲家だった彼は、ある古いメロディーを新たに編曲し、これに歌詞をつけた――有名な「グリーンスリーヴズ」である。

ああ、いとしい人、何という不当な仕打ちか
無情にも私の愛を投げ捨てるなんて

私はずっとあなたを心から愛してきたのに
そばにいることを喜びとして

ヘンリーが仲間の奏者に感じたかもしれない愛情は、スミートンにまでは及ばなかったらしい。一五三六年五月一二日、彼は反逆罪で裁判にかけられ、弁解をいっさい許されなかった。絞首刑に処された彼は、生きたまま手足を切り落とされ、まだ意識があるうちに内臓をえぐり出された。そして遺体はばらばらにされた。

こうして宴は終わり、中世は無慈悲で残酷なルネサンスの支配に道を譲った。

では吟遊詩人たちが残したものは何だったのか。彼らは多くを残してくれた——吟遊詩人はひとつの身分としては消滅したが、もっとずっと大きなものに姿を変えた。今やイングランドの詩や文学、戯曲は国全体に広がり、全国民を楽しませていた。一方では崇高で力強い感情や繊細な言語があり、一方ではごく低俗な喜劇があり、これらが渾然一体となって、ひとつの驚くべき体験を生み出すことができた。こうした豊かな文学的土壌が実りをもたらしたのは、シェークスピアの作品が登場した一六世紀末のことだった。格調高い悲劇と洗練された喜劇を提供するという高尚な事業をともに担った彼の同僚には、グローブ座の共同株主だったウィル・ケンプがいた——彼は歌も踊りも、楽器の演奏もできる道化役者で、何より「ジャンプ→口笛→おなら」の芸が観客にいかにウケるかをよく知っていた。

ちなみに、シェークスピアらが隆盛をきわめた時代はエリザベス一世の治世だったが、アン・ブーリンの娘である彼女は、ただの偶然とは思えないほどマーク・スミートンによく似ていたという。

第三章――無法者　Outlaw

中世イングランドの無法者と言えば、今なお伝説の存在である。お尻が見えそうな短いチュニックにタイツだけという大胆な格好で、緑の森を駆けまわるヒーロー。そんな中世のアウトローの姿は、平民にとって自由と正義の象徴となった。

私たちが知っている中世の無法者は、神話のなかでふたつの領域の境界に住んでいる。つまり、彼らは陽気で秩序ある中世の王国というクリスマスのお芝居にあるような明るいイメージと、ひどく乱暴で野蛮な無法地帯という暗いイメージの間を行き来している。現実を冷静に見つめることで、こうしたふたつのイメージにおける真実と嘘が明らかになるだろう。そしてまた、本書の中心的テーマについても明らかになるだろう――中世イングランドの暮らしが、特異な民族社会として、いかにヨーロッパのほかの地域とは異なっていたか。

そうした特異性を示す例としてもっとも驚くべきなのは、イングランドがヨーロッパで唯一、国家を実質的に機能させるために、こうした不敵な無法者を必要としたということだ。

この理由については、ロビン・フッドのような義賊が本当に存在したのか、森は本当に自由と逃亡の場だったのか、そしてもちろん、重要な疑問として、無法者は本当にズボンを履かなかったのかについて検証するなかで明らかになるだろう。

中世にたくさんの無法者がいたことは確かで、実際、その数は私たちが想像する以上のものである。歴史家によれば、当時はほとんど誰もが人生のある段階で無法者になったという。それはちょっとした不便――クレジットカードを止められるような――をもたらしていた。

たしかに、暴力によって社会を荒廃させるような無法者がいたのは事実だが、実際の様子は、多くの場合、私たちが思っているようなものではなかった。

たとえば、一三四〇年のある午後、ラトランドのテイという小さな村で起こった劇的事件について見てみよう。

実在の無法者集団

武装した男たちの一団が教会へ押し入り、その礼拝所に二〇年前から奉職していた教区牧師が外の通りへ引きずり出され、首をはねられた。しかし、ここで意外だったのは、聖職者を殺した武装グループが無法者ではなかったということだ。無法者だったのは、殺された教区牧師のほうだった。彼の名はリチャード・フォルヴィールといい、悪名高きフォルヴィール強盗団をつくった六人兄弟のひとりだった。

彼らの死から一世代後、フォルヴィール一家は悪事を正す無法者として敬愛されていた。ある年代記によれば、彼らは「法律をみずから支配し」、武力によって不正を正すために駆けまわったという。「フォルヴィールの掟」は「正当な強盗」の同義語となった。彼らは財務裁判所で嫌われ者の判事を殺し、ある当時の詩によって悪徳と非難された王座裁判所の裁判官を誘拐した。

では、フォルヴィール一家は現実のロビン・フッドだったのだろうか。そうだと言いたいところだが、じつはそうではなかった。

フォルヴィール一家は、下級貴族の家庭に次男や三男として生まれた者から構成され、貴族らしい暮らしぶりを維持するために犯罪に手を染めた。彼らが金持ちから金品を奪っていたのは貧しい者たちに与えるためではなく、たんに生活のために強盗や強姦、暴行、誘拐、殺害を繰り返していた。

にもかかわらず、彼らはやがて尊敬されるようになった。殺人罪で裁判にかけられても無罪となり、反対に教区牧師のリチャード・フォルヴィールをこの世から排除した治安判事のほうが罪の償いをさせられた——彼は地元の教区を回り、各教会で殴られるという罰を受けた。

中世の人々はフォルヴィール一家に対してのみならず、無法者全般、さらには不敵な強盗という存在そのものに対して、矛盾した気持ちをもっていたようだ。きっとそうした心情から、あの有名な伝説のひとつが生まれたのだろう。

実在のロビン・フッド？

もし本当にロビン・フッドがいたとしても、彼の身元を突き止めるのはひどく困難だ。彼がどこに住んでいたのかも（ノッティンガムシャーなのか、それともヨークシャーなのか）、どの時代に生きていたのかも（悪王ジョンと善王リチャードがいた一二世紀なのか、それとも一四世紀なのか）はっきりしない。そもそも彼が本当にいたのかどうかさえはっきりしない（ロビン・ホードもしくはフードと呼ばれる犯罪者に関する副次的な記録が、この不朽の伝説の起源になっているのかもしれない）。

しかし、中世という時代の風景は、彼なしではけっして完成しないだろう。ロビン・フッドは、なぜかイングランドのアイデンティティーの根源的象徴なのである。たしかに、女装趣味の陽気なお人よしというクリスマスのお芝居のようなイメージがイングランドのアイデンティティーだとしたら、それはちょっと異様だが、彼はつねに政治倫理を伝えてきた。不正の被害者であり、身勝手な悪徳州長官の犠牲者である彼は、仲間のごろつきといっしょに森に身を隠しているが、中世イングランドの人々にとっては正義のシンボルであり、貧しい者からは賞賛され、金持ちの有力者からは憎まれている。

強盗の誇り

奇妙な事実だが、イングランド人はアウトローの強盗をつねに誇りに思ってきたのであり、それは今も変わらない――映画や小説に出てくる架空の強盗だけでなく、フォルヴィール一家のような実在の強盗についてもそうだ。人々は彼らを独特の存在と考えていた。ほかの国々の無法者にも仲間内の掟のようなものがあったかもしれないが、彼らはイングランドでのように、大胆不敵な猛者とは思われていなかった。あっぱれな強盗とケチなこそ泥とでは、雲泥の差があったようだ。無法者について書かれた中世の文献の多くによれば、正面から正々堂々と行なわれた強盗は尊敬に値したらしい。それはちょうど神明裁判《しんめい》［ある人の主張が正しいかどうかを神意に問い判定する裁判］における扱われ方だった――強盗が成功したということは、神がそれに味方したというわけだ。

無法者を賞賛する気風は、彼らを絞首刑に処する側の人間たちにも見られた。一四四二年から一四六一年まで王座裁判所の首席裁判官を務めたジョン・フォーテスキューは、一四七〇年、ヘンリー六世の息子でランカスター家の王太子エドワードの教育にあたっていた。ヘンリーは息子がヨーク家のエドワード四世に代わって王位に就くことを期待していたが、当時、王太子とその母親の王妃マーガレット、そしてフォーテスキューはフランドルに逃れていた。フォーテスキューは王太子に、イングランド人がフランス人より勇敢な国民であることを理解させようとした。すると王太子は、そのことはイングランドに不敵な無法者が大勢いることからも明らかだと説明した。

フランス人は強盗で絞首刑にされることはめったにない。というのも、彼らにはそんな恐ろしい行為をするだけの度胸がないからだ。したがって、イングランドで一年間に強盗や故殺で絞首刑に処される者の数は、フランスで七年間にそうした犯罪で絞首刑に処される者の数よりも多い。……［イングランド人は］貧しい身の上の自分のまえに腕ずくで奪えそうな財産をもった男がいたら、よほどの強い順法精神をもっていないかぎり、必ずそれを奪うだろう。

中世の無法者がイングランド特有のアイデンティティーの発展に不可欠だったというのは本当だろうか。もしそうだとしたら、そのイメージはクリスマスのお芝居で見るロビン・フッドのイメージとは大きく異なる。私たちが想像する無法者とは、本質的に非暴力の高潔な人物であり、だからこそ無法者は私たちの共感と敬愛に値するのだ。だが、実在した中世のロビン・フッドはどうだっただろう。もっと詳しく見てみよう。

ロビン・フッドの残虐性

ロビンとその仲間たちは、ヨーマン階級［一四〜一五世紀イングランドの独立自営農民層］の出身で、無慈悲な殺人集団として描かれている。しかし、このことは中世の物語におけるヒーローとしての彼らの地位に影響を与えるものではない。ロビン・フッドの美徳というのは、社会正義の観念よりも、聖母マリアへの信仰心と州長官や修道士たちへの敵意にあるようだ。

ロビン・フッドの物語で最古のものとして知られているのが、「ロビン・フッドと修道士」のバラッドで、これはフォルヴィール一家とほぼ同じ時代に書かれたとされている。物語の冒頭、ロビンは教会で祈りを捧げるために森を出ることを決意する。ところが、そこへ向かう途中、彼は仲間のリトル・ジョンと賭けをして、負けたにもかかわらず金を払おうとしなかった。ふたりは喧嘩になり、ジョンは彼を見捨てて去る。そのとき、ロビンはかつて盗みを働いたことのある修道士に出くわす。修道士が彼を泥棒だと非難し、逃がすなと叫び声を上げると、ノッティンガムの州長官とその部下たちがロビンを捕まえにやって来る。

しかし、ロビンは膝まで垂れた長剣を引き抜いた
州長官とその部下たちが立ちはだかったが
彼は連中に向かっていった

三度、彼は連中の間を駆け抜け
実際のところ、
その日、多くの男たちに傷を負わせ
一二人を殺した

だが、ロビン・フッドは最終的に捕まってしまう。一方、リトル・ジョンともうひとりの無法者マッチは、小僧を連れて旅をしていた修道士と出くわし、事件のことを知る。そして何のためらいもなく、ジョンは修道士を殺す。さらに

マッチは口封じのため
小僧にも同じことをした

リトル・ジョンとマッチは、まったく法にかなった行動をした男を殺した。彼らは幼い目撃者も殺した。このバラッドはふたりを悪く見せようとしているわけではない。それどころか、ロビンに対するふたりの忠誠心の素晴らしさを示しているのである。しかし、平気で子供を殺すような悪党は、現代の読者にとっては、救いがたい極悪人であり、クリスマスのお芝居で見るロビン・フッドのイメージとはかけ離れている。

アングロ＝サクソンの無法者

無法者という身分は、アングロ＝サクソン時代の法の重要な要素だったが、その意味はノルマン征服によって変化した。

私たちがもつ「無法者」の概念は、個人の自由をめぐる強固な考え方から形成されている。中世の封建社会では、それぞれの地位が厳密に定義され、そこでは人々が法的に土地に縛られ、賦役の義務を負った。ロビン・フッドのような無法者は、そうした束縛や抑圧のない生き方をする人間として、私たちの心を惹きつける。しかし、一一世紀の社会における「自由」とは、今日、それが意味するものとは正反対だった。誰もがひとつの場所に結びつきをもち、文字どおり、ほかの誰かに属していた。これが彼らの存在の根拠だった。それに対して無法者とは、こうした結びつきを捨て、実際、野生動物のように生きる者たちだった

ノルマン征服の当時、イングランドは高度に構造化された社会だった。誰もが領主や自分の家族に属していた。「領主をもたない者」は、危険ではないとしても、怪しい人物とされた。もし責任をもって世話してくれる領主がいない場合には、家族がその者に領主を見つけてやる必要があった。それができなければ、彼はごろつきや放浪者として扱われることになる。イングランドでは、法律は古くから受け継がれてきた伝統であり、住民の財産として理解されてい

た。国王が法令を布告するのは、新しい法律を表明するためではなく、歴代国王から受け継いだ法律を改めて承認するためだった。訴訟手続きも完全に地域レベルで行なわれ、裁判も各州や各郡で開かれた。

民法と刑法の区別もなかった。訴訟手続きはほかの誰かを告発し、懲罰を求める者個人の責任で行なわれた。刑法では、国が違法行為を摘発し、被告人を裁判にかけ、刑罰を求め、これを科すが、中世初めの社会にそんなものは存在しなかった。どの家にも独自の「秩序」があり、それを（窃盗や暴力行為によって）侵害された場合、地方裁判所に訴えを起こし、賠償として現金の支払いを要求した。

被告人は、「宣誓保証人」と呼ばれる一定数の人々に自分の潔白を証言させるか、罪に関連した代償を現金で支払うかを求められた。ひとりの人間による証言の重みは、本人の社会的地位に左右された。また、この重みによって、被告人が法廷で容疑を晴らすために必要な証言の数や、罪に対する賠償がなされる場合には、その支払いの額が決められた。人命にはそれぞれ金銭的な価値（贖罪金、つまり「命の値段」）が定められていた。たとえば、セーン（thegn）と呼ばれる貴族階級の従士ひとりの命とその証言は、平民ひとりの命とその証言の六倍の価値があった（貴族一二〇〇シリングに対して平民二〇〇シリング）。

一方、アングロ＝サクソン時代の法典は現代の保険証書のようだった。たとえば、五六〇年から六一六年までケントの王だったエセルバートの法典では、損害賠償金が次のように定められていた。

片方の耳が切り落とされた場合は一二シリング
もう片方の耳が聞こえなくなった場合は二五シリング
片方の耳が突き刺された場合は三シリング
片方の耳がもぎ取られた場合は六シリング
片方の目が打ち取られた場合は五〇シリング
口か片方の目を傷つけられた場合は一二シリング
鼻を突き刺された場合は九シリング
鼻をもぎ取られた場合は六シリング
あごの骨を砕いた者には二〇シリングを払わせる
前歯四本はそれぞれ六シリング、その横の歯は四シリング、そのまた横の歯は三シリング、その奥はそれぞれ一シリング

さらに、このリストには指やつま先、爪や皮膚、打撲や骨折の賠償金額まで細かく定められている。そのため、人々は法律に大きな関心をもっていた。もし罪人が支払いを拒否した場合、被害者は郡（地方区）の支援を得て、個人的な戦争を起こす権利が与えられた。

宣誓はひとつの宗教的儀式だった――定式文句を一か所でも読み間違えると、その宣誓は無効となった。もし被告人が十分な数の宣誓者を見つけられず、それでも無実を主張する場合、彼らは神明裁判にかけられた。神の試練として焼けた鉄棒や熱湯に触れさせたり、冷水に沈めたりしても無事だった場合、彼らは無実と判断された。

無法者とは、裁判を受けるよりも身を隠すことを選んだ男女のことだった（実際には女性は無法者の身分にはなれず、「浮浪者」となったが、ほとんど同じようなものだった）。そうした人間はどのコミュニティーにも属さなかったため、ひどく怖がられていた。無法者には証言の価値がなく、したがって、彼らの命に値段はつけられなかった。無法者を殺しても罰せられない一方、彼らに食料を与えたり、彼らを保護したり、彼らと話をしたりすることは罪とされた。

男であれ女であれ、社会の外側で生きることを選び、自発的に全財産を放棄し、万一殺されても誰の罪にもならないような「ウルフズ・ヘッド（wolf's head）」になるということは、かなりの絶望的状態に陥ってのことだろう。宣誓保証人が見つかる望みがなく、恐ろしい神明裁判を受けるしかない――つまり、実質的にはすでに社会から追放されている――という状況でないかぎり、そうはならなかったはずだ。

しかし、この緻密につくり上げられた構造は、征服王ウィリアム率いるノルマン軍がイングランドを占領した一〇六六年、粉々に打ち砕かれた。

征服

一〇六六年、イングランドはノルマンの占領下となり、その新しい支配者たちは彼らが保有する土地についても、統治する国民についても何も知らず、話す言葉さえ違った。すると森や原野や路地などで、次々と殺害されたノルマン人の遺体が見つかるようになった。ウィリアムは州――および郡――の裁判所にそのまま仕事を続けるように命じたが、当時の法制度は明らかに、犯罪の被害者やその身内が犯人を名指しすることに頼っていた。実際、それは緊密に結びついたコミュニティーに頼っていた。ノルマン人はそうしたコミュニティーに属していなかったため、彼らはコミュニティーに犯人の引き渡しを求める必要があった。

ウィリアムは全自由民に忠誠の誓いを求め、(領主の世帯に属していないかぎり) 誰もが「十人組」に入ることを要求した。これは一〇人のメンバーからなる一団で、必要ならば本人を法廷へ出頭させる義務を負っていた。訴訟は地元領主の法廷で行なわれた。この制度は州長官(州の代官) によって管理され、もし被告人が召喚されても出頭しなかった場合、十人組は罰金を科せられた。無法行為に対する罰金は、その無法者が逃げ出したコミュニティーに科せられ、これは他民族の占領下で生きることの意味を人々に思い知らせた。

ノルマン人がひとり殺された場合、コミュニティーが速やかにその犯人を出頭させないと、ウィリアムはその遺体が見つかった地区に罰金を科した。それまでコミュニティー自体が法の執行機関だった制度は、コミュニティー全体が連帯責任を負う制度へと変化し、これは一九四〇年代初めにナチスの占領下にあったフランスで課された体制とよく似ている。

ノルマン人の体制はもっぱら暴力にもとづいていた。そもそも彼らがイングランドへやって来たのは暴力の結果だったわけだが、その制度は土地保有者全員が兵役によって地代を払うことを要求した。宣誓証言の制度は存続していたが、ノルマン人はそれでは不満だったようで、ノルマン人同士の訴訟では、決闘による裁判を行なう権利を主張した。つまり、暴力の被害者が加害者に対する処罰を求めて地元領主に訴えを起こした場合、もし告発する側とされる側がどちらも貴族であれば、被害者は犯人だと名指しした相手と戦わなければならない可能性があった。

これは決闘による神明裁判と同じようなものだった。理屈からすれば、それが公正な戦いであれば、神は必ず正しい側に勝利をもたらすはずだ。もちろん、実際には、それはノルマン人にとって正しいとされる事実を認識し、法を直接的に執行することだった。

一方、イングランド人がノルマン人に告発された場合、イングランド人は宣誓証言による抗弁が許されないどころか、決闘か神判かを選ばなければならなかった。立場が逆であっても、イングランド人の告発者は同じく決闘か神判かを選ばなければならなかった。そのため、もし年配の自由民がノルマン人の筋骨たくましい若者に息子を殺され、領主の裁判所に訴えて、犯人を名指しした場合、彼は相手の若者と決闘を余儀なくされる恐れがあった。まったく何ということだろう。

当然ながら、被害者は加害者をなかなか告発しようとしなかった。実際、一二世紀では、地方裁判所に殺人犯に対する訴えを起こした者の半分は女性だったが、彼女たちが決闘するのには無理があった。やがて訴訟は避けるべきものとなり、少なくとも殺人を含めた個人的な訴えでは、ほぼ五件に一件が被告に無視された。四度の召喚にもかかわらず出頭しなかった場合、その被告は無法者と宣言された。

征服後、イングランド全土を新たに所有することとなったウィリアムは、現金による賠償制度に代えて、体刑とともに、国王自身に罰金や没収財産を差し出す制度を導入した。人々がノルマン人をなかなか州長官に告発しようとしなかったのは、彼らが決闘を余儀なくされるからだけではなく、被告が神明裁判をパスして無実と宣言される恐れがあったからだ。そうした場合、原告は誣告罪《ぶこくざい》（虚偽告訴罪）で重い罰金を科せられた。土地の権利をめぐる訴訟においても、たいていは決闘裁判で決着がつけられたため、これもあまり気の進まないものだった。

住民の大半は法を行使することにほとんど関心がなかった。そうしたなかで、無法者であること――法の支配から逃れること――の意味が変化した。たんにまともな社会からの逃亡者というのではなく、無法者は今や反逆者であり、ゲリラであって、道徳的権威に欠ける法制度に背を向ける存在となった。

ノルマン征服から約二〇〇年後のイングランドの修道士で、年代記編者だったマシュー・パリスは、征服後のトラウマ的な事態についてこう記している。「イングランド人の貴族やジェントリはみな財産を奪われた。物乞いすることを恥じ、土の掘り方も知らない彼らやその息子や兄弟たちは、森へ逃げ込んだ。彼らは強盗を働き、欲しいままに略奪もしたが、それは猟の獲物などの食糧が尽きようとしたときだけだった」[1]。

要するに、これは貴族の無法者が生まれたということを意味する。ウィリアムの死後、一二世紀初めの混乱のなかで、郡裁判所の多くがまったく機能しなくなった。

陪審

ヘンリー二世が一一五四年に即位する頃には、法制度は完全に崩壊していたため、彼は新しい制度を確立する必要があった。実際、その独創性、その秀逸さはほとんど信じがたいものだ。彼は新しい形の法律、新しい形の裁判、新しい形の訴訟手続きを基礎からつくり上げ、ほかのどの国ともまったく違う法文化をイングランドにもたらした。

それまでも祝日や定期市の間、あるいは公道上で犯された罪は、国王自身への侮辱とされ、「王の平和」を侵害するものとして扱われていたが、この対象が窃盗や暴行のあらゆる行為に拡大された。それらは「犯罪」となり、起訴手続きはもはや地方裁判所に賠償を求めて訴えた被害者を頼りにしたものではなくなった。犯罪は国王裁判所によって扱われ、これからは国王裁判所（というかその裁判官たち）が人々の目のまえにやって来て、裁判を開くことになった。

そのためには被害者が犯人を訴え出ることに頼るのではなく、住民たちにそうさせる必要があった。ヘンリーはクラレンドン条例（一一六六年）において、各郡で一二名、各村で四名が州長官か治安判事のまえで、宣誓のうえ、彼らの地区に犯罪者として告発されている者がいるかどうかを証言するように求めた。彼らに名前を挙げられた者は逮捕され、国王裁判所の「巡回裁判官」が来るまで牢屋へ入れられた（これも新しい取り組みだった）。

このように犯罪者を通報する一団は陪審と呼ばれたが、それは何も知らない事件について証言を聞くためにある今の陪審とは違っていた。当時の陪審はメンバーがすでに何があったのかを知っていたため、目撃者と呼ばれていた。実際、単独の目撃者が彼らに対して証言することは、それ自体が「訴訟幇助《ほうじょ》」という犯罪行為だった。陪審は国王裁判所と密接に結びついており、地域の慣習裁判所においては存在する意味がなかった。国王の裁判官たちが到着すると、彼らはどのような地元の慣習が存在するのか、その土地保有者はどんな人間か、XはYをその土地から追い出したのかなど、陪審員にありとあらゆる質問をした。

陪審が誰かを裁判に指名した場合、その人物に対する証言には、有利なものでも不利なものでも、重みはなかった。また、国王裁判所には決闘裁判という選択肢もなかった。もし被告人に不利となる明らかな証拠（盗まれた品を所持していたとか）があったり、「その評判がきわめて悪かった」りした場合、被告人は有罪と見なされるか、神明裁判にかけられた(「水の審判」)。自白は、いったんなされたら撤回できなかった。

水の神判というのは、手足を縛られ、水に投げ込まれるといったものだった。もし被告人が浮かんできたら、水が彼をその罪のために拒否しているということだった。そしてもし沈めば、彼は法的に無罪と見なされ、水から引き上げられた。しかし、「(中略)もし彼らの評判がきわめて悪く、法を遵守する多くの人々の証言によって公然と、恥ずかしいほどに非難されている場合、彼らは風に引き止められないかぎり、八日のうちに海を渡り、誓って国王の領地から去らなければならない。そしてその後は最初に吹いた風とともに海を渡り、主権者たる国王の恩寵がないかぎり、二度とイングランドへ戻ってはならない。またそこでは彼らは無法者とされ、もし戻ってきても無法者と見なされる」。

神判はやがて無意味な儀礼となった。人々はそれを信じなくなり、告発された者はそれにパスしようがしまいが、たいてい有罪とされた。一二一五年、神明裁判は廃止され(教会は司祭たちに神判への参加を禁じ、神によって事件が裁かれるという概念を封印した)、代わりに「小」陪審が刑事裁判で事実を審理した。これもやはり、証言を聞くための組織ではなかった。彼らの仕事は何が起きたのかを知り、それに応じて報告することだった。ほとんどの犯罪に対する刑罰は絞首刑だった。

小陪審には慣習法をつうじての権限はなかったため、被告人はそれによる裁判を拒否することができた。小陪審には最初の段階で被告人を犯人として名指しした一団のメンバーも含まれていたようなので、これはなかなかよくできた制度だった。被告人は裁判にかけられることに同意するまで、牢屋で「過酷拷問（peine forte et dure）」（その名のとおり）を受けた。一五世紀には、これでは不十分ということで、さらに厳しい苦痛が加えられた。

囚人はむき出しの冷たい床の上に座り、ごく薄いシャツだけを着て、その哀れな体が耐えられるかぎりの鉄の重石で押さえつけられる。食事は小さな腐ったパンと、濁って異臭のする水だけ。パンを食べる日は水を飲ませず、水を飲む日はパンを食べさせない。超人的な強さがなければ、この虐待を数日も生き延びられない。[2]

何人かはこうして圧死させられた。こうした拷問のメリットは、被告人がまだ有罪と宣告されていないうちに、その財産が最近親者へ譲られることだった。いったん有罪と決まれば、重罪犯の財産と土地は国王のものとなった。

判決

一三世紀半ばまでに、一般巡回裁判の裁判官たちは多忙をきわめ、各州を七年ごとにしか回れなくなっていた。もし告発された者が出廷の保証人（保釈保証人と同じ）を見つけられない場合、それ自体が死刑と同じ結果になるほどの長期の投獄を余儀なくされた。

この問題は、裁判官をより頻繁に巡回させる制度の確立によって緩和された――年に二度、事件を審理するアサイズ（assize）と呼ばれる巡回裁判である。国王裁判所の役割も変化していた。それはもはや特別な法廷ではなく、重大な人物や重大な原因のための法廷でもなければ、国王に関する事柄のための法廷でもなかった。国王裁判所は、王国全体のための普通の裁判所になっていた。

イングランドには今や独自の優れた法制度が確立され、それはもっぱら国王政府の独創性と必死の努力の賜物だった。とくに注目すべき点は権限の帰するところで、いかに乱雑な管理であっても、法の権限はあくまでも地域社会に置かれた。イングランドの法律は、大陸のものとはまったく異なっていた。大陸では、法は上層部が司るもので、教会法やローマ法にもとづいていた。一方、イングランドでは、法は全面的に国民の理解によって決まるもので、裁判所の仕事は「コモン・ロー（英国起源の不文律による慣習法）」を執行することだった。告発を行なったり、事件を審理したりする陪審は、おそらく何が起きたのかをすでに知っている人々から構成されていた。つまり、当時の陪審は程度の差こそあれ、大部分は法的に隷属状態にある人々からなっていたわけだ。このことは法の発展に著しい影響を与えた。これは普通のイングランド人が、たとえ隷農や農奴でさえあっても、被害者としてではなく、訴訟の参加者として、法律や裁判のことをよく知っていたということを意味する。

それはまた、もし陪審が絞首刑は不当と判断すれば、疑う余地のないほど明らかな証拠があっても、有罪判決を受けない場合もあったということを意味する。「ボール投げのボールが、見えないところにいた理髪師の手に当たり、そのせいで客が喉を切られた」と主張する陪審もいれば、「その被害者はうしろ向きに歩いていて矢に当たった」と真顔で言い張る陪審もいた。

自治都市裁判所

どの町にも独自の法律や自治都市裁判所があったため、そこでも「平民」は法的手続きを利用したり、法的公正の概念を独自に発展させたりすることに慣れていった。こうした裁判所では、たいてい不法侵入や地権争い、暴行、軽窃盗、借金といった罪が扱われ、国王裁判所では当初、こうした軽微な事件はなるべく避けられた。

しかし、一四世紀になると、おかしいと感じるものに対して人々が不満を訴えるための道が開かれ、さらに国王裁判所が下級裁判所の軽微な事件も扱うようになったため、訴訟好きの人間が増えた。そのため、慣習法にもとづく自治都市の裁判権は弱まった。

だが、自治都市裁判所はもっとずっと特殊な問題で忙しかった。一三四八年から一三四九年にかけての黒死病、そして賃金の統制を試みた一三五一年の労働者制定法の時代以降、地元当局がパンとエールの販売価格を規制していたのは明らかだ。裁判所は法律を使ってこうした規制を施行し、独自の刑罰制度を課した（町の裁判所は犯罪者を法外措置にすることはできなかった）。その罰とは手足を切断したり、粗悪品を売った商人にその品物を公衆の面前で食べさせたり、粗悪な飲み物を浴びせたりするなど、さまざまだった。田舎の陪審と同じく、法律を維持することは恥辱と評判にかかわる問題だった。

また、主要農産物に対する値切り交渉も違法とされた。ほとんどの食品市場では、値引きに罰金が科せられ、競売は犯罪行為とされたため、ひそかに行なわれた。商品の供給が不足すると価格が上がるとする「需要と供給の法則」は忌み嫌われ、したがって、こうした中世の市場ではこの法則が働くことは許されなかった。

中世が本当に終わりを迎えたのは、飢饉によって物価が上がり、需要と供給の法則が優勢になった一七世紀だと言える。

うわさ話で無法者に

イングランドの法制度における大変革がもたらした偉大な功績は、王権の手段としての法の有効性を弱めるどころか、それを地域社会の道徳観やうわさ話に結びつけたことである。このことは多くの人々を無法者の身分に追いやる一方で、無法者を「正義の反逆者」のシンボルにするという矛盾をもたらした。

この詩は森で、月桂樹の木の下でつくられた
そこではクロウタドリやナイチンゲールが歌い、鷹が飛びまわる
それはより長く記憶に残るように羊皮紙に書かれた
そして誰かがそれを見つけるように公道に投げ込まれた[3]

これは一三〇六年頃の詩の一部で、無法者によって書かれたと言われている。この詩は何が男たちを無法者にさせたのかについて、非常に明確な洞察を与えてくれる。
この無法者の詩によれば、中世イングランドに生きることは、地域住民が目を光らせる警察国家に生きるようなものだった。隣人たちと対立すれば、彼らが陪審を務める法廷で告発される恐れがあった。

神も憐みをかけないほど意地悪な連中が
その嘘つきの口から
卑劣な強盗やその他の罪で
私を起訴した

友人を訪ねることもできないほどに（中略）
もしこうした意地悪な陪審がそのやり方を改めず
私が故郷へ帰れるようにしないなら
もし私が彼らを捕まえられるなら、その頭を吹き飛ばしてやる
彼らにどれほど脅されても、私は一ペニーも払わない

隣人だけでなく、使用人にさえ告発される恐れがあった。

もし私が召使いの少年を罰しようとして
彼の態度を改めさせるために、ゴツンと一発やったなら
彼はそのことを通報し、私を拘留させるだろう
そして私が牢屋を出るには、多額の身代金を払わなければならない

さらに、隣人や使用人のうわさ話は地元役人の耳に入り、彼はそれを大いに利用する。この男の務めは法の執行などではなく、自分の地位から少しでも利益を得ることだ。

彼らは私の身代金として四〇シリングを巻き上げる
そして私を暗い地下牢へ入れないための
賄賂をもらいに州長官が姿を見せる
さあ、みなさん、考えてほしい。これが公正と言えるだろうか

一三世紀半ば、貧しい者たちの多くは裁判に出るのを拒み、そのために「無法者」と呼ばれた。裕福な者たちは賄賂を払うことで法制度を操ることができた——金持ちは財布を吊るされ、貧乏人は首を吊るされると言われた。教養のある者たちには、「聖職者の特権」を主張することで独自に逃れる方法があった——ラテン語で聖書の一節を読める者は聖職にある者とされ、したがって宗教裁判所に引き渡される権利を与えられ、そこではもっとも厳しい判決でもたいていは聖職位を剝奪されるか贖罪を科されるかだった。しかし、ラテン語などまったく知らず、隣人にも嫌われている貧乏人は、そのままでは制度によって確実に命を奪われるため、身を隠す必要があった。そうした者は、多くの場合、強盗となって潜伏した。

私には身代金になるような金品はない
だが、このまま執行官の管轄区域にいれば、私は死に追いやられる
「私は獄中で死ぬだろう」

一度この仕事を始めた者は
その人生でけっして改心することはない
じつを言えば、犯した罪が多すぎるからだ
投獄を恐れるがゆえに、多くの者が強盗になる

強盗になる者のなかには、昔はそうではなかったのに
投獄を恐れるあまり、平穏な暮らしを捨てた者もいる
彼らは毎日を生き延びるだけの強さに欠ける
この仕事を始めた者は、誰もが大きな務めに乗り出した

聖域

強盗になること以外の選択肢のひとつが、最寄りの教会へ必死に逃げ込み、聖域を主張することだった。ほとんどどの教会にも、四〇日間は逮捕が免除されるという聖域権があった――ウェストミンスター寺院やベヴァリー大聖堂など、特定の宗教機関には恒久的な聖域権さえあった。

私たちには聖域という制度そのものが意外に思えるかもしれない。いったいなぜ教会が泥棒や殺人犯をかくまい、彼らを法から守ってやる必要があるのだろうか。じつは当時の多くの人々も同じように考えていた。

一四〇二年、庶民院は、「昼間は身を隠し、夜になると殺人や反逆、窃盗や強盗といった重罪を犯しに出かけていく」ような「殺人者や反逆者、『王の平和』の妨害者」によって、オルダーズゲート近くにあるセント・ポール大聖堂のちょうど北、セント・マーティンズ・レ・グランドのロンドンの教会および大学に関連する聖域が悪用されていると訴えた。[4] その一世紀後、ヘンリー七世の時代にイングランドを訪れていたヴェネツィアのある旅行者は、あまりにも多くのならず者が教会の庇護のもとで組織的な犯罪活動を行なっているのを知って驚いたと記している。[5]

聖域という考え方は古代にさかのぼり、サクソン人の王たちによって積極的に守られていた。「血の復讐」の時代、法は個々の家族によって決められるべきものとされていたが、そこに何らかの和解を期待して冷却期間を提供したのが教会だった。しかし、法が発達するにつれて、そうした配慮は時代遅れになった。

とは言え、中世のほとんどをとおして、聖域は激しい議論を呼ぶテーマだった。場所によっては、教会を中心とした聖域範囲が広大なところもあった――その境界線は特別な「聖域杭」によって明確に示されていた。たとえば、ヘクサム大修道院やベヴァリー大聖堂は、そこが聖域範囲であることを示すため、いずれもその周囲の半径一マイル（約一六〇〇メートル）のところに十字架が建てられた。

ベヴァリーで聖域者として恒久的地位を得るためには、被告人はみずからの罪状をすべて告白しなければならず、その内容は正式に記録され、大聖堂に保管された。現存するその記録によれば、暴力犯罪を働いた者でもっとも多かったのは肉屋で、借金をした者でもっとも多かったのは建築業者だった。昔も今も変わらないというわけだ。

しかしながら、ほとんどの聖域は、通常の犯罪者の苦悩に対して一時的な解決策しか提供できなかった。もし本人が四〇日の期限が来てもそこを出ようとしなければ、それはほとんど死を意味した。期限が切れたあとに彼と話をした平信徒は、それだけで絞首刑に処された。最終的に姿を現したとしても、彼はすぐに捕らえられ、その場で処刑された。だが、もし彼が「王国を捨てる」と聖書に誓った場合、彼は粗布の衣服を与えられ、ベルトもなく、木製の十字架もない格好で最寄りの港へ向かわされた。そこで彼は最初の船に乗ってイングランドを出なければならず、乗船がかなわない場合は、毎日、膝まで水に浸かって海を歩かなければならなかった。

水をかいて海を歩くことがひとつの罰として用いられたのは、おそらくこのときだけだろう。もし犯罪者が悪天候のせいで四〇日以内に国を出られない場合は、理論上、地元のべつの教会に新たな聖域を求め、すべてを最初からやり直すことができた。しかし、実際にそうしたことが起きたという記録はない。彼らの大半は木製の十字架をひとけのない道に投げ捨て、森へ紛れ込んで身分を変えるか、国を悩ませる無法者集団に加わった。

緑の森《グリーンウッド》という逃げ場

あの無法者の詩人は、彼が逃れてきた「不当な仕打ち」や「卑劣な法律」を、自然の公平さと対比して表現している。

私が森に、気持ちのよい木陰にとどまるのは
そこに不当な仕打ちもなければ、卑劣な法律もないからだ
ベルリガードの森では、カケスが飛び
ナイチンゲールが毎日、絶えずさえずっている

「ロビン・フッドと修道僧」のバラッドもこれと非常によく似ており、のどかな森の風景を呼び起こすような一節から始まる。

夏、森は輝きを増し

葉は大きく、長くなる
公正な森ではすべてが楽しい
鳥のさえずりを聞くことも
谷へ近づく鹿を見ることも
そして高くそびえる丘を離れ
緑の森の木の下の
万緑の葉に身を隠すことも

無法者をめぐるさまざまな伝説は、こうした牧歌的な田園風景を思わせる「緑の森《グリーンウッド》」(greenwood)の概念に満ちている。今日、私たちはこれを森林《フォレスト》(forest)と結びつけるが、「森林《フォレスト》」は中世では専門用語であり、牧歌的とはほど遠いものを表した。「緑の森《グリーンウッド》」(greenwood)がなぜ法の及ばない避難場所として描かれてきたのか、それはまったくわからない。

森林法《フォレスト・ロー》

ウィリアムがイングランドの征服者として最初に行なったことのひとつが、「ニュー・フォレスト」をつくることだった。これはべつに人々が木陰でピクニックを楽しめるように美しい木をたくさん植えたということではない。彼がやろうとしていたのは、広大な土地を自分専用の狩猟場として指定することだった。これこそノルマン語の「森林《フォレスト》」が意味するものである。木があるかどうかはあまり問題ではなかった。「森林」とは、「森林法《フォレスト・ロー》」が適用される場所すべてのことであり、この「森林法」は誰にも望まれないものだった。

その域内にある町や村は破壊される恐れがあり、実際に破壊もされた。そこにいる動物や木々もすべてが王の所有物となった。森林は厳格な権限をもった王室関係者によって管理され、彼らが法廷への告発者としてコミュニティーに取って代わった。

『アングロ・サクソン年代記』（大沢一雄訳、朝日出版社、二〇一二年）は、ウィリアムについてこう記している。

彼は、広大な猟獣の保護区を作り、
その法律を制定し、
雄じかや雌じかを殺した者はすべて、
盲目にすべきことを定めた。
彼は、雄じかを殺すことを禁じた。
いのししとまったく同じように。
なぜなら、彼は、雄じかを強く愛したからだ。

あたかも、彼がその父親であるかのように。
また、うさぎも、
自由に行動できるようにと、
彼は定めた。
富める人々は、それに不満をもらし、
貧しい人々は、それを悲しんだ。

（『アングロ・サクソン年代記』大沢一雄訳）

貧しい人々がそれを悲しんだのは、彼らが今やコモン・ローとはまったく関係のない法のもとにあったからで、その法によってウィリアムは彼らの町や村、教会を破壊した。狩猟は法律によって貴族だけに認められた活動だった。言うまでもなく、それは戦争をべつにすれば、彼らの本職だった。にもかかわらず、それまで狩猟専用の土地を必要とした王はいなかった――たんに土地があり余るほどあったからだ。これは従来とはまったくべつの王国を形成し、彼はそこから直接、税収や利益を得た。ウィリアム一世からエドワード一世までのすべての君主が、御料林の拡大とその法律に関連する権限乱用のために、折に触れて糾弾された。これは絶え間ない不満のもととなり、王たちは譲歩を余儀なくされながらも、開けた土地への植林を進めた。

森林法はひとつの圧政として人々の大きな怒りを買い、記録によれば、御料林に暮らす農村全体が違反者をかくまったり、彼らの逮捕や捜査に協力しなかったりして、しばしば裁判にかけられた。無法者の詩に登場する緑の森《グリーンウッド》は、ノルマン以前の架空の土地を表しているようで、そこでは事実上、外国から来た教会の役人や国王が、古くからの慣例に従って暮らすイングランド人の意のままになっていた。それはノスタルジックな創作であり、権力者に対する永続的な非難として働いている。あの無法者の詩人はこうも言っている。

告発された者たちよ、私のところへ来るがいい
ベルリガードの緑の森へ、そこには面倒はいっさいない
ただ野生動物と気持ちのよい木陰があるだけだ
平民にとって、法は頼りにならない

ただ、こうして昔を懐かしんでいるからといって、無法者が非暴力的だったというわけではない。ロビン・フッドの最古のバラッドでは平気で暴力が振るわれており、その無法者の詩人は平和主義者とは言いがたい（「私は少なくとも自分の意志で、人を殺したことはない」と彼は言っている）。しかし、州長官に象徴されるような汚職行政の卑劣さに比べれば、無法者は礼節のお手本のようだった。

州長官

ノッティンガムの実在の州長官たちは、ロビン・フッドの物語に登場する悪人そのままの連中だった。一二〇九年から一二二四年まで州長官だったフィリップ・マークは、略奪や不当逮捕をはじめ、人々の財産を不当に没収したり、俗人であれ聖職者であれ、地元の地主階級を執拗に攻撃したりすることで知られた。一三一八年一一月から一三一九年一一月までと、一三二三年から一三二五年までの二回にわたって州長官を務めたヘンリー・ド・フォーセンバーグは、借金で首が回らなくなり、王に二八五ポンド以上の借りをつくった挙げ句、ゆすりの罪で起訴された。一三三四年から一三三九年まで州長官だったジョン・ド・オクサンフォードは、一三四一年に「あらゆる財物強要にくわえ、州刑務所およびその囚人に対して職権を乱用し、不正徴発」の罪で起訴された。しかし、彼は法廷に現れず、みずからが無法者となった。

もうひとりの州長官ロバート・イングラムは、一四世紀の悪名高きギャングであるコトレル団の協力者だった。彼らは一三二八年から一三三二年にかけて、ダービーシャーや、シャーウッドの森を含めたノッティンガムシャーを恐怖に陥れた。コトレル団は普通の犯罪者とは違った。彼らはフォルヴィール一家と同じ「貴族出身の紳士」で、地主階級の次男や三男といった連中だった。多くの場合、彼らは金のためにゆすりや強盗、殺人といった犯罪を働いていたが、それ以外のときは兵士としてスコットランドやフランスでエドワード三世のために戦っていた一方、執行官や国会議員といった公職にさえ就いていた。コトレル一家は、副官の配置をはじめ、人員補充、組織の編成、分業、訴訟幇助《ほうじょ》、法律などに関して、独自の社会的役割の枠組みをつくった——副官のひとりだったロジャー・ド・ソヴァッジは、このギャング団のことを「ソヴァッジ商会（la compagnie sauvage）と呼んでいた。首領のジェームズ・コトレルは、ピーク地区とシャーウッドの森で二〇人のメンバーを勧誘したとして起訴された。

貴族出身の無法者

コトレル団は、普通とは異なる種類の無法者が存在したことを示している。大部分が立派な家柄の者たちで構成されている強盗団は数多くあり、彼らは戦争中をのぞいて、生計を立てる手段をもたなかった。これは長男にすべてが受け継がれるという相続制度の結果でもあった。したがって、無法者たちは支配階級と直接結びついている場合が多かった。たとえば、フォルヴィール一家によるリチャード・ド・ウィロビー誘拐事件の共犯者のひとりだったロバート・ド・ヴェアは、ノーサンプトンシャーにあるロッキンガム城の城守だった。城は日没後に出入りする武装ギャングの拠点だった。そこへ食料を運んでくる者がなかに入れないのは、誰がいるかを知られないためだった。

こうした無法者のなかには、ある種の代替政府といった旗印のもとに、暴力を使って腐敗した政府の悪事を正そうとする者もいた。エドワード三世の時代に書かれた、あるギャング団のリーダーからの脅迫状が今も残っている。この手紙は一三三六年、ヨークシャーのハンティントンにある教会の教区司祭リチャード・ド・スノーシルに宛ててフランス語で書かれたもので、「略奪団の王ライオネル」の名において、バートン・アグネスの司祭館からある司祭を追い出し（ド・スノーシルの身内であることは確か）、代わりにセント・メアリーの大修道院長によってその職に選ばれた者を置くように命じている。

「そしてもしお前がこれに従わなければ、われわれはまず神に対して、次にイングランド王に対して、そしてわれらが王に対して、（中略）たとえヨークのコニー通りまで行くことになっても、われわれはお前を追って捕まえると公言する。（中略）緑の塔の北風の城にて、われらが治世元年に[6]」。

貴族や半貴族出身の無法者の例はたくさんある。彼らは立派な家柄ながら、次男以下の息子に生まれた威勢のいい若者であったり、解雇されながらも野心をもった使用人であったりと、それなりに正統な経歴をもっていた。無法者を歌ったバラッドは、彼らの大胆で、ときには戯れの混じった世直しに対する報いが、絞首台の死というのはフェアではないことを示唆している——とくにその犠牲者がただの高利貸しや修道士や収税官である場合は。

これは中世イングランドのもうひとつのユニークな特徴と関係があるかもしれない。それは騎士の身分が世襲ではなかったという事実である。長子相続制は一一世紀から一二世紀の西ヨーロッパの多くで確立されており、一三世紀以降は騎士には「貴族の証拠」を提示する――自分が騎士の上の息子であることを示す――必要があった。これは長男以外の下の息子はどうなるのかという普遍的な問題をもたらしたが、唯一イングランドでは、そうした下の息子でも騎士の身分を得ることができた。

さらに、イングランドにおいてだけは、騎士を希望する者全員にその職業を得るチャンスがあった――使用人や商人の息子でも、武勲を立てて名を上げることができたのだ。

これが可能だったのは、封建時代の徴兵制度では、一年のうちでも限られた日数しか軍務に就かず、外国へ遠征する必要もない在郷軍しか生み出さなかったからだ。しかし、イングランドは海外で長期の軍事行動を行なう島国の王国だった。土地保有者が兵役の代わりに税金を払うことを許された理由はここにある。彼らの軍務はあまり役に立たなかった。それよりも土地をもたず、俸給を必要とする者たちの階級から騎士を調達するほうが理にかなっていた。そのため、イングランドはほかのどこよりも、土地をもたない者たちが戦歴によって地位を得るチャンスが多かった。

しかし、こうした騎士や従騎士、そして前途有望な若者たちは、戦争のない時期にはどうしていたのだろう。彼らには帰る土地もなかった。現実問題として、自分で生計を立てる手段をもたない者や、前回の戦争ではあまり大金を稼げなかったが次に期待する者には、不敵な強盗の生活が必要となった。

実際、少なくとも一五世紀半ば（と百年戦争の終わり）まで、無法者の強盗たちは国の資源であり、王たちは彼らを頼りにしていた。これは無法者のバラッドの背後にある考え方を説明するものであり、ロビン・フッドの物語で、彼がしばしば王によって無法者の身分から解放されるという「ハッピー・エンド」になる理由でもある。こうしたことはべつに非現実的な話ではなかった。多くの無法者がたいていは軍で戦ったり、何かほかの方法で王を助けたりしたことの見返りとして、赦免《しゃめん》を受けた。こうした恩赦の措置は、無限に増えつづける無法者の数を抑えるためにも必要だった。そして、そこに関わる者たちは軍や行政機関にとって重要な人材となった。イングランドには、不敵な無法者たちが必要だったのである。彼らがイングランドに強く求められたからこそ、彼らは恩赦を金で買ったり、立派な地位を得たりすることもできた。

ただし、無法者がみな立派なままだったわけではない。一三三五年、ギャング団のメンバーだったニコラス・コトレルは、ダービーシャーのハイ・ピーク地区の執行官に任命された。ところが二年のうちに、彼は徴税を妨げたとして告発され、さらに「その職務を口実に多くの弾圧を行なったとして有罪となった」——だが、これは驚くほどのことではない。同じように、コトレル一家のメンバーで、無法者の身分にされていたウィリアム・ド・チェタルトンとジョン・ド・レーは恩赦を受け、同じく有名なギャング団のリーダーだったジェームズ・スタフォードとともに、べつのふたりの強盗を捕らえる使命を与えられた。だが、その数か月後には、彼らは強姦未遂で起訴されてノッティンガムの牢屋にいた。その後、ふたりはスコットランドとの戦争で王に仕えた——一三三六年に彼らはチェシャーで射手を召集し、北のバーウィックシャーまで率いるように指示された。

生き残ったフォルヴィール兄弟もこれと同じ展開だった。一六年にわたる犯罪活動のすえ、彼らはみな赦免された。そのうちのひとりであるユースタスは、国王への「優れた奉仕」から騎士にさえ叙された。しかし、わずか六年の間に、彼は殺人、強姦、武装強盗といった罪を犯し、そのためにさらに三つもの恩赦——そのうちのふたつは彼が王の敵と戦ったため——を受けた。

イングランドには、こうした不敵な無法者たちがどうしても必要だった。彼らに対する賞賛は歴史をつうじて人々に伝えられ、やがて舞台はイングランドの森から植民地の辺境へと場所を移し、そこでビリー・ザ・キッドやネッド・ケリーといった大勢のアウトローたちがこの奇妙な伝統を受け継ぐことになった。

第四章——修道士　Monk

中世の修道士と言えば、俗世を離れた人間の代名詞である。修道院にこもり、ひたすら祈りや修行、清貧、自制、沈黙の生活に打ち込む修道士は、神に身を捧げるために俗世間の誘惑を断ち切った。中世の修道士の暮らしは、文字どおり、「浮き世離れ」したものだった。修道生活のストーリーは、最初から最後まで大した事件もなく、静かで平穏なもののはずだった。しかし、もちろん、実際はそうではない。修道士たちはたとえそうしたくても、物質世界を完全には断ち切ることができなかった。

そして彼らには断ち切ることを望まないときもあった。たとえば、一三二七年一〇月一八日の日曜の朝、ベリー・セント・エドマンズの修道士たちは、祈りを終えると、銃眼のある門から列をなして町へ繰り出し、教区教会へ向かった。そこには子供を含めて、たくさんの人々がいた。修道士はいつもの習慣を捨て（彼らのなかにはローブの下に鎧をつけている者もいた）、教会へ押し入った。そして大勢の住民を力ずくで捕らえ、囚人として修道院へ引きずって帰った。

しばらくして、住民たちが囚人の解放を求めて修道院に集結した。これに対して修道士たちは石や矢などを浴びせかけ、多数の人々の命を奪った。その日遅く、町は鐘を鳴らして、より大規模な武装集団を呼び集めた。そこには参事会員、自治都市選出議員、教区司祭、そして二八人の礼拝堂付き牧師が含まれており、彼らはみなともに生きるか、ともに死ぬという誓いを立てた。人々は門に火を放ち、修道院に攻め込んだ。

ベリー・セント・エドマンズの誰ひとりとして、これらの修道士を瞑想的な生活と結びつける者はいなかった。一四世紀のイングランドでは、修道士はつねに皮肉と風刺の対象だった。ベリーでなぜこんな惨劇が生じたのかを知るためには、まず修道士の理想に何が起こったのかを理解する必要がある。

修道院制度の始まり

人里離れた共同体で生活し、神への信仰に生きるという考え方が西欧で始まったのは、ベネディクトゥスという名のローマの貴族が大都市での生活にうんざりした紀元五〇〇年頃だった。当時のローマは、酒食や性欲に溺れる者たちで満ちていた。そのため、ベネディクトゥスは召使いをひとり連れて田舎へ移り住んだが、不運にも、割れた陶器を見事に直せるという彼の評判は多くの人々を引き寄せた。

そこで彼は、断崖のなかほどに容易には近づけない洞窟を見つけた。そこには文明の利器も配管もなかったが、近くの宗教施設から毎日、修道士がやって来ては、彼のところへ食料の入ったかごを下ろしてくれた。毎日がピクニックのようだったが、オイスターソースや揚げワンタンがなくても、彼には何の不満もなかったし、それを欲しいとも思わなかった。ベネディクトゥスに言わせれば、神がこの世に私たちをもたらしたのは、ここでの束の間のときを楽しませるためではなく、神への感謝に専念させるためだった。

彼のそんな哲学は驚くほど多くの人々の胸に響いたようで、ベネディクトゥスの高潔さはその地方全体に知れわたった。その結果、彼はみずからの修道院を創設することになった。そこで書かれた有名な「会則」（一連の規則）は、中世における修道院運動の礎となった。

ベネディクトゥスの目的は、人々が「主への奉仕のために」働き、祈りを捧げる生活共同体をつくることであり、彼はそれを極端に厳しいものにしようとは思っていなかった。会則にも、「私たちは厳格または過酷なものを取り入れることを望まない」と書いてある。しかし、ローマの家長だったベネディクトゥスは、服従を非常に重んじた。それも昔ながらの服従ではなく、即座に、何の疑いもなく、進んでなされる服従を求めた。

それは何でもない顔をして従えばいいということではない。

もし信徒が反感を覚えつつ服従し、口には出さなくても、心のなかで不平を言っているならば、たとえ命令を果たしたとしても、その働きは神には受け入れられないだろう。神はその信徒が心のなかで不平を言っているのを見抜くからである。そんな働きをした信徒は褒美を得るどころか、不平のために罰を受けることになるだろう。

「不平を言うこと」を嫌ったばかりか、ベネディクトゥスは笑うことも好まなかった――「下品な冗談や無意味な言葉、あるいは笑いを誘うような表現については、どこであれ永久的な呪いとともにこれを非難する」。彼は院長から許可を与えられないかぎり、修道士はむやみに話してはならないとも定めた。また、彼が「私有の悪徳」と呼ぶものを防ぐため、修道士は私有財産をもつことをいっさい禁じられ、修道院長が頻繁にベッドを検査して、彼らが何も隠していないことを確認することになっていた。

このほかにも、ベネディクトゥスの会則には修道院生活についての規則が細かく定められている――詩篇歌の番号や順序や選択、聖務日課、修道士への罰や懲らしめ、さらには彼らがどう眠り、何をどれだけ食べ（重病でないかぎり肉食は禁止）、ワイン貯蔵室長にはどんな人物がふさわしいかまでも指示されている。また、修道士が外出した場合、外で見聞きしたことをあれこれ話してはならないとも。ベネディクトゥスは修道院を密閉された自給自足の一団と考えていた。

会則が「厳格または過酷な」ものを遠ざけていると言える証拠に、そこでは一部の管理体制と異なり、断食が指示されているわけでも、断眠が求められているわけでもない。会則はまた、修道士が気候に適した服装をすることも許している――パンツに関しては何も言及されていないが、これはあとでわかるように重大な手落ちだった。

それから五〇〇年にわたって、「ベネディクトゥス会則」は西ヨーロッパの修道院全体に広まった――最初は教皇グレゴリウス一世の庇護のもとで、次はシャルルマーニュ（カール大帝）の指揮のもとで。一一世紀までに、ベネディクトゥス式の修道院制度はほぼすべての修道院を支配したが、各修道院が彼の認めるとおりに会則を解釈していたかどうかはまったくべつの問題である。そのことは修道士を目指すハールインという男の目にも明らかだった。

ハールインが修道士になるまで

ハールインは四〇歳のノルマン人戦士で、年齢的にそろそろ仕事が辛くなったこともあり、良心的兵役拒否を決意した。また、人を殺した者は地獄行きだと言われていた彼は、剣を下取りに出して祈禱書を買い、修道士になろうとした。そして一〇三一年、彼はついに修道院に足を踏み入れ、それがどんなものかを知った。彼の伝記を書いたギルバート・クリスピンによれば、ハールインはひどく驚いたらしい。

祈りを捧げたあと、彼はまるでそれが天国の門であるかのように、大いなる敬意と緊張をもって修道院の玄関に近づいた。彼は修道士の生活がどんなもので、彼らの習慣がどんなものであるかを知りたくてたまらなかった。ところが、彼らはけっして厳格な修道生活の掟に従っているわけではなかった。彼は気が動転し、自分がどんな生き方を選ぶべきなのか、確信がもてなくなってしまった。この時点で、修道院の門番は彼が入っていくのを見て泥棒だと思い、彼の頭を力いっぱいぶん殴り、髪をつかんで玄関から引きずり出した。

（『ハールインの生涯　*Vita Herluini*』

ハールインは修道士になるために苦労して読み書きまで独学していたため、それほど簡単には諦められなかった。彼はもう一度修道院へ行ってみた。

翌年のクリスマス、彼は同じ目的で、より有名なべつの修道院を訪れた。大勢の信徒たちがこの聖日の祝祭行列を見物していたが、ハールインは修道士たちが周囲の人々に不適切なほどの親しみをもって笑いかけたり、その贅沢な装飾を見せびらかして喜んだり、玄関に着くなり、誰が先に入るかで騒々しく言い争ったりしているのが見えた。ある修道士は強引になかへ入ろうとした仲間の修道士を殴りつけ、彼を地面に仰向けに倒した。ご存じのとおり、これはノルマンディー中でよく見かける粗野な態度そのままだった。（前掲書）

結局、ハールインは自分で小さな修道院を建てることにした。地元の司教によって修道士として叙任され、修道院長になった彼は、修道院生活の素晴らしいスタートを切った。彼は自分が理想とする修道士のあり方を実践した――一日一回の軽い食事を取り、古びた黒い毛織りのローブをまとい、聖ベネディクトゥスが定めた修道会則に従って定期的な祈りと厳しい肉体労働を組み合わせた。やがて彼の小さな修道院には熱心な信者が詰めかけるようになり、彼はこれに対応するため、ノルマンディーのルーアンの南西にあるル・ベック＝エルワンという村に、より大きな修道院を建てなければならなかった。

ハールインのような元戦士が、ベネディクトゥスの教えをこれほど厳粛に守ったというのは意外に思われるかもしれない。しかし、奇妙な話だが、修道士の生活――修道院にこもり、世間と接触せずに暮らすこと――は、本質的にはノルマンの軍隊にいるのと同じようなものだった。

戦士たちの魂の救済

問題は、あの不都合なモーセの十戒のひとつにある――「汝、殺すなかれ」。一一世紀、これは文字どおり、「人を殺してはならない」ということを意味した。戦争中であっても、それは言い訳にはならなかった。そのため、もし戦士であったりすると、ちょっと厄介だった。というのも、戦士はまさにその戒律を破ることを職業としているからである。

しかし、ほとんどの人々と同じく、戦士たちは祈りの力を全面的に信じていた。彼らはまた、生き方が清貧であればあるほど、神はその人の祈りに耳を傾けてくれるとも信じていた。とくに修道士は清貧の代名詞とされていたため、彼らの祈りは神へのホットラインも同然だった。したがって、彼らは安心してノルマン軍に不可欠な戦力を提供できた――いったん戦いが終われば、修道士の祈りによって戦士たちの魂は救われるからである。

ただし、一一世紀のある戦士の魂だけは、容易に救えなかった。彼を祈りによって永遠の断罪から救うためには、相当な数の修道士の多大な努力が必要だった。公の戦争における殺人は、それが正統な支配者の命令によるものであっても、四〇日間の贖罪と謹慎が求められた。征服王ウィリアムは、約一万人もの死を招いた全責任を負っていたため（計算しようとしてもムダ）、厳粛な宗教的努力を約一一〇〇年にわたって続ける必要があった。もし当時からそれを始めていたとしても、今もまだ終わっておらず、完了するのは二一六二年になるというわけだ。

ヘースティングズの戦いのあと、ノルマンの兵士たちは、それぞれ殺した人間ひとりにつき一二〇日間の贖罪をするように言われ、これが問題をさらに大きくした。しかし、教会はその仕事をかなりの高額で請け負った。もしウィリアムの贖罪を何百人かの修道士で分担すれば、彼の魂は六年のうちに清めることができた。彼は戦いの現場に修道院を建てた。エセックスのバーキングにも、ヨークシャーのセルビーにも修道院を建てた(彼はヨークシャーで多くの人々を殺さなければならなかった)。また、彼とその妻と息子たちも、不安だったのか、ほかの多くの教会や修道院にさらに多額の金や土地を与えた。

実際、ウィリアムが死去するまでに、イングランドの全領地の二六パーセントが教会のものになっていた。

修道士のジレンマ

裕福な者やノルマン兵のような戦士たち――その生き方は魂を大きな危険にさらしていた――の間では、忙しい自分の代わりに、修道士に金を払って祈ってもらうことが習慣になった。だが、これはある重大な影響をもたらした――祈りがひとつの商品になったのである。商業的価値をもつようになった祈りは、最終的に制度全体の破滅を招いた。

修道士の本質とは、彼らがいかに宗教的な生き方をしたか、いかに清貧・質素・献身の日々を送ったかということにある。それを妨げたのは、特定の修道院が清貧で質素で献身的であればあるほど、金持ちや戦士たちはみずからの罪悪感を和らげるため、そこへこぞって多くの金や土地を注ぎ込もうとしたという現実だった。

当初は清貧で質素で献身的であった修道院には、こうしてあっという間に金と権力が集まった。そしていったんそうなると、もはやその修道院は清貧とは言えず、質素で献身的なままではいられなくなった。

修道院と権力

もともと修道院運動には権力を蓄積しようとする傾向があった。修道院の指導者たちは、自分の施設が世俗化することに表向きには抵抗していたが、彼らは本来、有力者にならざるを得なかった。

たとえば、ハールインがル・ベックに修道院を建てようとしたとき、ランフランクというイタリアの著名な学者が現れた。そもそもランフランクがノルマンディーへやって来たのは、その地方では学問が不足していると聞き、そこでなら「富と名誉を得る」ことができると思ったからだった。そして彼は宗教の分野へ進出することにした。なおも富と名誉を求めた彼は、できるだけ貧しく、蔑まれた修道院を探した――それがたまたまル・ベックにある元戦士の粗末な修道院だった。

ハールインは戦闘経験こそ豊富だったが、書物の知識はまったくなかったため、この有名な学者を喜んで迎え入れ、彼に修道院での特別待遇を与えた。このことがほかの修道士たちの間で嫉妬を生むと、ランフランクはすぐにここを出て隠修士になると言い出した。ハールインは彼を思いとどまらせるため、副修道院長の地位を与えた。

するとランフランクは修道院の根本的な改革に乗り出した。彼が関心をもったのは外部との隔絶よりも、ノルマンディー公ウィリアム――未来の征服王ウィリアム――との友好関係の発展だった。

教皇を説得し、ウィリアムのイングランド侵攻を支持させたのはランフランクだったようで、征服後、ウィリアムはその見返りに彼をカンタベリー大司教の座に就かせた。七〇歳のランフランクは征服王の宗教顧問となった。彼はアングロ＝サクソンの教会や修道院にノルマンの司教や修道院長、そして礼拝の仕方などを押しつけた。その狙いはアングロ＝サクソン独自の宗教的伝統を拭い去ることであり、彼はイングランドの教会暦から、イングランド人の聖人ふたりをのぞく全員を排除した。

これは彼らの聖堂がもはや維持されないことを意味した。イングランドの聖人は、外国の聖人に礼拝の場を奪われたのだ。それはちょうど外国の世俗の領主に自分たちの土地を奪われるようなものだった。たとえば、ダラムの聖カスバートの聖堂は一〇七二年に排除され（彼の聖遺物は一〇六六年に修道士とともに安全な場所へ移された）、ベネディクト会修道院に取って代わられ、新たなノルマンの城となった。新しいノルマン人司教はウォルカー・オヴ・ロレーヌで、彼はウィリアムに四〇〇ポンドを払ってバンボロー伯となった。諸侯の地位をもつ司教（prince-bishop）としてその城に住んだ彼は、軍隊を召集したり、税を課したりする権限をもち、残忍なギャング団に守られていた。この司教とその取り巻きは、一〇八〇年の民衆蜂起で殺害された。

一方、ランフランクはノルマンの将軍に仕えるイタリア人大司教として、「われわれイングランド人」や「われわれの島」について、いくつも手紙を書いた。彼がイングランドの教会からその貴重品を取り上げ、その偉大な芸術作品や書物をフランスやノルマンディー、ローマへ送り、その金銀を溶解させたのは、おそらく所有者の役割においてだったと思われる。

もちろん、こうしたことはすべて「改革」の名において行なわれた。ランフランクは、ハールインがノルマンディーの教会に対してそう思ったように、イングランドの教会はだらしがないと考え、これを公然と非難した。修道士はイングランド全体で約一〇〇〇人しかおらず、聖職位にある者は結婚さえ許されていた。もちろん、それは即座に禁じられた。ランフランクは修道士たちへの規律を厳しくし、ノルマンの統治者たちに新しい修道院――アングロ＝サクソンの修道院よりもずっと華やかなものだった――への資金提供を促した。

結果として、教会は権力の同義語となり、ランフランクは、その勢力を何世紀にもわたって維持することになる有力な高位聖職者の手本となった。ウィリアムでさえ、教会の権力には逆らえなかった。彼は教会がその信徒に対して独自の法廷を開くことができ、さらに修道士や司祭が国王裁判権の支配を受けないことを認めた。

ランフランクがまったく読み書きのできないハーファストをイースト・アングリアの司教に

任命したのは、信仰心ではなく、権力のなせる業だった。この男はノルマンディーではずっと物笑いの種になっていたが、イングランドでは役に立つ悪党だった。これよりさらに役に立った悪党がトゥセーンで、ランフランクがグラストンベリーの修道院長に就任させた男である。そこの修道士たちは、イングランド南部の同地の人々に福音を説いた聖アウグスティヌスによって紹介されたグレゴリオ聖歌を歌っていた。しかし、トゥセーンは彼らにローマ教会が承認した聖歌を歌うように命じた。彼は服従を確実にするため、修道院内に射手を配置した。修道士たちが古くからの美しい聖歌を歌いはじめ、それが丸天井に響きわたると、射手は彼らのうちの二一人に矢を放った。

ただ、ランフランクは明らかに権力に深い関心をもっていたものの、つねにウィリアム公の大君主——今やイングランド王——としての身分を認めていた。彼は大司教を任命する王の権限にはけっして逆らわなかった。

しかし、これとはべつの修道院運動には、いかなる俗人の権力にも屈しない覚悟があった。

クリュニー修道院と権力

九四〇年、アキテーヌ公ギヨーム（ウィリアム）は、ブルゴーニュのクリュニーにある古い狩猟小屋で、修道士たちに金を払って祈らせることにより、天国での自分の居場所を確保しようとした。彼は感心するほどの率直さでこう記した――「私自身はこの世のすべてを軽蔑することはできないが、それでも俗世を蔑む者たちを高潔と信じて受け入れることによって、私は彼らから見返りを得ることができる」。

問題は、ギヨーム公自身がそう思ったように、立派な信心家ばかりが結集し、ギヨームの魂のために静かに祈っているときでさえ、彼らが暴力の危険にさらされるということだった。そこで彼は最善の解決策として、修道士たちに手を出した者には心からの呪いをかけると決めた。連中は地獄へ行くことを知るべきだ――「その者は全能の神より罰を受け、生者の地から排除され、生命の書からその名を消され（中略）永遠の断罪を受けることになる」。

まあ、それが始まりだった。ただ、よく考えてみると、もう少し抑止力になるものが必要だったかもしれない。つまり、何か即座に与えられる明白な罰があるべきだった――「もしその者が人間の目には罰を免れて現世を生きているように見える場合、その者はあの世で受けるべき断罪を、拷問として今、みずからの体で体験することになる。（中略）その手足が腐り、害虫が群がるようになるまで」。

そう、そのほうがいい。ただ、無抵抗な修道士たちの身の安全を守るにはまだ十分ではなかったらしい。というわけで、ここは教皇に頼んで何かの罰を追加してもらうというのはどうだろう――「それでもその者が目を覚まさなければ、その者は天国への鍵をもつという教会の全聖職者を敵にして、聖なる楽園に入ることを拒まれる」

うん、これで十分だ。ここまで来れば、もう世俗の権力に代わるものはないだろう――「しかし、世俗の法に関して言えば、その者は司法権によって金一〇〇ポンド（約四五キログラム）を被害者に支払わなければならない。たとえそれに不満を抱き、攻撃を企てても、まったく無駄である」。

よし、これなら効果があるはずだ。

アキテーヌ公ギヨームは、クリュニーの修道院を土地保有者から完全に独立させ、どの封建大領主もその味方を修道院長に就任させたりできないようにした。これは非常に慎重な措置であり、先に述べたような呪いはそれを確実にするためのものだった。クリュニー修道院がのちに各地に「クリュニー」修道会を創設するようになったとき、彼らは各修道会の独立を定めたベネディクトゥスの会則を破棄した。それよりむしろ、クリュニー修道院は全修道会に対して絶対的な権限を行使し、各修道会はクリュニー修道院を頂点とする管理体制のもとに置かれた。

もちろん、クリュニー修道院はこうした中央集権化があくまでも修道生活の規範を維持するためのものだと主張したが、それは権力の行使に関心のある者にとって都合のいい権力基盤を生み出した。その後の展開はまさに必然的な結果だった。一〇七三年、ヒルデブラントというクリュニー修道院出身の修道士が教皇になったとき、クリュニーの世俗権力からの独立は教会全体に適用されるというひとつの信仰箇条が生まれた。言うまでもなく、これは互恵的な関係ではなかった。教皇の考えでは、教会はその権限において、相手が君主だろうが、国王だろうが、皇帝だろうが、その振る舞い方を命じる立場にあるべきだった。

ランフランクの後継者アンセルムス（ハールインのル・ベック修道院の修道士だった）は、教皇以外の誰にも自分をカンタベリー大司教に任命することはできないとし、ヘンリー一世が任命した司教や修道院長をけっして認めようとしなかった。

最終的に国王と教皇の間で協定が交わされ、それによって、ヘンリーとほかのすべての世俗の大領主は、司教や修道院長を任命する権限を失った。イングランドの教会は今やローマ教会という普遍的組織の一部門となり、ローマ教会はもはやただの概念ではなく、独自の法や法廷、財産に対する権利をもった実働機関だった。その規模は増大もしていた――イングランドにおける修道士の数は一〇六六年には約一〇〇〇人だったが、一二一五年までに一万三〇〇〇人に増えた。教会は独断的で、自信に満ち、説得力があった。こうした発展のどれくらいが理想主義や献身によるもので、どれくらいが教会の提供する出世のチャンスや、農民や戦士からの転身のチャンスによるものかを区別するのは難しい。

教会が新たに権力をもつようになると、それとともに必然的に壮麗さや富や政治上の権力も増した。修道士たちは、世界中に大きな影響を及ぼす強力な宗教機構の一部となった。これは言うまでもなく、ランフランクが当初の改革によって成し遂げようとしていたこととは正反対だった。

パンツを履かない修道士

一一世紀末にはすでに世俗化が進んでいたクリュニー修道会に対して、「原点回帰」を訴える修道院運動が新たに生まれようとしていた。

一〇九八年、七〇歳の修道士ロベール・オヴ・モレームは、ブルゴーニュのシトーに修道院を創設した。それはワインづくりで知られるニュイ＝サン＝ジョルジュの村から東へ数キロのところにあった。彼が設立したシトー修道会は、聖ベネディクトゥスの会則を既存のどの修道会よりも厳格に、根源的に実践することを目指していた。数年後、その修道院にベルナールという二二歳の狂信的な若者とその親族三〇人が押しかけ（その多くは兵士で、既婚者もいた）、事実上、修道院は乗っ取られた。

ベルナールは断食や断眠、肉体的苦痛の正当性を信じていた。当時の修道院長（イングランド人）は二年間それに耐えさせたのち、一一一五年、ベルナールを派遣してできるだけ荒涼とした場所に修道院を建てさせた。ベルナールは危うく死にそうになったが、彼がシャンパーニュに創設したクレルヴォー修道院は、やがてヨーロッパ随一の有力修道院となった。

ベルナールはクリュニー修道会を痛烈に批判していた。彼はまずクリュニーの建築が気に入らなかった――「彼らの教会の異常な高さ、法外な長さ、過剰な広さ、金のかかった光り物や奇抜なデザインは、礼拝者の目を引きつける一方で、その注意力を妨げる」。彼はまた、クリュニーの修道院長だった尊者ピエールも気に入らなかった——「彼は贅沢なご馳走を誉めそやし、質素倹約を馬鹿にする。自発的清貧を悲惨と呼び、断食や徹夜の祈り、沈黙、そして肉体労働を狂気と呼ぶ」。

さらに彼はクリュニーの食事も気に入らなかった。——「次々と料理が運ばれてくる。さすがに肉はないが、これを補うために二人前の魚の大皿が出てくる。ひと皿目だけで十分だと思っても、いざふた皿目が出てくるとその記憶は消えてしまう。料理人たちは相当な腕前と狡猾さをもって調理しているため、すでに数皿を平らげても、次に出てくる料理の妨げにはならず、満腹だからと言って食欲が抑えられることもない。（中略）選ばれた料理はどれもうまそうで、胃袋は酷使されていることに気づかない」。

シトー修道会の厳しい修行では、断食や徹夜の祈り、肉体労働、そして菜食が重んじられた。ベルナール自身も非常に禁欲的で、過度な断食によって胃を荒らした彼は、口臭がひどくなり、人々は彼のそばにいるのに耐えられないほどだった——彼が祈りの最中に吐き気を催した場合の専用の場所さえあった。

ほかの修道士と異なり、シトー会の修道士は染色されていない質素な毛織りの服を着ていた——そのため、彼らは「白い修道士」と呼ばれた。高潔な修道生活に立ち返るため、彼らは粗末な白パンしか食べず、礼拝堂では色ガラスを避け、祭壇では金銀を控えるように命じられていた。

また、彼らはパンツを履くことを許されていなかった。聖ベネディクトゥスは修道士に許される衣服のリストでパンツに触れていなかったため、シトー会の修道士たちはこの邪悪な下着と関わらないことにした。当時の人々はこれを大いに面白がり、それを「生尻教」と呼ぶ者もいた。とくに一二世紀の文筆家で、シトー会修道士を風刺して敵視されていたウォルター・マップは、彼らがパンツを履かないのは「不意に興奮して淫らなことにならないように、体のその部分をつねに涼しくしておくため」ではないかと述べた。

シトー会修道士たちは質素な礼拝式も重んじ、結果として、肉体労働のような仕事に割く時間が増えた。ヨークシャーのリーヴォ修道院の院長だったエールレッドは、クリュニーの修道士たちが礼拝をわざと派手なものにして、平信徒の出席を促そうとしていると非難した。

私が訊ねたいのは、いったい何の目的で、あれほど鼻息荒く肺を膨らませるのかということだ。あれでは甘い歌声というより雷鳴のようではないか。なぜあんなに声を張り上げたり、押し下げたりするのか。(中略)ときには滑稽にも旋律を断片に分けて解釈することで、まるで息を引き取ろうとしているかのように口を開けたまま、歌っているというより、言わば沈黙を脅かそうとしている者もいる。それは死にゆく者たちの苦しみや、痛みにあえぐ者たちの気絶するさまを真似ているようだ。同時に、その体は芝居がかった身ぶりによって全身が激しく動かされている——唇をゆがめ、目をぎょろつかせ、肩を丸め、音に合わせて指を打ちつけて。そしてこの馬鹿げた消耗行為を彼らは宗教的儀式と呼ぶ。（中略）一方で、大衆は響きわたる騒音や唸るような鐘の音、そしてパイプオルガンの音色に驚嘆し、畏敬の念に胸打たれ、恍惚としてそこに立っている。しかし、彼らは歌い手たちの大げさな身ぶりや魅惑的な声の変調を、かなりの嘲りや忍び笑いとともに眺めている。その様子は彼らが礼拝堂ではなく劇場へ来たようであり、祈るというより見とれているようだった。[1]

（エールレッド、『愛の鏡 *Mirror of Charity*』）

マクドナルド流修道院制度

ベネディクト会の原点に立ち返ろうとして始めた運動だったにもかかわらず、シトー会はやがて各修道院の独立に関する聖ベネディクトゥスのあの不都合な原則を廃止した。シトー修道会は全修道会のなかでもっとも中央集権的になったのである。

なかでも肝心なのは服従だった。ベルナールの厳しい監視のもと、シトー会の修道士たちはみな同じ服を着て、同じ物を食べ、同じ本を読み、建築構造上、まったく同じ部屋に住んだ。そのため、スコットランド出身のある盲目の修道士は、北欧にあったシトー会修道院のなかを容易に歩きまわることができたという。シトー会には「年次総会」もあり、それにはシトー修道会の全修道院長が出席しなければならなかった。

これはひとつの運動というよりも、成功したフランチャイズだった――マクドナルド流の修道院制度というわけだ。最初の一一年で、マクドナルドはそのチェーン店を一〇〇店舗以上に拡大させたが、ベルナールが一一五三年に死去するまでに、シトー修道会は西ヨーロッパに三四三もの修道院を創設していた。ドイツのコンラート・フォン・エーバーバッハはこう言っている――「大きな湖の水が無数の小川をとおしてあふれ出し、その急流によって勢いを増すように、修道士たちは新たにシトーを出て西欧に広がった」。

ベルナール自身は修道会をひとつの軍隊のように見ていた。彼は修道士たちを「キリストの兵士」と呼び、精神的には十字軍と同等のものと考えていた。ベルナール・オヴ・クレルヴォーは、各地で十字軍への勧誘演説を行ない、同世代でもっとも影響力のある説教家だった。一一三一年、彼はイングランド王ヘンリー一世にこんな手紙を書いた。

あなたの国には、私の神であり、あなたの神である方の前哨基地があり、神はそれを失うくらいならそのために死んだほうがいいとされています。私はそれを占拠することとし、私の軍隊から兵士を送るつもりであり、もしよろしければ、彼らにその権利を主張させ、取り戻させ、腕ずくで奪還させます。

イングランドのシトー修道会

一一三二年、クレルヴォーから一二人の修道士がヨークシャーの荒涼たる地に着いた――それは「いばらに覆われ、人間の住む場所というより野獣のねぐらに合いそうな場所」だった。第一に、修道士たちは粗末な丸太小屋で生活しなければならず、厳しい苦難を強いられた。しかし、高潔な修道生活を実践したいという思いがその動機になったかどうかはさておき、彼らの行動はある緻密な事業計画の一部だった。

リーヴォの選定は慎重になされた。偵察部隊によって、どこか「人里離れた」場所が探された。それはひとつにはシトー修道会が「荒野」を望んでいたからであり、ひとつには彼らが牧羊にしろ、鉄や鉛といった鉱物資源にしろ、土地開発のエキスパートだったからである。こうしたことは最初から構想に入っていた。修道院はまた、水辺に近く、木材が豊富に手に入る場所に近く、さらに石材を得るための石切り場にも近くなければならなかった。その点でリーヴォは完璧だった――ライ川が谷を流れ、建物に十分なスペースをつくるためにその進路さえ変えられ、石切り場もほんの四マイル（約六キロメートル）先にあった。

これはのちに拡大したシトー修道会の最初の修道院だ。二〇年のうちに、ブリテンには何と五〇ものシトー会修道院がつくられた。その原型となったリーヴォの小さな木造施設は、何年も先を見据えた事業計画の第一段階にすぎず、計画では景観の整備、土地の取得、森林伐採、鉱物資源の開発といった構想が描かれていた。

シトー修道会への批判で知られるウォルター・マップは、彼らの徹底した企業家精神を次のように皮肉っている。

彼らは荒野のような場所に住むことを命じられている。彼らなら確実にそうした場所を見つけるだろうが、見つからなければつくってでも住むだろう。（中略）規律によって教区民を統治することが許されない彼らは、村を破壊し、教会を取り壊し、教区民を追い出そうとする。（中略）シトー修道会の侵略に遭遇した者たちは、永遠に追放の身となるのである。

巡回裁判官でもあったウォルターは、すべての者を公平に扱うという宣誓をシトー会修道士には適用しなかった。彼に言わせれば、「誰に対しても公平でない連中を公平に扱うなど馬鹿げていた」からだ。これはただの冗談ではなかった。シトー修道会の残虐行為に関するマップの報告は驚くべきものだ。たとえば、彼はかつてバイランドの修道士たちがある騎士の所有地を要求し、拒否されたときの話をしている。ある夜、彼らは「顔を覆い、剣や槍で武装して」その騎士の自宅へ侵入し、彼とその家族を殺害した。一家の死を知った親族が三日後に現場へ行ってみると、すでに建物も囲いも消え、代わりに耕地が広がっていた。[2]

しかも、シトー修道会は通常の封建的条件では土地を受け取らなかった。彼らはそれを「施し料」としてしか受け取れないと主張した。つまり、領主や君主に労役や兵役を提供する代わりに、彼らのために祈るというわけだ。

やがてシトー修道会はあまりに多くの土地を所有したため、すべての者をそこから追い出すことができなくなった。そこで周辺の一般住民から地代や十分の一税（教会の税金）を徴収しはじめ、金がどんどん入るようになった。彼らの修道院はまさに巨大な営利企業だった。

シトー修道会は生来の実業家だった。ヨークシャーのファウンテンズ修道院では、羊毛生産を主力事業とし、ヨーロッパ最高品質の羊毛を生み出す「スーパーシープ」を繁殖させた。一二世紀末までに、彼らはイングランドから輸出される羊毛の大部分を担うようになった。一方、リーヴォ周辺では、修道士たちが重工業に参入し、時代を先取りした採鉱・製鉄技術の開発を行なった。

もちろん、こうした実業界への関与には問題があった。それは修道士がやるべきことではなかったからだ。ベネディクトゥスの会則は彼らに「俗世の慣習には関わらない」ように指示していた。本来なら、彼らは寄付してくれた人々の魂のために祈り、質素な自給自足の暮らしに取り組むべきであって、溶鉱炉を動かしたり、羊毛取引を始めたりしてはならなかった。

さらに、聖ベネディクトゥスの会則によれば、修道士たちは自分の仕事は自分ですることになっており、召使いを雇ってはならなかった。ところが、シトー修道会はこの会則を巧みに解釈し、「平修士（lay brother）」という新しい階級の修道士を考え出した。

平修士の多くは召使いとして働く無学な農民で、なかにはシトー修道会が占拠した土地から追い出された者もいた。あらゆる点で、平修士は二流市民だった。修道士の一階級というのは都合のいい嘘で、彼らはじつは修道士でも何でもなかった。平修士は、一方の「共唱祈禱」――聖務日課の朗唱を専門とする――修士と一緒に食事をすることも、祈ることも許されず、彼らと付き合うことさえ許されなかった。平修士の役目は、本来なら共唱祈禱修士がするべき雑用を代行することだった。実際、ファウンテンズ修道院では、平修士と修道士はつねに壁で隔てられていた。

信仰を金に変える

そもそも修道院は巨大な金融機構にならざるを得なかった。結婚したり死んだりするわけではないため、修道院の土地が市場に出されることはなく、非業の死や財産の没収によって土地がめまぐるしく再分配される中世の慣習とは無縁だった。ときには例外もあり、リーヴォ修道院は一三二二年、エドワード二世の軍隊を破ったスコットランド軍に不法占有されたが、そうした災難は稀だった。

修道院には雨が谷を流れるように自然と金が流れ込んだため、修道院長が財政難に陥るというのはよっぽどのことだったが、それが驚くほど頻繁に起きた。彼らにはそれまで以上に気前よく使い、それまで以上に大規模に投資するという傾向があった。さらに、数年後に取れる予定の羊毛を割引価格で先に売るなど、将来的な収入を見越して借金することで、修道院の活動資金を調達していた。もちろん、それは一種のギャンブルだったが、神が味方についているのだから、うまく行かないはずはなかった。ところが、始まりは羊の伝染病だった。一二八〇年代、リーヴォは事前販売していた羊毛を納入できず、いわゆる破産に追い込まれた。修道院はダラム司教の監督のもと、国王の保護下に置かれた。

先物取引のことで頭がいっぱいの修道院長たちは、何よりも大勢の平修士たちの働きぶりを気にするようになった。修道院長は事実上の「取締役社長」であり、彼らにとって「共唱祈禱修士」は、たとえ名家の出身であっても重荷だった。

彼らは財政難を改善する方法を見つける必要があり、そのひとつが巡礼ビジネスだった。一一世紀、罪を犯した者は特定の教会を訪れ、献金をすれば、贖罪を免れた。そうした資格をもつ教会の数は着実に増え、やがて巡礼教会は数千か所にのぼった。一三世紀には、この世であれ煉獄《れんごく》であれ、巡礼の見返りが贖罪の免除から天罰の免除へと変化した。一四世紀になると、巡礼による免償はさらに拡大し、罪そのものが取り消されたり、すでに煉獄にいる者のために免償が与えられたりした。

おまけに、もし巡礼をしなくても、巡礼をした場合にかかったはずの金額を教会に払えば、巡礼をした場合と同じ恩恵を得ることができた。ここに観光業の究極の目的がある――「わざわざ来なくてもいいから、金だけ送れ！」というわけだ。

このシステムにより、たくさんの修道院や大聖堂、教会が少しでも多くの巡礼者を獲得しようと競い合うようになった。これにはいくつかの方法があり、そのひとつが巡礼者に免罪符や贖宥《しょくゆう》状を提供することだった。なかには「毎月恒例の大バーゲン」をする教会もあった。たとえば、サリー州シーンの修道院は一五世紀に次のようなサービスを提供した。

品目――聖ヨハネの祝日に修道院へお越しになり、主の祈りを心から唱えた方は九〇日分の贖宥がもらえます。

品目――聖パウロの祝日に前記修道院へお越しになり、主の祈りとアヴェ・マリアを唱えた方は一〇〇日分の贖宥がもらえます。

品目――マグダラのマリアの祝日に前記修道院へお越しになった方は、カンタベリー大司教のスタッフォード司教によって授けられた一〇〇日分の贖宥がもらえます。

品目――聖トマスおよび聖ミカエルの祝日には、三年と四〇日分の贖宥がもらえます。

しかし、巡礼者を呼び込むための目玉は、何と言っても有名な聖遺物の展示だった。これは聖人が所有していた物や彼らが触れた物、あるいは聖人の遺骨の一部などさまざまだった。そうした物はこの世と天国をつなぐ接点とされ、奇跡の力を発すると考えられた。教会や修道院は何としても聖遺物を手に入れて、巡礼者を呼び込もうと必死だった。

カンタベリー大司教としてランフランクの跡を継いだアンセルムスにとって、聖遺物はイングランドの聖人を復権させるための重要な資金源だった――聖遺物はやはり、大勢の人々を引き寄せる有力な呼び物となった。おかげで、聖カスバートのための新しい聖堂がダラムに建てられ、彼の遺物もそこへ戻された。

カンタベリー大聖堂では、聖トマス・ベケットの墓も大きな目玉となった。とくに彼の頭部は大人気で、暗殺の際に剣でふたつに叩き割られたという頭蓋骨を実際に見ることができた。訪れた者たちはまた、モーセの兄アロンが奇跡を行なったという「アロンの杖」や、「イエス・キリストが昇天する直前に立っていた石の一部」、「『最後の晩餐』がなされた聖なるテーブルの一部」、さらには「神がアダムをつくった土の一部」なども見ることができた。聖母マリアの編み物――というか、正確には織り物――の一部もあった。

教会のコマーシャル

修道院はさまざまな取引を行なう事業体であり、彼らはその取引のために独自の町さえ創設した。冒頭のベリー・セント・エドマンズでの修道士と町民の紛争は、ここにつながっている。

修道院は君主らから多くの利益を得ていたため、西サフォーク全土を所有しており、エドマンズの町も修道院に属していた。歴代修道院長はこの町を建設し、拡大し、商業活動のすべてを統括した。商人が川船を走らせるにも、通りで露店を開くにも、魚を売るにも、建築資材を供給するにも、すべての商取引に修道士への手数料がかかった。修道院には裁判権もあり、徴収した罰金を着服することもあった。さらに、修道院は王立造幣局の役目も果たした――ベリー・セント・エドマンズの修道院長になるということは、文字どおり、紙幣を印刷する権限を得るということだった。道端の馬糞さえ修道院のものとされ、それを集めるにも修道士に手数料を払う必要があった。

肥やしの回収も、トウモロコシの粉挽きも、すべては修道院の独占状態にあり、修道院長はこれを用心深く維持した。

たとえば、アダム・サムソン院長の例を見てみよう。彼は一二世紀後半、エドマンズの町で圧政を行なっていた。ある日、司教地方代理のハーバートが許可なく風車を建てたことを知った彼は、「怒りで煮えくりかえり、ほとんど食べることも眠ることもできなかった」。彼はハーバートを呼びつけ、こう言った――「君には両足を切り落とされたくらいに感謝している。神の面前で誓おう！　私はあの建造物が壊されるまでけっしてパンを食べない！」

それは遠回しな表現だったが、ハーバートは真意を悟り、すぐに風車を取り壊した。[3]

一三二七年、町民たちはついに我慢の限界に達した。一月、彼らは修道院に攻め込み、不法占拠して、自由憲章を要求した。これをだまし取られると、彼らは二月、さらには五月にふたたび攻め込んだ。一〇月一八日に修道士たちが教区教会を襲ったのは、町民のこうした攻撃への報復だった。

それから何年後かの一三四五年、特別委員会がほかの理由で修道院を調査したところ、修道士たちが修道院から離れて暮らし、一般信徒と同じような服装で、やりたい放題やっていることが明らかになった。

修道院運動をつうじてわかったことは、結局、禁欲生活と富の蓄積は両立しないということであり、どちらかひとつを諦めなければならなかった。残念ながら、たとえ修道院長たちがみずからの財政的無能を認めたとしても、それは富にはつながらなかった。

修道士の偽善

修道院というところはなかなか狡猾で、修道士たちは聖ベネディクトゥスの会則に従って暮らしているように見えて、じつはそれを形骸化させていた。

たとえば、ちょっと裕福な修道士なら、冷たい共同寝室でほかの修道士たちといっしょに眠ろうとはしなかった。焚き火が許されていたのは医務室だけだったため、金のある修道士たちはそこへ移り住み、個別の「独身男子部屋」を設けた。それぞれが暖炉のある個室になっており、手洗いを完備した寝室がついていた。

ベネディクトゥスは「四脚動物の肉を食べること」を禁じていたが、病人は例外とされていた。つまり、医務室――あるいは特免室（misericord、ラテン語で「憐みの心」の意）――では、病人や高齢者に対して食事制限が一時停止され、肉を食べることができた。そしてどうなったか。修道士たちは食堂で食べるのをやめ、代わりに特免室で食事をするようになった。修道士らしい論理である。

ベネディクトゥスの会則に従って食事をすることのもうひとつの障害は、食事中の会話を禁じられていたことだ。塩など何か欲しいものがあるときは、身ぶりで伝えた（実際、ベネディクトゥスは彼らに sonitu signi ――「身ぶりを音として」――意思の疎通をはかるように言っている）。その結果、修道士たちの間では独自の身ぶり言語が発達し、互いに口笛でコミュニケーションを取ることもあった。

一二世紀にカンタベリーのクライスト・チャーチを訪れたジェラルド・オヴ・ウェールズは、修道士たちの食事中の様子に驚いたと書いている。彼が言うには、それは「むしろ道化にふさわしいような態度で、（中略）誰もが指や手、腕を使って身ぶりで表現し、言葉を交わす代わりに口笛を吹いていた」。

同じ身ぶりがヨーロッパ全土の修道院で使われており、それは無言のエスペラント語のようなものだった。そのため、どの国にいても修道士は食事中に仲間の修道士に意思を伝えることができた。ただ、そうした身ぶりのほとんどは食べ物に関することだった——修道院には食べ物があふれていたため、それが話題になることはごく当然だった。

修道士の夕食

ベネディクトゥスは修道士に質素な食事を考えていた。一度の食事につき料理は二品のみとされ、修道士ひとりが口にするパンは一日に約五〇〇グラムとされていた。しかし、ほとんどの修道士はこの規定を少し割り引いて、というより割り増して解釈していた。

中世の修道士にとって食べ物は大きな関心事だった。たとえば、ウェストミンスターの修道院修士会では、ある料理のニシンの数を四匹にするべきか、それとも五匹にするべきかで一日中、議論が続いた。ベリー・セント・エドマンズでも、規則や慣習をまとめた一三世紀の書物のなかに、聖遺物の祝日にどのくらいの長さのカワカマスを用意すべきかについての議論の記録が残されている。最終的に、それは全長二二インチ（約五六センチ）に決められたようだ。

また、週に一日は祝日だったため、修道士たちはその日、一六品もの料理を出された。通常の勤労日でさえ、彼らの食事のメニューは一般庶民が夢にも思わないようなものだった。たとえば、ウェストミンスター寺院の記録によれば、ある典型的な一日では、特免室の夕食に牛肉と茹でた羊肉、ローストした豚肉と羊肉が出された一方、食堂には肉のフリッターと鹿の内臓が出された。その後の夜食には、タンと羊肉のソースがけが出された。

歴史家のバーバラ・ハーヴェーは、ウェストミンスターの修道士の一日の食物摂取量は七〇〇〇カロリーにもなったと計算している――これは現代の平均的成人男性が一日に必要とするカロリーの二倍を超えている。もちろん、彼らがこれを全部食べたとはかぎらない――残飯は召使いや修道院の玄関先にいる貧者に与えられた。しかし、文学において太った修道士がつねに風刺の対象とされていたのは事実であり、現在の考古学的証拠からもそれは裏づけられている。

ロンドンのセント・メアリー・スピタルは、中世に病院を兼ねた小修道院があった場所で、その遺跡からは数千もの修道士やその患者たちの骨が見つかっている。修道士たちが一般庶民よりも背が高く（彼らは生涯をつうじて栄養状態がよかった）、逆に歯の状態はずっと悪かった（甘い物をよく食べていた）ことは明らかである。

修道士たちは食べ物だけでなく、飲み物についても大いに関心があった。ベネディクトゥスの会則では、誰がどれだけ飲むべきかを決めることに多少の懸念を認めつつも、「弱者の水準」を念頭に置き、一日につきワイン半パイント（約三〇〇ミリリットル）と定めている。ただし、これはあくまでも推奨にすぎず、修道士たちはそれを都合よく解釈した。最近の研究によれば、アルコールは修道士たちのエネルギー摂取量の約一九パーセントを占めていたらしい（私たちは五パーセント）。

一方、修道士たちが陥る罪は大食だけではなかった。一四四七年の記録によれば、ウェストミンスターには「メイデンズヘッド（処女性）」という名の売春宿があり、ここに大勢のベネディクト会修道士が頻繁に通っていたという。彼らはこの店に年間最大一二ポンドの小遣いを注いでいた。しかも、聖職者たちは売春宿をただ利用していただけでなく、それを所有していた。ウィンチェスターの司教はロンドンのボロー・ハイ・ストリートにあった売春宿の持ち主で、そこの娘たちは、親しみを込めて「ウィンチェスターのガチョウたち」と呼ばれていた。

修道士への抵抗

一三四八年、黒死病によって全聖職者の約三分の二が命を落としたことで、イングランドの修道院制度全体が危うく崩壊しそうになった。閉鎖的な環境にある修道院のコミュニティーでは、疫病はあっという間に広がった。

コミュニティーの多くは二度と回復しなかった。たとえば、リーヴォのシトー会修道院では、かつて四〇〇人にものぼった人口が一三八一年までにわずか一八人に激減した。そのうち平修士は三人だけだった。ファウンテンズ修道院も状況は同じだった。シトー会修道院は労働や雑務を平修士のような偽修道士に依存していたため、彼らを失って機能しなくなっていた。

しかし、こうした宗教的コミュニティーが減退する一方で、修道院そのものが富を失うことはなかった。彼らは土地も財産も政治的権力も保持した。これはそれまでならとくに問題にはならなかったが、修道士の数が激減した今、ごく少数の修道士と莫大な富との不均衡は大きなスキャンダルとなった。人々は修道院を「私的な宗教」と呼び、必然的に彼らへの反感を強めた。

修道士たちが清貧と労働の日々を送っていたかつての「黄金時代」を振り返ってみても、そうした暮らしは修道院長が運用する莫大な財産とはまったく相容れないものだった。実際、かなり奇妙なことが起きていた。教会はそもそも道徳の偉大な教師であり、権力や特権はそれにともなう責任を負ってこそ正当化されると主張していた。少なくとも一二世紀以降、聖職者たちは社会のあらゆる階層における道徳の低下を指摘し、とくに聖職者自身の堕落を非難してきた。一三世紀には、教会は一般信徒が祈りや勉学に英語を使用することを奨励した。ところが、一〇〇年もたたないうちに、こうした表現の自由は一般信徒によって教会内の悪弊を批判するために使われるようになり、まったくべつの厄介な問題を引き起こした。

一四世紀の文献にはこうした話が数多く記されている。それはロビン・フッドの初期のバラッドのような民間伝承の物語詩にも見られ、そこでは修道士や修道院長が軽蔑の対象になっていた。また、修道院に定住しない托鉢修道士や伝道師との著しい違いも描かれており、彼らのキリスト教信仰は、金と政治的人脈にあふれた施設のなかで実践されるものではなかった。それは民衆の宗教であり、たとえば『マージェリー・ケンプの書――イギリス最古の自伝』（石井美樹子／久木田直江訳、慶應義塾大学出版会、二〇〇九年）では、中産階級の無学な女性がみずからの宗教体験を語り、教会という媒体を介することなく、堂々と神とじかに向き合っている。これは『農夫ピアズの幻想』の根幹をなすテーマでもあり、そこでは教会が売っているどんな「免罪符」よりも「善行、善々行、最善行」が勝るとされている。そして農夫自身がキリストと同一視され、教会も含めて世界を救う立場にある。

こうした教会批判で知の拠りどころとなっていたのは、当時の一流神学者だったジョン・ウィクリフである。彼はオックスフォード大学を拠点として、聖職者の堕落と偽善を痛烈に批判した。教会に対するこの激しい道徳攻撃は、一三八一年の全国的蜂起において爆発した。現代の歴史家たちはこの反乱の原因を経済的、政治的なものとしているが、一三八一年当時、教会は反乱のおもな煽動者がジョン・ウィクリフとその支持者であることを知っていた。そして彼らが過去一〇年にわたって、今の教会は政界や経済界と癒着しているという明確な理由から、教会の位階制に対する批判を盛んに煽ってきたことを知っていた。その結果、反乱者たちはカンタベリー大司教の首をはね、多くの修道院が攻撃の的となったのである。

ベリー・セント・エドマンズでは、修道院がまたしても略奪された。副修道院長は処刑され、彼の切り落とされた頭は槍の先に突き刺されて中央市場にさらされた。一方、ノリッジでは、反乱者たちが不運にも、「戦う司教」として知られるヘンリー・デスペンサーに出くわした。青年時代に長く教皇軍司令官を務めていた彼は、偶然にも完全武装しており、みずから反乱部隊の指導者を殺害した。

その蜂起は鎮圧されたが、教会への批判は治まらなかった。ウィクリフはさらに主張を続け、聖職者は財産を所有すべきでないこと、王は教会が保有するすべてを法的に没収できることなどを訴えた。それは多くの神学者が同意するような興味深い提議だった。しかし、教会を運営しているのは神学者ではなかった。とくに有力な司教や大司教は筋金入りの政治家で、神学の教育はほとんど、あるいはまったく受けていなかった。彼らにとって教会は政治や経済の権力基盤だった。こうした高慢で裕福な高位聖職者が、聖書のような清貧の暮らしへの回帰を求める声に耳を傾けるわけがなかった。彼らは富と権力を守るためなら何でもやった。

保身を図る教会

教会の戦法は、守りようのないものを守るのではなく、攻撃に出ることだった。彼らにとって幸運なことに、ウィクリフは聖体祭儀――聖別されたパンとぶどう酒をキリストの肉と血として拝領する儀式――に対する教会の公式見解に異議を唱えていた。一二一五年以降、教会の方針として、聖別されたパンとぶどう酒には奇跡が起こり、（私たちの目にどう映ろうと）それはキリストの肉と血になるという考え方があった。

しかし、イングランドの教会はこの点を強調してこなかったため、その奇跡をどう解釈するかは人々の判断に委ねられていた。ウィクリフはパンとぶどう酒が霊的もしくは象徴的な意味でキリストの肉と血になるという提案をした。これは従来なら議論になるような提案ではなかったが、一三八一年以降、貴族出身で影響力のあるカンタベリー大司教のウィリアム・コートニーをはじめ、彼が率いる俗物司教たちは、それを死刑にも値する教会への批判と見なした。一四〇一年、大司教たちはパンとぶどう酒が文字どおり、磔にされたキリストの肉と血になるわけではないとする者を引き渡す特権を得る。これは現状を維持するには残酷なほど効果的な方法だった。

にもかかわらず、教会の堕落への抗議は根強く続いた。一四一〇年には、教会と修道院から財産を剝奪するための法案が議会で可決されようとした。しかし、ヘンリー四世は当時のカンタベリー大司教トマス・アランデルの助けで王位に就いていたことから、その法案は憤然と却下された。実際、哀れな庶民院は、法案が記録から抹消されるように懇願しなければならなかった。

修道院の終焉

修道院への反感も水面下で高まっていた。リチャード二世殺害の贖罪として修道院が創設されたときも、入居者を見つけるのは至難の業だった。たとえば、ロンドン近郊のサイオン修道院には、スウェーデンの女子修道会が入居していた。その後、この修道会は同じくロンドン近郊のブレントフォードにあるべつの修道院を引き継いだが、ここも設立以来ずっと空き家になっていた。

実際、修道女には修道士よりも金額に見合う価値があると人々は考えていた。女子修道院の従来のイメージは、ほかにどこへも行くあてのない裕福な女性たちの逃げ場所というものだったが、黒死病以降の数十年間で、信仰に生きる女性たちに対する考え方は劇的に変化した。

修道女たちが、潤沢な資金や立派な建物をもつ修道士とは異なる基準で生きようとしているのは明らかだった。人々も一五世紀までにはこのことを確信していたようだ。また、毎年の記念日や施し、定期的な祈りや埋葬のための資金を寄付している場合、修道女のほうが期待に沿う結果を出しやすいということにも気づいたようだ。その結果、「自分たちの魂のために祈ってくれる貧しい修道女」に財産を残す金持ちが増え、ますます多くの女子修道院が創設された。要するに、男性が祈るよりも女性が祈ったほうが効果的とされ、寄付者や後援者が女子修道院のほうが男子修道院よりもいい仕事をしていると思ったわけだ。

しかし、ヘンリー八世が修道院を解散させ、その莫大な富を彼の取り巻き連中に再分配した一五三五年以降、修道士と修道女はどちらも一掃された。こうした事態につながったトマス・クロムウェルの調査では、修道院の驚くべき悪弊やスキャンダルの数々が明らかになった。だが、それらは修道院の廃止以外に、もはや改革など選択肢になかった社会においては、とくに目新しいものではなかった。

そして美しい廃墟だけが残った。それは壮大なスケールで堕落した、かつての献身と信仰と清貧の暮らしをかすかに伝えている。

おそらく、諸悪の根源は金だろう。

もちろん、祈りと宗教的瞑想の生活にみずからを捧げた敬虔な修道士たちもいたことはいた。しかし、修道院の歴史を振り返ってみると、いったん祈りが金銭的価値を得たら最後、そこでゲームは終わりだった。修道院――祈りの工場――は営利企業となり、もはや本来の機能を果たせる道はなかった。

どんなに努力しても、修道士たちは邪悪な世界ときっぱり縁を切ることができなかった。彼らは邪悪な世界の一部だったばかりか、長年にわたってそれを動かしていた。しかし、何の罰も受けずにそこから逃げることは許されず、彼らへの批判や糾弾は絶えなかった。それは次から次へと新しい修道院運動を生み、最終的には組織全体を破壊する原動力となった。中世イングランドの教会、そして当時の太った修道士たちが残した真の遺産は、修道院運動そのものが教えてくれた強力な社会的正義感である。それは修道院運動がみずからの堕落を激しく非難するための手段となり、ついにはみずからを破壊する武器となったものである。

そして今日までイングランドの政治議論を形成してきたのも、この社会的正義感にほかならない。

第五章――哲学者　Philosopher

「自然界と、自然界を司る法則は夜の闇に隠されていた。
神は言われた、ニュートンあれ！　するとすべてが明らかになった」

ウェストミンスター寺院にあるアイザック・ニュートンの墓石には、英国の詩人アレグザンダー・ポープによるこんな碑文が刻まれている。一七三〇年（この偉人の死の三年後）に書かれたこの言葉には、私たちが中世の科学について知るべきすべてが要約されているようだ。たしかに、ニュートンが登場する以前、中世の自然哲学者たちは無知と迷信のなかでもがいていた。そして彼が実験と数学にもとづく研究をもたらしたことで、世界の学問が変わった。

中世の代表的な実験哲学者と言えば、一三世紀のフランシスコ会修道士で「賢者の石」を探しつづけたロジャー・ベーコンだろう。彼は卑金属を金に変えようとする錬金術師として妄想を追い求め、修道会からその奇妙な実験の継続を禁じられた。

だが意外なことに、「数学は科学への扉であり、鍵である」と言ったのはベーコンであり、実験科学について教皇に手紙で説明したのも彼だった。さらに意外なのは、アイザック・ニュートンもじつは錬金術師であり、彼の著作の大部分は錬金術と『ヨハネの黙示録』の解釈に関するものだった。私たちは自然哲学の歴史について真実を無視しようとしている。それは私たちが望むような人類の進歩の物語に合わないからである。

錬金術師と金の探究

科学のルーツは錬金術にある――これはある物質をいかにしてべつの物質に変えられるかを探る学問である。錬金術師たちが探究していたのは、彼らの目には、その本質が力学的法則ではなく、神の意志に由来しているように見える世界だった。

alchemy（錬金術）という言葉は、アラビア語やエジプト語を語源としている（al-khimia は「ナイル川の黒い土」を意味する）。錬金術は、芸術や科学のあらゆる知識をもたらしたという神人ヘルメスを祖としているとされた。それは「ヘルメスの術」と呼ばれ、紀元三世紀にアレクサンドリアのギリシア人たちによって探究された。七世紀、エジプトを含めた東ローマ帝国のほとんどはイスラムに征服されたため、今度はアラブの探究者たちがそこで展開されていた概念や知識をさらに追究した。最終的に、錬金術の奥義は、スペインのアラブ人をとおして中世ヨーロッパへ伝えられた。

ロジャー・ベーコンはこう説明している――「錬金術はひとつの科学であり、ある種の金属をべつの金属に変える方法を明らかにするものだ。そしてそれは多くの『賢者の書』にあるように、しかるべき薬によってなされる」。とりわけ、錬金術は卑金属から金への変成をその最優先課題としていた。金は特別な存在だったが、それは金がほかのどの物質とも大きく異なっていたからで、これが錬金術師たちにとっては重大なポイントだった。金はけっして錆びない。どんな自然の働きによっても性質を損なわれない。高温で熱しても、冷めればもとの金属に戻る。新聞用紙の一〇〇〇分の一という薄さにまで打ち延ばすことができ、頭髪より細い針金に引き延ばすことができる。しかも性質はまったく変化しない。すべてが死を免れない世界において、金はけっして腐食せず、不滅なのである。

錬金術師にとって、金は完全無欠の存在だった。錬金術の根底にあるのは、この世には完全になれるかもしれない可能性があるという信念で、それに向かって努力することが探究者の務めだった。かつて、エデンの園ではすべてが完全だった。そこへ罪がもち込まれ、男女が園から追放されて、世界は堕落した。しかし、すべて――命あるものもないものも――はゆっくりともとの状態へ戻ろうとしている。金の存在は、稀ではあるが、そうした完全性への回復が現実のものであり、実際に起こり得るということの証だった。

すべてが完全な状態へ戻ろうとするならば、まだ地中にある金属はしだいに金へと変質していくに違いない。錬金術師はそうした自然の働きをただ手助けしていただけだ。つまり、神の御業に手を貸すというわけだ。

これを馬鹿にするのは簡単だが、一二世紀にすでに金属が地中で成長すると考えられていたというのは驚きである。ある意味で、彼らは正しい。たとえば、くず鉄を採掘済みの銅山の湿った場所に置いておき、その銅山を封鎖すると、数年後には銅が育っている。地中の水分をとおして銅の成分がくず鉄へ移動し、最終的に銅の原子が鉄の原子に取って代わるのである。

もし金属が成長するならば、もっとも長く地中に残された金属はもっとも完全に近い状態に成長するのではないかと錬金術師は考えた。それはこの世界に金がごくわずかしかないことの説明にもなった――一四世紀、ヨーロッパの金はすべて合わせても中くらいの部屋ひとつ分くらいだっただろう。ということは、ほとんどの金属はまだ完全に成長しきっていない状態で地表へ運ばれていると考えられた。ベーコンが記したように、錬金術の目的はこの問題に解決策をもたらすことだった。

錬金術とはしたがって、特定の薬をつくり、調合する方法を明らかにする科学である。その薬はエリクサと呼ばれ、金属や不完全な物体にかけると、すっかり完全なものになるという。

これが賢者の石（あるいはエリクサ）を探し求める根拠だった。錬金術にはあらゆる知識が必要だった。人間と天と地球は、神の意志においてともにつくり出されたものとして、密接に結びついていた。

「哲学」の目的

ロジャー・ベーコンのような哲学者は、自分たちが聖書の正説に逆らっているとは思っていなかった。彼らの信条は「下なるものは上の如し」である。つまり、この世界は天地創造の一部であり、したがって、この世界の謎を解き明かすことは聖書の理解にもつながるということだった。ベーコンは、聖書の言葉の隠された意味を読み取るためには、科学的研究が不可欠だと主張した――この世界のことがわかって初めて、聖書の言っていることが理解できるというわけだ。つまり、錬金術はひとつの宗教的探究だったのであり、それが偽科学のように思われるのは、ただ私たちに理解が欠けているせいなのだ。

実際、ベーコンは宇宙の広大さを驚くほど現代的に説明している。

私たちの目に見えるもっとも小さな星でさえ、地球よりも大きい。しかし、天体全体と比べれば、そのもっとも小さな星にはほとんど有効な大きさはない。（中略）プトレマイオスが『アルマゲスト』第五巻で明らかにしているように、太陽は地球全体の約一七〇倍も大きい。（中略）人は三年足らずで地球を歩いて一周できる。つまり、下界の大きさは、天体の大きさとはまったく比較にならないということだ。（ベーコン、『大著作』）

私たちはニュートンが数学の重要性を「知らしめた」ことによって物理学を変えたと思っているが、それと同じように、学校ではガリレオが天体望遠鏡を発明したことによって宇宙論を変えたと教えている。しかし、ベーコンはレンズの使い方や、それを望遠鏡の原型のような器具において彼自身が使ったことを記している。彼は望遠鏡がどんなに遠くの物体でも近くに見せることができ、星々の姿を自在に見ることができると主張した。これを錬金術師によるただの現代科学の話だと思ったら大間違いだ。ベーコンはこう続けている。

（中略）下界の大きさは、とにかく天体の大きさとは比べものにならない。また、その有効性も比較にならない。というのも、下界の有効性は天界の有効性によって生じるからである。傾斜した黄道の下の太陽と、その上の惑星の角度とを合わせた影響が、それらの下のこの地球上で起こる全事象の原因なのである。

あらゆることがすべて結びついていると考えていたベーコンは、ほかの哲学者と同様、占星術師でもあった。言うまでもなく、それは彼が望遠鏡によって未来を見通せると信じていたということだ。つまり、私たちとは世界観が違う。現代の天文学者なら、望遠鏡が未来ではなく、過去を見る手段であることを知っている――遠くの物体から地球へと光が届くまでには時間がかかるため、物体が遠く離れていればいるほど、そこに見える像は遠い過去のものということになる。

ベーコンの探究は本質的に宗教を動機としていた――教皇は彼の研究を支持し、彼の書いたものを読みたがった。また、ベーコンは私たちが考える現実の科学も行なっており、白色光をさまざまな色のスペクトルに分解して弟子たちを驚かせた――「その実験者は目に見える物体をとおして、虹のような色彩が生まれるのを観測できないかと考えている」。

ベーコンがガラス玉に光を通過させることによって虹を再現したのは、アイザック・ニュートンより五〇〇年もまえのことだった――しかも、彼はその光線の変位の角度を正確に計測した。彼は科学の実験が聖書の内容を理解しやすくするための一種の知識であることを証明していた。

錬金術師は（ほとんど）正しかった！

卑金属を貴金属に変成させるという理論が軽蔑されるようになったのは、一七七〇年代にフランスの化学者アントワーヌ・ラヴォワジエによって書かれた論文のせいだ。彼は鉄や鉛、金といった金属は不変で固定した化学元素であるとする物質論を生み出した。この新しい「真実」は約二〇〇年にわたって科学的理解の土台となったが、ひとつの金属がべつの金属に変成するという現象はじつは今も広く利用されている。原子炉の仕組みがまさにそうだ。ひとつの金属――ウラン――が、プルトニウムやトリウムといったべつの金属に変わるのである。このプロセスは放射能と呼ばれているが、それは私たちがそう呼んでいるだけで、意味は変成と同じである。

錬金術師は、金属が自然の作用によって徐々に変成すると考えた点で正しかった――ただし、変成のプロセスは彼らが思うよりもずっとゆっくりだった。実際、ウラン二三八の半塊がトリウムに変わるには四五億年（地球の年齢とほぼ同じ）かかる。このプロセスを速めるには、明らかに何らかの技巧が必要だ――これはまさに原子核物理学の領域である。

一方、鉛から金への変成についてはどうかと言うと、一九七二年、シベリアのバイカル湖に近い原子力研究施設で働くソヴィエトの物理学者たちは、実験用原子炉の鉛のシールドが、継続的な原子核の衝撃により、しばらくして金に変わったことを発見した。しかし、この実験を繰り返せば金が量産できるなどと思ってはならない。その金は鉛よりも重く（通常はそうではない）、放射性もきわめて高かったうえ、急速に「崩壊」を起こして鉛に戻ってしまった。

もちろん、錬金術師たちは放射能を求めていたわけではない。彼らの理論は、物体を純化しようというものだった。そこで、彼らは第一段階として純物質をつくり出すことにした。彼らは蒸留——ある物質を蒸気が出るまで熱し、その蒸気を冷却し、ふたたび凝縮させて回収すること——によってこれを行なった。この工程は信じられないほど複雑化され、イスラムの錬金術師ジャービル・イブン＝ハイヤーンは、七〇〇もの蒸留工程を含む手順を推奨した。

物体を純化しようとする試みにおいて、錬金術師たちは驚くべき特性をもつ新しい物質を生み出した。まず、硝石と明礬《みょうばん》の混合物を蒸留することで硝酸がつくられた——この液体は銀を完全に溶解した。明礬だけを蒸留する方法については、その凝縮液で金属容器が破損してしまったため、もう少し時間がかかった。最終的にガラス製の容器が使われるようになり、それだと酸で腐食することはなかった。そうして生み出されたのが硫酸で、この液体は鉄や銅を溶解した。錬金術師たちはさらに塩と明礬を蒸留することで、より強力な液体をつくり出した——それが塩酸であり、硝酸を混ぜると金さえも溶解した。

こうした発見は文字どおり、ヨーロッパの科学を変え、世界を変えた。錬金術師たちが研究を始めるまで、もっとも強力な酸として知られていたのは酢だった。

そのうえ、錬金術師たちには、じつはかなりいいところまで来ていると思うだけの理由があった。というのも、金かと思うような物質をつくれることがわかったからである。水銀と銀の粉末の入ったフラスコに少量の金粉を加えると、金色の液体ができた。これを熱して沸騰させつづけると、（きわめて有毒なガスとともに）金の塊のようなものが生まれた——それは「金のバター」と呼ばれる。今日では、それが本物かどうかを確かめるテストが行なわれるが、昔の錬金術師たちには関係なかった。つまり彼らには、それが本物ではなくても、本物に近ければいいという考えがあったのかもしれない。

詐欺師とペテン師

金に関わる仕事となれば、悪知恵を働かせてできるだけ多くの金を手に入れようとする者がいても不思議ではない。一四世紀に書かれたジェフリー・チョーサーの『カンタベリー物語』(桝井迪夫訳、岩波書店、一九九五年)では、錬金術師の徒弟が錬金術のことを「この呪うべき技」と呼んでいる。

> この呪うべき技は、誰でもそれを行う者に対し、もうこれで満足だっていうものはなんにももたらしはしません。だって、それに使う全財産を彼はきっとなくすからです。それについちゃ、疑いはございません。
>
> (チョーサー「錬金術師の徒弟の話」、前掲書下巻所収、桝井迪夫訳)

徒弟はさらに、詐欺師の錬金術師が僧をだまし、水銀を銀に変える工程があると信じ込ませ、その秘密の術を教える代わりに僧から四〇ポンド（大金）を巻き上げたという話をする。もちろん、そんな術がうまく行くわけもなく、僧は錬金術師にまんまとだまされた。

チョーサーがこうしたペテン師の話を実際の知識から書いていたのは明らかだ。おそらく、当時はこの手の連中が山ほどいたのだろう。

詐欺師の錬金術師として知られる最古のひとりが、一二世紀に登場したアルテフィウスである。年齢一〇二五歳という彼は、それだけ長く生きてきただけに、不老不死の薬エリクサの秘密をすぐにでも明らかにできると述べた。

> 私、アルテフィウスは、熟達者となり、完全なる真実の知恵を獲得してからも、（中略）ときには他の者たちと同じく無名の存在であった。しかし、この素晴らしい奥義を用いることにより、（中略）生まれてからこの日まで、およそ一〇〇〇年のときが私の頭上を過ぎ去った。だが、それほど長い年月を生きてなお、この秘密の術を発見し、獲得した者を見ることはなかった。それは賢者たちの言葉が不明瞭であったり、寛大な心に動かされたり、善人としての正直さから躊躇したりしたせいだ。今、私はこの人生の晩年において、すべてのことを嘘偽りなく、真摯に伝えようと決意した。人はこの賢者の石を完全なものにするためなら、ほかに何もいらないと思うかもしれない。
>
> （『アルテフィウスの秘本 *The Secret Book of Artephius*』）

ところが、不老不死を望む人々にとって悲しいことに、彼の説明を理解できる者はひとりもない。それは非常に残念なことである。というのも、アルテフィウス自身の話によれば、彼はその知識を得るためにまさに現実離れしたことをやってのけたからである。彼はたんにその秘術を求めて「人一倍の努力」をしたのではなく、地獄にまで降りていった（と言っている）。そこでは魔王が金の王座に座り、悪魔や悪霊に囲まれていた。

だが、これはきっと先駆的な探求者なら誰もが経験するようなことなのだろう。

しかし、錬金術師たちの実験がうまく行くことを切実に望んでいる者も多かった。たとえば、ヘンリー四世はイングランドの借金を完済するため、学者たちに錬金術の研究を強く勧めた――そして彼は違法な錬金術師たちが投獄され、通貨が蝕まれないようになることを望んだ。一六世紀、エリザベス一世はイングランドの錬金術師エドワード・ケリーに使者を送り、プラハから帰国し、対スペイン戦争に向けた戦費調達を助けてくれるように懇願した。

これらの君主たちは、詐欺師が存在するからといって錬金術の理論そのものが馬鹿げていることにはならないと理解していた。もし彼らがだまされていると思うなら、現代科学における詐欺がどれほどのものかを見てみよう。今日における「賢者の石」と言えば、ナノコンピューター――通常の顕微鏡では見られないほど極小の本格コンピューター――もそのひとつだ。ベル研究所のヘンドリック・シェーン博士は、これに関する画期的研究について三年間に二五もの論文を発表し、ノーベル賞の有力候補とされていた。ところが、二〇〇二年九月、そのうちの一六の論文で不正が発覚した。アメリカの科学雑誌『サイエンス』はすでに発表されていた八つの論文を取り下げ、シェーンは解雇された。[1] 一九九九年だけでも、アメリカ公衆衛生局には「不正」（論文捏造）の報告が、バイオメディカルの分野だけで七二の機関から寄せられた。[2] しかし、だからと言って現代科学には価値がないという結論に飛びつく者はひとりもいない。

ただ、錬金術を批判した中世の者たちは、科学の不正に対して私たちほど寛容ではなかったようだ。一三五〇年、エドワード三世はジョン・ド・ウォールデンという名の錬金術師をロンドン塔へ投獄した――彼は「王のために錬金術を実現させる」ため、金貨五〇〇〇枚と銀二〇ポンド（約九キログラム）を与えられていた。しかし、投獄されたということは、それがうまく行かなかったのは明らかだ。一方で、ヘンドリック・シェーンは、この原稿を書いている時点でまだ自由の身である。

一四世紀、ドミニコ修道会とシトー修道会は、錬金術による詐欺を断罪した教皇勅書を受けて、錬金術を禁止した。しかし、一三一七年にその勅令を出した同じ教皇が、一三三〇年、みずからの医師に「ある秘術」のための資金を提供した。

錬金術師の秘密主義

そもそも錬金術師というのは、非常に秘密主義的な連中だった。彼らは謎めいた暗示や寓意の世界で仕事をしていた。また、彼らの書いたものの多くは、謎を解き明かすのではなく、それをさらに複雑にして混乱させることを目的にしていた。自称一〇二五歳のアルテフィウスはこう言っている――「それは秘密に満ちた術ではないのか。それなのに君たちは愚かにもわれわれがこの深遠なる秘術をあっさり教えると信じ、われわれの言葉を文字どおりに受け取るのか」。

錬金術はつねに神秘性を強調してきた。一五世紀、ヨークシャーのブリドリントンにあるアウグスティノ会小修道院の修道士だったジョージ・リプリーは、錬金術がごく少数の者だけに許された「聖なる科学」であるとし、それを暗号で記す理由をこう説明した。

（中略）愚か者たちのやる気をそぐためだ。というのも、われわれが書物を記すのはおもにこの術の門弟たちを啓発するためだが、同時にそれは太陽の輝きにも月の光にも耐えられない、こうしたフクロウやコウモリたちを神秘化するためでもあるからだ。

（ジョージ・リプリー、『一二の門を含む錬金術総論 *The Compound of Alchymie conteining Twelve Gates*』、一四七五年）

実際、リプリーの暗号にはピクトグラフ（象形文字）が含まれており、その結果として生まれた彼の書物は「リプリー・スクロール」と呼ばれ、中世の写本のなかでもとくに魅力的な一冊である。その本では、赤い服をまとった王が金、白い服をまとった王妃が銀を表し、伝説の怪物サラマンダーが火、そして太陽と月に殺されるドラゴンが金銀と溶け合う水銀を表している。

黒魔術師ベーコン

錬金術を包む神秘のベールは、錬金術師が黒魔術の信奉者ではないかという疑いを助長した。一二七九年版のフランシスコ修道会の『原始一般会憲 *Le Constitutiones Generales Antiquae*』は、魔術や妖術、悪霊の呼び出しをともなう錬金術を禁じている。一六世紀後半には、ロジャー・ベーコンが、魔術を行なうために悪魔と契約を結んだというファウストのような人物として描かれた。一五八〇年頃の大衆演劇で、彼は「言葉を話す真鍮の頭」をつくっていた（もしそれが破壊されなければ、）その呪文によってイングランドは真鍮の防御壁で囲まれていただろう。しかし、多くの場合、教会は自然哲学をキリスト教への挑戦とは見なさなかった。

ベーコンがフランシスコ修道会から大きな懸念を抱かれていたのは確かだが、その懸念は彼の科学的関心というより、修道会そのものに対する彼の無遠慮な態度に関係していた。当時、フランシスコ会ではその信仰上の観念をめぐって激しい論争が繰り広げられていた。清貧生活の厳格な実践を求める「スピリチュアル派」と、これを緩和しようとする派が対立していた。スピリチュアル派を支持したベーコンは、ほかの多くのフランシスコ会修道士たちと同じく、修道会によって事実上、投獄された。一四世紀初めには、スピリチュアル派は異端として糾弾され、火刑に処されることになった。しかし、科学的探究に対する教会の姿勢は複雑で、一般に思われているほど断罪的ではなかった。

ベーコンはパリを拠点としていたが、一三世紀のパリは哲学や神学についての新しい考え方に沸いていた。その熱気の中心にあったのが、アリストテレスの著作の研究であり、彼の考え方がトマス・アクィナスのような学者によってキリスト教のなかでどう扱われるべきかが議論の焦点になっていた。これに対する体制派の反応のひとつが、一二七七年のパリ司教タンピエによる「哲学および自然科学に対する譴責」だった。従来、この「タンピエ譴責」は理性への攻撃とされてきたが、それは誤解を招くものだ。教会が阻止しようとしていたのは、神の全能性や神学の価値を否定するような合理的確実性だった。タンピエ司教はとくに次のような命題を糾弾した。

神学的議論は寓話にもとづいている。

神学を知っているからといって知識が深まるわけではない。

世界で唯一の賢者は哲学者である。

実際、その譴責によって多くの命題が拒絶されたが、それらがもし正説として受け入れられていたら、科学の議論はむしろ著しく制限され、多くの理論や理論家が異端とされていただろう。譴責された命題にはこんなものがあった。

最初の人間もいなければ、最後の人間もいない――人間はつねに世代として存在し、今後も世代としてつながっていく。偶然によって起こるものはない。最初の原因［つまり神］は複数の世界をつくることができない。神は天空［つまり、空とこの世］を直線的に動かすことができない――その理由として真空空間が残っている。神は新しい行為（や物事）の原因になることができず、新しいものを生み出すこともできない。神は三つ以上の次元を同時に存在させることができない。

もしこうした命題が正説として受け入れられていたら、ダーウィンやニュートンは異端とされただろうし、量子確率論や定常宇宙論、多元宇宙論や多次元論もすべて異端とされていただろう。タンピエ司教の主張によれば、こうした可能性を開かれた状態にしておかなければならないのは、人間の理性で神の全能性を制限することはできないからだ。これらの命題を拒絶することによって、司教は進化や量子確率論、ニュートンの運動法則、多元宇宙論、定常宇宙論、そして多次元論の可能性を否定することを罪としたのである!

地球平面説の嘘

現代の人々は、中世の人々と同じくらい誤った事実を信じやすいのかもしれない。そのもっとも奇妙な例のひとつが、中世の人々は地球が平らだと思っていたという誤解である。これはまったくの間違いであり、中世にそんな考えはなかった。おそらく「間違い」という言葉では優しすぎる。それは事実にまで高められた「嘘」である。

その嘘は、ふたりの作家によってほぼ同時期にでっち上げられた——ひとりは『教父の宇宙論 *On the Cosmographical Ideas of the Church Fathers*』(一八三四年)を書いたフランスの反宗教的な学者アントワーヌ=ジャン・レトロンヌで、もうひとりはアメリカの小説家ワシントン・アーヴィングである。アーヴィングは「スリーピー・ホローの伝説」や「リップ・ヴァン・ウィンクル」といった作品の著者として知られるが、一八二八年、彼はクリストファー・コロンブスについての伝記を書いた。これにはこの偉大な探検家がのちに西インド諸島と呼ばれる地域へ船出しようとしたところ、スペインのサラマンカで教会当局に行く手を阻まれるという場面が出てくる。彼らは主人公のコロンブスが世界は丸いと言ったため、彼を異端と非難する。これはその後の歴史をつうじて、人々をあらゆる想像の虜にしてきた魅惑的なシーンである。

ただひとつの問題は、この話がすべてアーヴィングの作り事だったということだ。教会はけっして世界が平らだとは教えていなかった。それはまったくの偽りである。

しかし、たとえ事実ではなくても、それは教会を攻撃するネタとしては最高だった。レトロンヌは反キリスト教の論客だった。そのため、ダーウィン説の支持者たちは、人間がほかの動物の子孫であると主張したことで教会当局から攻撃されたとき、レトロンヌの誤説――教父をはじめとする中世のキリスト教徒は地球平面説を信じていたとする考え――をアーヴィングの空想と結びつけ、熱狂的な信者を「地球平面主義者」と呼んだ。アーヴィングの嘘は一連の作家たちの怠慢によって繰り返され[3]、最後には、科学の歴史における立派な事実のようになり、新たな千年紀の始まりを告げる『ニューヨーク・タイムズ』紙の社説でも取り上げられた。

中世の知識人たちが地球球体説を十分認識していたことは間違いない。一三世紀、トマス・アクィナスはこう書いている――「天文学者と自然哲学者はどちらも地球は丸いという同じ結論に達している。しかし、天文学者は数学をとおしてそれを証明するのに対し、自然哲学者は物事の思弁的原理においてそれを証明する」。

アクィナスと同時代に生きたロジャー・ベーコンは、ギリシアの数学者たちによって地球の円周が計測されたことを知っていた。地球が丸いというのは明らかだった――ほかにどうやって地平線の彼方に事物が消えるわけがあるだろう。彼自身が書いているように、「地球が湾曲していることは、より高い場所のほうがより遠くを見渡せるという理由を説明している」。

さらに、中世の学者たちはアメリカ大陸の存在の可能性についても積極的に考えていた。彼らは自分たちが地球の片側のことしか知らないと認識し、もう片側はどうなっているのかについて多くの議論を重ねた。すべては海だと言う者もいたが、反対側にもべつの陸塊が存在し、「そちら側では、こちら側［つまり、極西部］が日没を迎えるときに日の出を迎える」と主張する者もいた。そうした地球の反対側に人が住んでいるのかどうかについては、あらゆる推測が盛んになされた。五世紀の神学者の聖アウグスティヌスは、人間はみな共通の祖先をもっていなければならず、もしそうした陸地が存在するとしても、それらは人が住むには遠く離れすぎているという非常に合理的な理由から、反対側に人間はいないと考えた。

つまり、コロンブスは教会の地理学に盾突く必要はまったくなかったわけだ。彼は反対側を見つけたのである。

マッパ・ムンディ（世界地図）

ただ、中世の地図を見ると、当時の人々が地球の形や大きさ、様子、自然、平面図や構成、あるいは概念を実際のように理解していなかったことは明らかだ。

中世における地球の標準的なイメージは、ＴＯ図として描かれた。これは丸いＯの字のなかに海洋を表すＴの字がはめ込まれ、陸地が分割された地図である。Ｔの字の横棒の上の範囲がアジア、左下の四部円（黒海によってアジアと隔てられている）がヨーロッパ、右下（紅海によってアジアと隔てられている）がアフリカを示している。ヨーロッパとアフリカを隔てているTの字の縦棒は地中海で、エルサレムが地図の中心にある。

そう、私たちはこうした祖先の無知を気楽に笑えるかもしれないが、問題はその笑いがしばしば私たち自身の無知をさらけ出すことになるということだ。中世にそんな「地図」を見た者が、それを実際の地球の地理的描写だと思ったとは考えにくい。TO図は頭字語のようなもので、当時知られていた世界の重要ポイント——三つの大陸があり、それが海洋で隔てられている——を認識するための手段だった。

実際、ヘレフォード大聖堂にあるようなマッパ・ムンディは、たしかに緻密に描かれた見事な作品ではあるが、地球を馬鹿馬鹿しいほど奇妙にゆがめて描いている。それらが今日の平均的な小学生ほどの知識ももたない地図製作者によるものであることは明らかで、真剣に受け取ることは難しい。また、もしロンドンからシュトゥットガルトまで行くのにこうした地図を使おうとしても、けっして役には立たない。当時の地図にはたいていノアの方舟やバベルの塔をはじめ、トマス・アクィナスに改宗させられた犬の頭をもつ人々や、胸に顔がある人々、さらには頭上に巨大な一本足を傘のようにかざして太陽を遮る人々など、異様な怪物が描かれていた。

しかし、またしても私たちはこの代物の目的を取り違えている。これらはじつは地図ではなかった。マッパ・ムンディのmappaは「布切れ」を意味し、したがってmappa mundiは「世界の地図」ではなく、「世界の布切れ」である。map（地図）という言葉が布切れを意味するmappaに由来するという事実は、中世の人々の落ち度ではない。落ち度があるとすれば、それはその言葉の由来を忘れていた私たちにある。

この「世界の地図」（一七世紀の考え）ならぬ「世界の布切れ」には、まったく異なる目的があった。マッパ・ムンディは、世界をさまざまな経験や概念、知識、そして人間の歴史が詰まった場所として描いている。それは百科事典のようなものなのだ。つまり、それは探検家が使うような海図ではなく、そのためにつくられたものでもなかった。

むしろ、マッパ・ムンディは裕福な家庭で話のタネにされていたのかもしれない。夕食後の会話を促すための、流行の――そして高価な――装飾品である。一方、旅をするのに人々が必要としたのは地図ではなく、旅行案内であり、彼らは実際にそれをもっていた。イングランドの旅行案内としてもっとも有名なのは、一三世紀にセント・オールバンズの修道士だったマシュー・パリスが書いたものだ。それにはイングランドのさまざまな道路をはじめ、町や村、そしてその間を歩くのにかかる時間などが記されている。ちなみにjourney（旅）という言葉は、こうした旅行案内に記された「一日に歩く道のり」に由来し、journée（一日）は一日分の旅を意味した。

中世の偉大な実験

中世の教会はけっして知識の探究に反対していたわけではなかった。それどころか、この時代に多くの発見をもたらしたのは聖職者たちだった。なかでも中世に建てられた壮麗な聖堂や教会、修道院の数々は、途方もない規模での技術的実験の賜物だった。

ノルマン征服直後に建てられた宗教建築の様式は、本質的に要塞と結びついていた——小窓のついた分厚い石の壁の上には、頑丈な柱に支えられたヴォールトと呼ばれる半円筒の丸天井が載っていた。

要塞の建築は必然的に革新や実験の場となった。一三世紀後半までに、エドワード一世は、大陸出身の石工の棟梁ジェームズ・オヴ・セント・ジョージの画期的な手法を用いて城を建てた。従来の設計では、城郭の中枢部に建てられたキープと呼ばれる巨大な主塔を守るためにあらゆる工夫がなされたが、エドワードはその代わりに同心円式と呼ばれる二重構造の壁をもち、どの壁も塔からの援護射撃で守られるという城を建設し、ウェールズを支配した。それまでのキープは薄暗く、分厚い壁に覆われていて、その城の主にとっては牢獄のようだった——これに対して、エドワードの城は強固であるばかりか、王やその代理が快適に過ごせるような広々とした空間が中心にあった。一方、教会建築はこれとはまったく違う方向へ進んでいた。

新たに自信を増していた教会は、その自信を見せつけ、人々の注目を集めることを望んだ。

大修道院長や大司教たちはこぞって高い塔のある建物をつくろうとしたが、それは彼らの権力を守るというより、それを称えるためのものだった。

私たちは教会建築が何百年も生き長らえてきたことを当然のように思いがちだが、それらが建てられた当時、建築家たちはまさに技術の限界、あるいはそれを超えた実験に挑んでいた。そしてその限界がどれほどかを、彼らはしばしば大変な苦労をして学んだ。たとえば、ウィンチェスター大聖堂の塔は建設作業中の一一〇七年に倒壊した。一一〇〇年に建てられたグロスター修道院では、西側正面の南塔が一一七〇年に倒れた。

しかし、こうした些細なトラブルに遭遇したからと言って、建築が保守主義に走ることはなかった。それどころか、神学では神は光であるとして、教会はそれまでの暗く内省的な建築を脱し、信徒たちが神の光に明るく照らされることを望んだ。

そこで、カンタベリー大聖堂の内陣が一一七四年に火災で焼け落ちたとき、修道士たちは重々しくて荒削りな柱や半円アーチ、木の天井といった従来のつくりに代えて、もっと野心的なものを建てようと決意した。彼らはフランス人建築家のギヨーム・ド・サンス（ウィリアム・オヴ・サンス）の提案により、まったく新しい建物をつくることにした。それはこれまでよりずっと高く、光にあふれ、緻密な彫刻が施された建物で、尖頭アーチが集まって優美な丸天井をつくり、神と教会の栄光にも達するほど空高くそびえていた。そうした建物はイングランドでは初めてだった。

実際、ギヨームは修道士たちをだまして提案に同意させたのだった。彼がほかのライバルを抑えて契約を勝ち取ったのは、彼らが必要な作業の量を多く見積もっているようだと耳打ちし、「自分が必要だと考える作業のことはしばらく伏せて、彼らが事実を知って動揺しないようにした」からである。中世の大聖堂は無名の人々の献身によって建てられたとよく言われるが、実際はギヨームのような国際的に有名な建築家によって建てられた。彼は権威を象徴するような豪華な教会を建てようとする聖職者たちの野心に乗じたのである。

石の天井の重みで建物の側面が外側へたわむという問題は、側面に支えを施すことによって解決された。カンタベリーでは作業をつうじて、こうした補強のためのバットレス（控え壁）が三角形の一枚壁から、フライング・バットレスと呼ばれる飛び梁へと発展した――この新たな発明は「ゴシック」建築の特徴となった。

この大聖堂はそれを建てるプロセスと同じく、きわめて実験的なものだった。ギヨームがこの計画に着手して五年後、大きな丸天井を取りつけようとしたときに足場が崩れ、彼は木材や石材とともに五〇フィート（約一五メートル）落下した。何とか命を取りとめた彼は、ベッドから作業の監督を続けようとしたが、結局、フランスへ戻ることになった。フライング・バットレスの設計を思いついたのは、イングランド人のべつのウィリアムだった。

しかし、こうした思いがけない災難も教会を引き止めることはなかった。きわめて野心的な建築家たちに励まされ、教会は前代未聞の建築計画に着手した。それはブリテンとフランスの各地にまだ誰もやったことのない革新的な設計をもたらした。

その結果、リンカーン大聖堂の身廊が一一八五年、中央塔が一二三七年に倒壊した（礼拝中のことで、集まった信徒たちが下敷きになった）。一二二〇年にはセント・デーヴィッド大聖堂の塔が、一三二二年にはイーリー大聖堂の塔が倒れた（そして次の世紀には西側正面の一部が崩壊した）。さらに一四〇七年にはヨーク大聖堂の塔が、一四五〇年にはリポン大聖堂の塔が倒壊した。

しかし、その頃までに、やたらと高い丸天井をつくろうとする試みは完全に終わっていた。というのも、一二八四年に巨大なボーヴェ大聖堂の丸天井の一部が崩落し、ついにその技術の危険性が認識されたからである。それはまだ工事中の事故だった。ボーヴェの内陣はすでにヨーロッパでもっとも高い建物となっていたが、肝心の身廊は一度も完成に至らなかった。ボーヴェ大聖堂は今も――ただの――巨大な石のファンタジーとして建っている。現在、そのずんぐりした建物の基部に施された幾重ものバットレスは、無数の木の支柱に取って代わられ、補強されている。これらはボーヴェの設計の見事なまでの無力さを証明している。

空飛ぶ修道士エルマー

中世では実験が盛んに行なわれた。なかには非常に危険な方法で自分の理論を試そうとする者もおり、実際に飛行テストさえ行なった。一一世紀、マームズベリー修道院では、エルマーという修道士が自分で翼をつくり、塔のてっぺんから飛び立とうとした。彼は翼によって二〇〇ヤード（約一八〇メートル）飛んだが、着陸に失敗して両脚を骨折した。

ベッドで療養しながら、彼は修道院長に失敗の原因はわかっていると話した——彼の「飛行機」には尻尾が必要だった。心配した修道院長は彼にこれ以上の実験を禁じ、それによって飛行術の発展は九〇〇年遅れることになった。しかし、エルマーはたとえ生涯、手足が不自由になっても、空への興味をけっして失わなかった。ノルマンディーにある「バイユーの壁掛け」にはハレー彗星が描かれているが、それは一〇六六年に出現したもので、イングランドにとっては災いの前触れとなった。通説によれば、空にその彗星を見つけ、ノルマン征服という不吉な予言をしたのはエルマーだったという。

リチャード・オヴ・ウォリンフォードの天文時計

中世を見まわしてみると、聖職者があちこちで実験や試験を行ない、知識の新たな領域を探究している姿がある。もちろん、こうした探究は「非現実的な」基礎研究ばかりではなかった。多くの現代科学がそうであるように、知識の探究の背後には経済的もしくは政治的な動機があった。

たとえば、一三二七年にセント・オールバンズの修道院長となったリチャード・オヴ・ウォリンフォードを見てみよう。彼が当時もっとも野心的な工学プロジェクトのひとつを引き受けたのは、純粋な研究心というより、権力の行使と関連した理由からだった。

オックスフォードでの学生時代、リチャードは神学よりも数学や天文学に専念したいと考え、とくに占星術に興味をもった。仲間の修道士によれば、彼は占星術によって、年老いた修道院長が死去し、自分がその地位に選出されることを予言した。リチャードが実用性のある科学に強い関心をもっていることは明らかだった。

一二世紀初めに建てられたセント・オールバンズの修道院は、その町だけでなく、周辺地域の商業活動を長年にわたって支配していた。しかし、時代が下るにつれて、その支配力は失われていった。一三二三年には、南側の身廊の柱が何本か倒壊し、屋根と壁が崩落した。そうした災難にくわえ、町民と小作人たちが修道院に対して反乱を起こし、議会への代表派遣の権利憲章と、法外な料金を払って修道院の粉挽き場を使わなければならない制度の廃止を求めた。年老いた修道院長のヒューは病気だったため、人々に憲章を認め、修道院の粉挽きの独占も諦めた。その結果、修道院は町の支配力を失い、破産した。

そこでリチャードは、やや強引ながら修道院の財政再建に乗り出した。彼は町の人々がトウモロコシを挽くのに使っている手回し式の粉挽き機を押収し、それを修道院の床に移した。そのため、人々はふたたび修道院の粉挽き場を使うことを余儀なくされ、もちろん、そのために金を払うことを余儀なくされた。リチャードはこれで一気に修道院の財政を回復させた。しかし、その金を倒壊した身廊の再建に使う代わりに、彼はセント・オールバンズの商業活動をふたたび支配できるような何かをつくろうと決めた。

彼は時計をつくることにした。

教会ではもともと「定時課」というものが確立されていた。これは聖務日課による毎日の祈りの時間を定めたもので、昼間に四回、夜に四回あった。それぞれの間隔は季節によって変化し、夏は昼間の祈りの間隔が長くなり、夜は短くなって、冬はその逆だった。これが地上で物理的に経験される時間というものだった。

だが、経済が発展するにつれ、商人や使用人たちからはより正確な時間管理を求められるようになった。一三世紀までには、定時課の間隔が季節によって変わることもなくなっていたようだ——多くの修道院が一定の間隔へ移行していた。こうした変化による影響のひとつとして、「九時課」——もとは第九時の祈りの時間（午後三時頃）を指した——が真昼に行なわれるようになり、英語に **noon**（正午）という言葉がもたらされた。

しかし、一般信徒たちは天文学者によって計測された時間を使うようになり、それは一日を二四時間に等分したものだった。一四世紀までに、教会による時間管理の独占は、公共の建物や町の広場に時計を設置しはじめた町民によって崩されようとしていた。つまり、時間管理の主導権は、教会から商人階級に移ろうとしていたのだ。

リチャードは、せめてセント・オールバンズでは、教会主導の時間管理を維持しようとした。ただ、彼は修道院の生活よりも町の生活に関心をもつようになったため、彼の時計では聖務日課ではなく、一般信徒の日課が取り入れられた。また、その時計はただ時間を知らせるだけでなく、時間を宇宙全体の秩序と結びつけていた――月の様相や日食・月食の時期も見ることができた。

リチャードの時計は、人々から嫌われていた修道院の粉挽き場と同じ歯車装置を使っており、その粉挽き場が天体の仕組みと結びついていることを示した。祈りの時間だけでなく、一時間ごとにチャイムを鳴らすことにより、その時計は町の人々の労働時間を管理した。それ以降、町議会の時間をはじめ、市場の開始と終了、毎日の仕事の始業と終業の時間を告げたのは教会だった。[4]

リチャードの狙いは、教会の知的・技術的優位性とその科学的知識を商人連中に知らしめることだったようだ。その狙いは政治的なものだったとも言える。しかし、彼にとっては、それが宗教的な目的のためだったことは間違いない。彼は神の宇宙を目に見えるものにしようとしたのである。

私たちは科学と宗教が対極にあるものと思いがちだ。しかし、中世の哲学者にとって、「科学」はもしそれが神への理解につながらなければ、まったく意味のないものだった。この宗教的課題は、哲学をはじめ、学問のあらゆる分野に当てはまった。医学もそのひとつだった。

中世の医師たちの理念

今日、私たちが医師に期待することはひとつだけ――より元気にしてもらうことだ。だが、中世の医師はこれよりずっと多くのことをしようとした。彼らは肉体だけでなく、魂のケアもしていた。現代の医師たちと違って、中世の医師はいかなる犠牲を払っても、患者を死なせないようにしようとはしなかった。むしろ、もし死が避けられないようなら、彼らには患者をその不滅の魂にとってもっともよい形で死なせてやる義務があった。

しかし、中世の医師たちにはさらに崇高な目的があった。それは人間の肉体を、かつてエデンの園で享受していたような完全な状態に戻すということだった。そしてそのための手段が、医師にとっての「賢者の石」、つまり、不老不死の薬だった。

私たちにとって、医学はひとつの化学物質がべつの化学物質と作用し合う物理的化学であり、そこでは患者はただの器にすぎない――つまり、人間という蒸留器具の内部で、こうした相互作用が生じるというわけだ。中世の考え方からすれば、これは惨事を招きかねない危険な行為だ。中世の患者にとって必要な疑問は、「なぜ私なのか。なぜ今なのか」というものであり、もしその病気に治療法がある場合、それはその答えによって決まった。

自然哲学者が物質界の基本的理解をアリストテレスに頼ったように、中世の医師たちは人体についての知識をべつの古代ギリシア人――ガレノス――に頼った。どちらの場合も、古典哲学との結びつきはイスラムの学者をつうじて伝わり、探究心のあるキリスト教の研究者たちによって熱心に取り入れられた。

ガレノスの医学の中心には、健康は四つの体液の微妙なバランスに左右されるという考え方があった——心臓でつくられる血液、脳でつくられる粘液、肝臓に由来する黒胆汁、そして胆嚢に由来する黄胆汁。これら四つの体液が各人の体内で独自に混ざり合い、それぞれの性質が決まると考えられていた。これは異なる種類の人々に対して、異なる治療をする必要性があるということを意味し、それは一日のうちの時間帯によっても変化した（バイオリズムの研究によって新たに復活した考え方）。

こうした枠組みのなかには、植物の知識に関する複雑な領域があり、多くがその枠内で非常にうまく利用されていた——たとえば、それは今日のアマゾン川流域の原住民がもっているような知識に相当する。実際、その後のより「合理的」とされる時代にくだらない迷信として片づけられた多くの医学的知識が、後年、きわめて有益であるとわかった。そのもっとも有名な例のひとつが、発熱にはヤナギの樹皮が効くというもので、これはずっと非科学的と考えられていたが、アスピリンの開発につながった。

治癒者を表す古い言葉に leech という語があるが、この語は「多血質」と診断された患者から血液を吸い取るために医師が使ったヒルにも用いられた。通常の医療用ヒル（Hirudo medicinalis）は、一九世紀後半まで一般的な治療器具として利用されていた——実際、フランスの医師たちは一八三三年だけでも四一五〇万匹ものヒルを輸入したため、この小さな虫は絶滅危惧種になった。医師界は病気の治療法としての瀉血《しゃけつ》に関心をなくしていたが、近年、その唾液に天然の抗凝血成分と麻酔成分が含まれるヒルの有用性が注目されている――ヒルを使えば、患者はほとんど何も感じることなく、容易に血を出すことができる。今日では、とくに顕微鏡手術のあとにヒルを利用する医師たちが増えており、ヒルは医療用として商業的に養殖さえされている。いにしえの医師たちから学ぶことはもっとありそうだ。

中世の医学的実験

中世では、医学はほかの学問と同じく、実験にもとづいていた。スコットランドのエディンバラの南にあるスートラ・アイルの古い修道院跡では、精力的な調査活動の結果、中世の医師がいかに優れていたかを示す新たな証拠が見つかった。

現場で「血と糞」の穴を掘り返した考古学者たちは、植物の調合薬に使われた何種類かの種子を発見した。これらは失われた豊かな医学的知識を明らかにするものだ。たとえば、タチキジムシロという植物は回虫の治療に用いられていた――それにはタンニン酸が含まれ、現在の寄生虫病治療の基本となっている。また、ジュニパーは出産時に子宮の収縮を促すために使われた。

麻酔が現代の発明だというのもまったくの誤りである。スートラ・アイルで発掘されたもののなかには、ケシの実や黒ヒヨス、ドクニンジンといった天然の麻酔薬がいくつか含まれている。ブリテンの気候ではケシの栽培は不可能と思われてきたが、修道士たちは何らかの方法を見つけたらしい。なかでも重要な発見のひとつは、内反足の症例のように大きく湾曲した踵骨だった。この足は切断された可能性が高いと考えられている――約八センチ離れたところに麻酔薬が見つかった。

私たちは進歩という思想を信じたがり、自分たちが昔の人よりも多くを知っていると考えがちだ。しかし、議論の余地があるとは言え、今の医療は人間の寿命を延ばしているように見えて、じつは命そのものを破壊しているという奇妙なものでもある。実際、病院というところは病気を治す一方で、病気の原因にもなっている。一九九七年、イギリスの科学雑誌『ランセット』は、国内の入院患者の二〇パーセント弱が入院を原因とする有害事象を経験しているという研究を発表した[5]。それによれば、こうした可能性は入院一日ごとに六パーセント高まることがわかった。院内感染だけで、イギリスでは交通事故死の約二倍の人々が命を落としている[6]。

アメリカでは、医療がガンと心臓病に次ぐ第三の死因になっている（医原死）。つまり、身体の化学的・生物学的構造の解明が進み、医療介入の技術が目覚ましい進歩を遂げているにもかかわらず、私たちは中世の医師たちの功績を思っているほど超えてはいないのである。彼らに言わせれば、私たちがしていることは当時よりも劣っている。なぜなら彼らの治療の目的は、必ずしも患者の肉体を救うことではなく（もちろん、そうできれば素晴らしいが）、本人に死の到来を告げ、心の準備をさせることによって、その魂を救う手助けをすることだったからだ。これはひとつの立派な医療であり、そこではやはり、患者をひとりの人間として見ることが前提となった。

これまでに賢者の石や不老不死の薬を見つけた者はひとりもいない――もし見つけていれば、彼らは今も生きていて、私たちにそのことを教えてくれただろう。しかし、だからと言って中世を無知と迷信の時代として片づけていいことにはならない。ニュートンの時代に思想の大転換があったという思い込みは、私たちの過去への理解に大きな害を及ぼしてきた。

新たな事実は自然界に隠されており、それは実験によって明らかにされると主張したのは、中世の哲学者たちだった。これこそ真の科学革命ではないだろうか。それに迷信がもっとも盛んだったのは、むしろニュートンの時代だった。人間が悪魔と契約を結び、それによって超自然的な力を得ることができるなどと信じられるようになったのは、一六世紀や一七世紀のことだ。

ロジャー・ベーコンは未来について考えたとき、世界はやがて一変すると信じていた。彼はひとりの男に操られた船が、「たくさんの漕ぎ手がいる船よりもずっと速く」動いているさまを想像した。そして機械仕掛けのリフトやクレーン、「人間が安全に海や川の底を歩ける」装置、高性能の拡大鏡、人工の飛行体、そして「どんな生き物の助けもなしに、計測できないほどのスピードで動く乗り物がつくられる」ことを予見した。

それは今から七五〇年もまえのことだった。では、なぜそんなに長い時間がかかったのか。

ひとつには、みずからの過去に対する私たちの無知のせいである。

第六章——騎士　Knight

ときは一二七八年、ところはピカルディーの村ル・エムの開けた田園地帯。宮廷の者たちが集まっている。馬上槍試合のためのフィールドが用意され、華やかに着飾った貴婦人たちが壇上から眺めている。その中心にいるのは、ほかでもないアーサー王の妃、レディー・グイネヴィアだ。そしてそのかたわらには、かのレディー・オヴ・コーテシー（the Lady of Courtesy）の姿がある。

立派な衣装に身を包んだ紋章官は、グイネヴィア妃の求めにより、武器をもって愛を貫こうとする者は妃のまえに出よと宣言する。そして王妃の廷臣に加わるには、馬上槍試合に出る必要がある。そこへ似たような格好をした七人の騎士たちが現れ、王妃のまえにひざまずき、ライオンを連れた騎士に敗れたことを告げる。すると問題の騎士がライオンと七人の乙女を連れて登場する。それは一週間にわたる探索の旅の途中、彼が七人の騎士から救い出したグイネヴィアの淑女たちだった。

白馬に乗って田園を駆けめぐり、囚われの乙女を救うという遍歴の騎士の芝居が、宮廷演劇として演じられていた――本物の騎士によって。騎士道とは本当に娯楽以上のものだったのだろうか。囚われの乙女を救い、ドラゴンを退治するために、毎朝のように出かけていく騎士の勇姿に、本当に心動かされる者がいたのだろうか。そもそも彼らはどうやって生計を立てていたのだろうか。

ル・エムで芝居をしていた騎士たちの暮らしは、彼らが演じていた騎士道物語とどう結びついていたのだろうか。

騎士という職業の現実は、中世のすべての人々にとっての現実がそうだったように、絶えず変化していた。騎士の概念も変化し、騎士がどういうもので、どんなことをしているのかといった認識も変化した。唯一変化しなかったのは、騎士道の考え方が、今日、その言葉によって意味されるものとはまったく違うということだった。

ファンタジーの背後には暴力の物語がある。訓練を重ね、それをつうじて富と名声を得ようとする若者たちの欲望の物語がある。そしてその暴力をべつの方向へ向けたり、封じ込めたりしようとする社会の物語がある。

それは報われない努力だった。中世が終わる頃には、著述家たちは過去を振り返り、騎士道の黄金時代は過ぎ去ったと嘆いた。一三八五年、フランスのある修道士はこう書いている。

近頃では、あらゆる戦争の矛先が貧しい労働者やその家財道具に向けられている。私はそれを戦争とは呼ばない。（中略）それは略奪であり、強盗である。（中略）今の戦争は騎士道のルールに従わず、正義を掲げ、寡婦や孤児、貧者たちを守るために戦う気高い戦士たちの古来の慣習にも従わない。（中略）こうした理由から、今日の騎士たちにはかつての戦士たちが手にした栄光や賞賛がないのである。　　（『戦いの木 *Tree of Battles*』）

だが、騎士道の黄金時代というものが本当に存在したのだろうか。

騎士とは何だったのか

アングロ＝サクソンのknightは、馬に乗って戦うことはしなかった。しかし、ヨーロッパの貴族たちはそうしていたため、ノルマン征服後のイングランドでは、knightという言葉が騎乗の戦士を意味するものとして理解されるようになった。

征服王ウィリアムは、武勲を立てた家臣に征服したばかりの領地を与えた。ただし、彼らはその領地を所有したわけではなかった――所有権はあくまでもウィリアムの手にがっちり握られていた。王から領地を直接もしくは間接的に与えられた者たちには、それを保有する代わりに軍役の義務を負った。国王直属の家臣は世襲の「直臣」となり、イングランドの領地の半分はそうした八人の直臣に保有された。彼らは王の召集があれば、総勢約五〇〇〇人の戦士を提供しなければならず、こうした戦士たちは彼ら直臣の直臣、つまりは陪臣として「授封」された。

陪臣はその領地を「騎士領」として保有し、毎年の一定期間、主君のもとで軍役に就かなければならなかった。騎士はその位を授かる儀式として、「剣で肩を叩かれた」——まず自分の剣を差し出し、主君のまえに頭を垂れる。すると主君はその首をはねることを拒み、代わりに剣を軽く肩に置いた。西ヨーロッパのほかの地域と同じように、騎士はひとつの軍事的階級を形成しており、領地の統治権を授かる代わりに軍役の義務を負った。彼らは慣例として年に四〇日間とされていたその軍役のために、馬や甲冑、側近の費用を調達しなければならなかった。ウィリアムが封建制度の確立にとくに寄与した点は、彼が土地保有者全員にその直属の主君に対してだけでなく、王に対しても直接忠誠を誓わせたことだ。これにより、ウィリアムは軍役を負う封臣すべてを直接支配することになった。

だが、knighthood（騎士の身分）が軍人職を表すようになるには、さらに二世代かかった。『アングロ・サクソン年代記』（大沢一雄訳、朝日出版社、二〇一二年）によれば、ウィリアムは息子のヘンリーに chevalier（騎乗の戦士）の位を授けることを望み、一〇八五年に彼を ridere（騎馬）にした。ヘンリーの戴冠憲章では、土地を保有する臣下のことが knight ではなく、ラテン語で per loricam（鎖帷子を身につけた者）とされている。

つまり、王国は戦争のための機構とされ、戦士たちはその所領内の農民の賦役によって支えられていた。

騎士たちに共通するもっとも重要なスキルは戦闘能力だった。彼らはあくまでも戦士であり、彼らにとっては暴力が生活の手段だった。彼らはよく刺激的で残酷な物語を聴きたがった。これは何世紀も昔から続くジャンルのひとつで、たとえば、一三世紀の騎士道物語『デーン人ハヴェロック *Havelok the Dane*』もそうだ。

そこでは若者たちがみな殴られ
脇腹の肋骨を折られて
ハヴェロックは彼らに復讐を果たした。
彼は連中の腕を折り、膝を折り
脛《すね》を折り、太ももを折った。
彼はその血が脳天から足先まで
流れ落ちるようにした。
彼が容赦する頭はひとつもなかった。

相手の男を打ちのめし、ずたずたに切り裂ける能力は騎士の要件であったばかりか、ひとつの理想でもあった。たとえば、獅子心王リチャードは敵の頭蓋骨を歯まで叩き割るとして、騎士階級の間で有名だった。一方、騎士でない者にとっては、これはちょっとした問題だった。これだけ危険な若者たちをどう制御すればいいのか――とくに彼らが任務にあるときはなおさらだった。男性ホルモン全開で、闘争心をむき出しにした彼らの文化を、社会に対してより破壊性の低い分野に振り向けるにはどうすればいいのか。そこで考え出された答えが、騎士階級に自制を強いる行動規範をつくることだった――というより、騎士たち自身がすでにつくり出していた行動規範をより軟化させることだった。

当時、騎乗の戦士である **chevalier** はヨーロッパ中で大きな影響力をもっていた。そしてこうした男たちの行動規範――実際には彼らの文化そのもの――は、「騎士道」として知られるようになった。

問題は、その騎士道が立場によって異なる意味をもっていたということだ。

騎士にとっての騎士道

騎士たち自身は騎士道の意味を確信していた。それはどう戦い、どう金を稼ぎ、どう名声や栄誉を勝ち取るかということだ。一二世紀や一三世紀のアングロ＝ノルマンの騎士たちにとって、ウィリアム・マーシャルはまさに理想だった。彼は伝記の題材となった中世最初の平信徒

(王以外)であり、その伝記は一二一九年の彼の死から約七年後に完成された。聖人の伝記と違って、それはラテン語ではなく、彼と同じ身分の者たちが理解できるフランス語で書かれていた。

ウィリアムはわずか五歳で戦いの洗礼を受けた。父親のジョン・マーシャルは、イングランドが無政府状態にあった一一五二年、スティーヴン王に反逆し、城を包囲された。包囲の最中、ウィリアムの父親は息子を人質として手渡した。スティーヴンは五歳の人質をためらうことなく利用し、ジョン・マーシャルが投降しなければ、子供を包囲軍の投石機に載せ、城壁めがけて発射すると脅した。

これに対してウィリアムの父親は、「自分にはほかにもっと出来のいい息子を作るだけのハンマーと金床がある」から、そいつのことなどどうでもいいと怒鳴り返したと伝えられている。幼いウィリアムにも、優しくて愛情深い父親がどういうものかはわかっていたはずだ。やれるものならやってみろと挑まれたスティーヴンは、その子を生かしておいた。

ジョンはウィリアムが一六歳の頃に死去し、彼には一銭も残さなかった。そのためウィリアムは、地主階級の次男以下が経験する二者選択のジレンマに直面した――聖職に就くか、騎士になるための訓練を受けるか。

ウィリアムがこのジレンマにどれほど悩んだかはわからないが、おそらく、何時間どころか何秒も悩まなかっただろう。彼にはノルマンディーのタンカーヴィルという町で一種の陸軍士官学校を経営する従兄弟がいた。授業料も食事代も部屋代もタダとなれば、抵抗できたはずがない。ウィリアムはさっそくノルマンディーへ移り、それから三年間を軍隊生活のための訓練に費やした。馬の乗り方、武器の扱い方、体の鍛え方、人の殺し方、金の稼ぎ方――それらはすべて戦士という職業の一部だった。

ようやく従兄弟から騎士の位を授けられたウィリアムは、ついにちょっとした現金を稼ぐだけの準備が整った。ただし、彼はそのために戦争へ行く必要はなかった。馬上槍試合のトーナメントで山ほど金を稼げたからだ。

彼はロジェ・ド・コジというパートナーとチームを組み、馬上試合のトーナメントを渡り歩いて、儲けを山分けすることにした。ふたりは見事な成功を収めた。一〇か月という一期間で、マーシャルとコジは一〇三人もの騎士を捕虜とし、彼らの身代金を勝ち取った。もちろん、それまでにはさまざまな苦難があった――ある試合では、ウィリアムの冑が激しくつぶされ、脱げなくなった。彼は褒美を与えられるはずだったが、どこを探しても見当たらない。ようやく発見されたとき、彼は鍛冶屋の金床に頭を載せ、ハンマーで冑のへこみを打ち出してもらっていた。そしてある身分の高い女性から褒美を与えられた――それは何と長さ六フィート（約一八〇センチ）もあるカワカマスだった。

ウィリアム・マーシャルはただ金持ちになっただけではなかった。彼は騎士道のもうひとつの目的も手に入れた――名声である。実際、彼はこれに対して非常に念入りに取り組み、ヘンリー・ノリースという名の従者を雇って自分の名声を広めさせた。さらに、ウィリアムの伝記自体も自己の栄達を知らしめるための一族の戦略だったのではないかとされている。伝記の費用はウィリアムの長男が負担し、ジョンとかいう著者も「馬上槍試合のトーナメントを取りしきり、紋章によって騎士たちを識別する紋章官のひとりだったとされ、優勝者の手柄を歌い上げることで彼らの名声を高めていたと考えられる」[1]。ウィリアムの自己宣伝能力が相当なものだったことは明らかだ。多くの若い騎士たちと同じく、彼もエレオノール・オヴ・アキテーヌ（アリエノール・ダキテーヌ）の目にとまった。彼女はウィリアムがその叔父を殺した貴族に捕らえられ、投獄されたとき、寛大にも彼の身代金を払って解放してくれた。こうしてウィリアムは、エレオノールの夫のヘンリー二世に仕えることになった。

伝記で何よりも強調されたのは、まずウィリアムの「武勇」へのひたむきさ、戦場での優れた腕前や勇気だった。次に強調されたのは、ウィリアムの忠誠心だった――彼はヘンリー二世、獅子心王リチャード、ジョン王、そして幼王ヘンリー三世に忠実に仕えた。

若い頃のウィリアムは騎士の仕事をきちんとこなし、十字軍にも参加した。その間も彼は名声を高めることに忙しかった――ウィリアムがパレスティナから帰還する約二か月前の一一八七年七月、サラディンがエルサレム王国の戦闘部隊を壊滅させたときでさえ。

帰還したウィリアムはふたたびヘンリーに仕え、その忠誠心は見事に報われた。王は彼にイザベル・ド・クレアとの婚約を勧めた。彼女は広大な領地と自分の城までもっている裕福な女相続人で、申し分のない結婚相手だった。ウィリアムは彼女に代わってその城を受け継いだ

——現在、それはチェプストー城と呼ばれている。

領地をもたない貧乏貴族だったウィリアムは、途方もない資産家となった。それは騎士の誰もが抱く夢の実現だった。彼は武人としても名を馳せ、イングランド屈指の金持ちでもあった。彼の葬儀では、カンタベリー大司教みずからが彼を「世界最高の騎士」と評した。富と名声、さらには神の承認——騎士としてこれ以上ないほどの栄達だった。

しかし、中世の騎士にとっての騎士道が、私たちの思っているようなものとは違うことをけっして忘れてはならない。彼らにとって、重要なのは暴力崇拝を高尚なものにすることだった。騎士道は、騎士同士の暴力的接触にひとつの礼節をもたらし、その様子は一二世紀に流行した騎士道物語にも描かれている。

『クレティアン・ド・トロワ「獅子の騎士」——フランスのアーサー王物語』（菊池淑子訳、平凡社、一九九四年）には、ふたりの騎士の激闘シーンが出てくる。

これほど命をかけて激しく取り組む一組の騎士たちを見たことがなかった。（中略）そこで大刀で顔を突き合った。（中略）双方ともこれだけ勇敢である以上、一方が殺されでもしない限り、一フィートの土地もただで譲るようなことはあるまい。

（前掲書、菊池淑子訳）

しかし、この物語はこれが賞賛すべき優雅な殺人的暴力であることを強調している。

二人は真の勇者として行動した。自分の馬を傷つけも不具にしもせず、馬を転げ回らせないように、いつもしっかりと手綱を握っていたのだから。彼らは一度も土を踏まなかった。ついにイヴァン殿が騎士の兜を引き裂いた。この衝撃で相手は茫然とし、怯えた。兜の下の頭を脳みそまで割るほどのひどい打撃を受けたことはなかったのだから。（同）

たしかに優雅ではある。

当時の騎士にとっての騎士道とは、戦うこと、名声を得ること、富を得ることにほかならなかった。しかし、騎士道の概念を独自の利益において定義しようとする者たちもいた。

教会にとっての騎士道

キリスト教の理念と騎士の仕事の間には、たしかにちょっとした矛盾があった——騎士は殺人を職業としていたからだ。柔和であることや、侮辱を甘んじて受けること、殺人を罪と見なすことは、騎士の学校では真剣に受け止められるようなテーマではなかった。これは封建社会の中心にあった教会にとっては問題だった。

当初、教会は騎士階級の暴挙を抑制する手段のひとつでしかなかったが、しだいにその影響力を増した。一〇二三年、教会はもし四旬節に戦うなら、戦士に保護は与えないと宣言した。一〇二七年、フランス南西部のトゥールージュの教会会議では、日曜日の戦闘行為が全面的に禁止された。やがてこの「神の休戦」は木曜日の朝から月曜日の朝まで延長された。さらに、教会はとくに重要な聖人の祝日と待降節をそのリストに加えた。そして一〇五四年のナルボンヌの教会会議では、「いかなるキリスト教徒も他のキリスト教徒を殺してはならない。キリスト教徒を殺すことはキリストの血を流すことにほかならないからである」と宣言された。

かの征服王ウィリアムも、教皇の祝福を受け、教皇の旗印のもとにイングランドを侵略したが、ヘースティングズの戦いで人々を殺した罪については贖罪を余儀なくされた。

騎士にとって、これは明らかな疑問を引き起こした――「殺人がわれわれの仕事だとすれば、誰なら殺してもいいのか」。

教会は彼らのエネルギーをほかへ転じるためのうまい考えをもっていた。一〇九五年、教皇ウルバヌス二世は第一回十字軍を召集し、相手が教会の承認しない者（もっと具体的に言えば、教皇の承認しない者）であるかぎり、乱暴に人を殺してもいいと宣言し、何世紀にもわたるキリスト教の教義を覆した。それまで騎士たちは戦闘で殺した者に対して贖罪をしなければならなかった。しかし、十字軍に加わることはそれ自体が贖罪とされていた――騎士は殺戮によってその魂を救うことができたというわけだ。

巡礼者の安全を守り、異教徒のイスラム教徒に罰をくだすとされた十字軍兵士は、教会独自の軍隊だった。こうした背景のなかで、キリスト教徒の騎士たちは少しも遠慮する必要がなくなり、ヨーロッパ全土の戦士が熱狂とともに十字軍への参加を決めた。彼らはそうした大義名分に群がり、一〇九九年のエルサレム奪還の際には「異教徒」の血に膝まで浸かって歩いたと自慢した。たとえ十字軍であっても、許される暴力に制限があったのは確かだが、それは残虐行為のぎりぎりの限界にあった――第一回十字軍に参加した騎士のなかには、敵の死体を食べたとして教皇の赦しを請う必要のある者もいた。そしてその行為は赦された。

キリスト教における騎士道――教会の命を受けて戦うこと――は、殺戮を聖なるものとして正当化する制度となった。結局、教皇の敵は遠くの地のイスラム教徒にとどまらなかった。教皇たちはあちこちに敵をつくり、それが現実的な措置と思われる場合、その敵に対していつでも十字軍を投入する準備があった。

一二〇八年、教皇インノケンティウス三世が十字軍によってラングドックの「異端者」討伐を行なったとき、彼はその地をフランス北部の者たちに分け与えた。彼らはそれをただ受け取るだけでよかった。カルカソンヌ、アルビ、そしてベジエ一帯の領有を認められたシモン・ド・モンフォールは、その住民の虐殺に乗り出した。彼とその軍隊はベジエで約一万八〇〇〇人もの人々を平気で殺した。兵士たちが教皇特使に、殺戮の際にキリスト教徒と異端者をどう見分けたらいいのかと訊ねると、彼は悩むことはないと言った――殺された者たちの魂が審判を受けるときが来たら、「神が見分けてくださる」。

キリスト教における騎士道とは、けっして立派なものではなかった。それは騎士たちの破壊力を利用し、教会自身の目的を推し進め、同時に戦士階級により穏やかな行動規範をもたらそうとする教会の企てだった。

一二七六年、カタルーニャの騎士から聖職者となり、哲学者となったラモン・リュイは、著書『騎士道論』において、騎士に求められるいくつかの倫理的指針を記した。これはなかなか興味深いリストである。

リュイによれば、しかるべき騎士の第一の務めは、「神聖なるカトリック信仰」を守ることであり、第二の務めは世俗の主君を守ることである。第三の務めは（やや意外ながら）、狩りに行くこと、豪勢な晩餐会を開くこと、そして馬上槍試合で戦うことである――「騎士は馬上槍試合のトーナメントに参加し、気前よくご馳走を振る舞い、雄鹿や熊といった野獣の狩りをするべし[2]」。

これよりもっと不穏なのが第四の務めで、リュイによれば、それは農民を怖がらせて土地を耕させることである――「平民たちは騎士に殺されるのを恐れて、必死に土地を耕す」。これとやや矛盾するが、第五の務めは「女や寡婦、孤児、病人や弱者」、そして「土地を耕す者たち」を守ることである。さらに騎士は都市を建設し、泥棒や強盗を罰し、罵詈雑言を慎むべしなどと続く。

リュイに言わせれば、騎士の装備にもすべて宗教的な意味があった。剣は「主イエスが磔台で死を征服した」ことを表す十字架に似せてつくられている。槍は真実、冑は恥への恐れ、鎖帷子は悪徳に対する防御を表す。脚につける武具はその足に正道を歩ませるためのもので、拍車は勤勉と機敏さを表す。喉を守る頚甲《けいこう》は服従を表し、鎚を打ち砕く棍棒は強さを、短剣は神への信頼を表すなどとされた。

教会は騎士の暴力を宗教的に表現し、同時に騎士の用語を教会の言葉に取り入れた――「キリストの兵士たち」は、騎士と修道士のどちらの意味にも使うことができた。

教会はまた、騎士の儀式も受け継ごうとした――とくに騎士の位を授ける儀式にはこだわった。司教によってなされた儀式の数々を述べた一四世紀の書物には、教会が望んだと思われる儀式の形式が記されている。騎士となる者は儀式の前夜にバラ水に浸かる。その晩は教会で徹夜の祈りをして過ごし、翌朝にミサを聞く。そして司祭が彼に collée（肩を軽く叩いて騎士の位を授けること）を行なう。こうした儀式で平信徒に許された唯一の役割は、貴族がその騎士に自分の拍車を与えるというものである。

しかし、全体として、これは教会側の願望的思考――教会が望んだ仕切り方――にすぎなかった。騎士の位を授ける儀式は、大部分が非宗教的な形で残された。領主たちは自分の家来を生み出す権限を手放さず、騎士位の授与はあくまでも世俗の行事として残った――宗教的正当性を与えるだけの聖職者的色彩はあったが、それも司祭による支配を許すほどではなかった。

結局のところ、騎士たちは教会にそれが望んだような介入をさせることなく、教会から自分や自分の生き方を正当化するために必要なものを引き出したのだった。

王室にとっての騎士道

騎士を支配することを望んだのは王室も同じだった。王族がみずからの利益を増すために騎士の攻撃本能を利用したいと思うのは当然だった。教会が騎士たちの暴力的な生き方を信仰のローブで包み込もうとしたならば、王室は彼らにもっと実体のあるローブを与えた。

ル・エムで演じられたアーサー王物語の芝居（馬上槍試合の合間の余興として）は、エドワード一世の宮廷でアーサー王崇拝が復活したことを受けての意図的なものだった——エドワード王とその騎士たちの出席が期待されていたが、彼らは現れなかった。物語のなかで、レディー・オヴ・コーテシーは、キャメロットの勇士たちをとくにイングランドの騎士やエドワード王と結びつけた。[3]

騎士道物語は、家臣の忠誠を確かなものにするための有効な手段だった。ただ、ひとたび冑の形状がノルマン・ヘルム（鼻当てのついた鉄冑）から顔全体を覆う冑へと変化すると、騎士道は仮装ゲームに利用されるようになり、王族たちはこぞってそれに興じた。

現代では、私たちは有名人の画像を無数に見ているため、彼らの顔を認識できる。しかし、中世では、本人に会ったことがないかぎり、誰がどんな顔をしているかはわからなかった。一二世紀に生きた人々のほとんどは、今の私たちと同じく、獅子心王リチャードがどんな顔をしているかを知らなかったはずだ。しかも、彼が目の部分にスリットが入っただけのバケツをかぶっていたら、その顔は余計にわからなかっただろう。

そのため、金持ちや有名人には自分が誰なのかを伝える手段が必要だった。彼らが紋章をもった理由はここにある。

盾や外衣、馬衣に自分の紋章を描いたり、戦いの最中でも自分を識別できるように冑に羽根飾りをつけたりして戦闘に出ることは、勇気と大胆さの証でもあった。明確なシンボルを掲げた騎士は、自分の命ばかりか、一族の名誉を背負って戦っていた——もし彼が逃げ出したら、そのことがみなに知れわたるからだ。しかし、本人と認識されることによって命を救われる場合もあった。騎士によっては、その紋章や装備から裕福であることがわかり、それは人質として生かしておくだけの価値があることを示した。

傭兵の指揮官だったロバート・ノールズは、この論理を極端な形で利用した。彼はかつて自分の冑にこんな言葉を刻んで出陣したと言われている——「ロバート・ノールズを捕らえた者には一〇万ムートンが与えられる」。ちなみに、ムートン・ドール（mouton d'or）は銀一ポンド（約四五〇グラム）の三分の一の価値をもつ金貨だった。

しかし、紋章などのシンボルは儀式的な側面ももっており、馬上槍試合のトーナメントではその晴れ舞台に華を添えた。アーサー王の伝説は、フィクションとは言え、騎士道物語として当時からよく知られ、騎士の武勇と王への忠誠心を結びつけるための格好の手段として、イングランドの王に熱狂的に受け入れられた。

ウィンザー城にあるセント・ジョージ礼拝堂は、まさに騎士道を象徴するような建物だ。この壮麗なゴシック建築には、ガーター勲位に叙された騎士たちの旗が掲げられている。ガーター勲位はイングランドの騎士の最高位で、アーサー王の円卓の騎士の権化として、ドラゴン退治の伝説で知られる聖ゲオルギオスに捧げられている。ガーター勲位は、まさに中世の騎士道から生まれたのである。

アーサー王のものとされる「円卓」の上部は、エドワード一世の時代からウィンザー城に掲げられていた――現在はウィンチェスター城のグレート・ホールに飾られている。エドワード三世が新しいものをつくらせ、それを収めるためにウィンザー城にラウンド・タワーを建てたらしい。一三四四年、彼は馬上槍試合のトーナメントを開催し、試合後、騎士たちはそのテーブルを囲んで宴を開いたとされ、これがその城での一連の円卓会議の始まりとなった。一三四七年一〇月から一三四八年末にかけて、フランスとの百年戦争での軍事的成功を受けて、エドワードは何度も馬上槍試合のトーナメントを開催し、一三四八年六月には、ガーター勲位の最初の儀式がウィンザー城で行なわれた。城は新たなキャメロットとなった。

一三四八年八月一〇日、黒死病がイングランドで猛威を振るった一方で、エドワード三世とその息子の黒太子を含めた二六人の創設メンバーの騎士たちは、初めての叙位式に向け、ふたり一組で列をつくってセント・ジョージ礼拝堂へ入った。その列が分かれ、王と一二人の騎士が片側に、太子と一二人の騎士がもう片側に座った。彼らはトーナメントで対戦するふたつのチームのように向かい合わせになった。これはまさに王室にとっての騎士道を象徴するものだった。

つまり、これは純然たるショーとしての騎士道だった。ガーター勲位の規範のどこにも、弱者を守るといった理念は書かれていなかった。

一三五六年、ポワティエの戦いのあと、エドワード黒太子はみずから饗宴を催した。彼が二六歳のときである。主賓は、彼のもっとも重要な捕虜となったフランス王だった。当時の年代記編者ジャン・フロワサールは、その場面をこう記している。


戦いと同じ日の夜、太子は自分の宿舎でフランス王をはじめ、捕虜となった多くの大貴族のために夕食会を開いた。（中略）太子は王に対してできるだけ謙虚に仕え、王が何を望んでもいいように王の食卓にはつこうとせず、自分は王ほどの偉大な君主と同じテーブルにつくほどの者ではないと言った。しかし、その一方で彼は王にこう言った――『王よ、私にはあなたが喜ぶべきだと思われる。たとえ今日があなたの望んだような日ではないとしても、この日まであなたは武勇によって高い誉れを勝ち取り、あなたの側の者たちとともにこの日を勇猛果敢に過ごしたのだから。王よ、私がこう言うのはあなたを嘲るためではない。というのも、われわれの側のすべての者は、あらゆる偉業を目にして、あなたがその褒美を受けるにふさわしいと確信しているからである。[4]

（『フロワサールの年代記 *The Chronicles of Froissart*』）

これは王室にとっての騎士道を実践したものだった――人に対して示されるべき敬意は、その人の身分に関係するということだ。一四年後、リモージュで、黒太子はその意味を実際に示してくれた。

リモージュ

一三七〇年、リモージュはイングランド王の領地とフランス王の領地の間の不確かな一帯にあった。それはローマに起源をもつ古い町だった――橋は古代のものだったが、大聖堂は新しく、町の富を称えてつくられたものだった。そうした富は町の職人たちの秘伝の技法によるもので、彼らは世界に類を見ないエナメル細工を生産していた。

エナメルとは、金属の表面に着色されたガラス質を焼きつけた釉薬のことである。通常、小さなエナメルのパネルには銅線が施され、金色や藍色、深紅色、濃緑色といった色が混ざり合うのを防ぎ、下地の金属が膨張したり、収縮したりしてもエナメルの各部が外れないようになっていた。そうでなければ、一日のうちで金属が熱せられたり、冷めたりして、エナメルが剝がれ落ちてしまうからだ。しかし、リモージュでは、職人たちが銅と同じ率で膨張するエナメルを独自に開発し、異なるエナメルを互いに接合することができた。これは驚くほど透明で精緻な作品を生み出した。エナメル細工はヨーロッパ全土で高く評価され、リモージュのエナメルの小箱は、のちに一九世紀のヨーロッパで愛されたファベルジェのイースター・エッグにも匹敵した。

エナメル細工をつくる工房では、高度な技術を要するさまざまな工芸を専門とする十数人の職人が雇われていた。どの工房も、その仕事を管理・監督する裕福な一族の住居にあった。もちろん、それはショールームでもあり、店でもあって、建物のこの部分は非常に優雅で印象的な雰囲気に包まれていた。リモージュのエナメル細工を求めてヨーロッパ中から客がやって来たが、彼ら自身も裕福な目利きだった。多くの優れた作品が競うようにしてつくられ、ほとんどは署名がなかったが、精通した者なら個々の名工による作品を容易に識別できただろう。

工房がシャラント川の下流にあったのは、焼きつけのまえにその強酸性の水を使って着色ガラスを洗ったからである。職人たちは頑丈な城壁の内部に保護され、彼らの上には砦がそびえ立っていた。

包囲されたリモージュ

アキテーヌのイングランドの領地は、戦いの成り行きによって拡大と縮小を繰り返していた。一三六九年、フランス王シャルル五世はアキテーヌを没収すると宣言した。彼の軍隊がリモージュに到着し、それを包囲すると、現地の司教は風向きを悟って降伏した。アキテーヌを支配していた黒太子はこれに激怒した。彼は報復を決意してリモージュへ進軍し、騎士と従騎士および長槍兵一二〇〇人、射手一〇〇〇人、歩兵一〇〇〇人とともに城壁の外に到着した。

太子はできれば関わらないほうがいい男だった。当時四〇歳だった彼は、ヨーロッパが誇る百戦錬磨の猛者だった。父親から騎士の位を授かったのは一五歳のときで、クレシーの戦いの直前だった。伝説によれば、太子はその戦いに際して黒い甲冑を身につけたとされ、彼が黒太子と呼ばれる理由はここにあるようだ。それ以降、彼はエドワード王の代理としてフランスで戦争に明け暮れ、平時には馬上槍試合に熱中した。

太子は病人でもあり、担架で移動しなければならない体だったが、それでも戦争の仕方を熟知していた。リモージュの司教は、震え上がった町の実業家たちに迫られて、あっさり降伏してしまったことを後悔したが、もはや彼の力ではどうにもできなかった。リモージュは今や、シャルルの部下たちによって砦から支配されていた。

一方、砦を指揮していたジョン・ド・ヴィルミュール、ユーゴ・ド・ラ・ロシュ、ロジェ・ド・ボーフォールの三人は、兵士たちをこう言って勇気づけた――「諸君、恐れることはない。われわれには太子軍に対抗するだけの力がある。太子の攻撃によって捕まることもなければ、著しく傷つくこともない。われわれには大砲が配備されているからだ」(フロワサール)

包囲の様子は、遠くから見ると壮観だった。色とりどりの天幕や旗を掲げる包囲軍を指揮していたのは、文字どおり、輝く甲冑に身を包み、紋章入りの飾りをつけた馬にまたがる騎士たちだった。ただ、一日中、待つ以外に何もすることがなかった彼らは、技の練習をしたり、格闘ごっこをしたり、リムーザンの美しい田園に点在する農家を気晴らしに略奪したり、焼き払ったりした。

砦の白い石壁のてっぺんには木製の屋根がついており、そこから防衛軍の騎士たちの旗がはためいていた。この魅力的な場面は一滴の血にも汚されていなかった――本当の戦いは地下で進められていたからだ。黒太子は鉱夫の一団に城壁の下を掘らせていた。ついに準備が整うと、彼らは地下道に火をつけ、城壁の大部分を崩壊させた。こうしてリモージュは裸同然になった。

リモージュの騎士の指揮官

砦にいた三人の指揮官は、ゲームが終わったことを悟った。そして一四世紀後半の騎士道をまさに象徴するような場面の数々が繰り広げられた。歴史に残る戦いに出ようというときに、彼らがまず懸念したのは、三人のうちでひとりだけ騎士の位に叙されていない者がいるということだった。ジョン・ド・ヴィルミュールはすぐにロジェ・ド・ボーフォールを騎士にしようと提案した（彼は郷紳〔田舎の大邸宅に住む裕福な紳士〕でしかなかった）。ボーフォールは、「私はまだそんな名誉に足るほどの手柄を立てていないが、そう言ってくれたことには感謝する」と答えた。

しかし、こんな優雅な会話を続けている時間はなく、いよいよ戦いのときが来た。

この場面を記した年代記編者のフロワサールにとって重要だったのは、この三人の主要登場人物が、騎士道のルールのもと、しかるべき敵とどうやって一騎打ちを演じるかということだった。

ランカスター公は、勇敢で頑強な騎士のジョン・ド・ヴィルミュールと対戦していた。ケンブリッジ伯はユーゴ・ド・ラ・ロシュ、そしてまだ従騎士だったペンブルック伯ロジェ・ド・ボーフォールを相手に選んだ。誰もが認めるように、この三人のフランス人は多くの武勲を立てた戦士で、むやみに近づけばひどい目に遭わされた。

馬車でそこへやって来た太子は、大喜びでその戦闘を眺めていた。それがあまりに楽しかったため、彼の心はほぐれ、怒りも和らいだ。長い戦闘が続いたあと、三人のフランス人はそれぞれの剣を見つめ、異口同音にこう言った——『卿たちよ、われわれはあなたがたのものだ。あなたがたに打ち負かされた。したがって戦いの掟によって行動してもらいたい』。するとランカスター公が『ジョン卿よ、神に誓ってそうしよう。君たちをわれわれの捕虜として受け入れる』と答えた。このようにして、三人の騎士たちは連行された。

（『フロワサールの年代記 *The Chronicles of Froissart*』）

フロワサールの目には、ロジェも結局は騎士だったようだ。これが当時の典型的な騎士の対戦だった——それは一騎打ちの戦いであり、賞賛や娯楽の対象だった。

騎士道の現実

騎士道ではすべてが上品で掟にかなったものではあったが、それは甲冑をつけたエリート集団内部での話だった。

フロワサールが伝えたところによれば、黒太子の命令は明快かつ残酷なものだった。

命令によって、略奪者たちは激しく危害を加え、町中の男や女、子供を虐殺した。それはひどく憂鬱な仕事だった。あらゆる身分や年齢、性別の者たちが太子のまえにひざまずき、慈悲を求めた。だが、怒りと復讐心で激高した彼は誰にも耳を貸さず、見つかったら最後、罪のない者たちまで、全員が剣にかけられた。この背信行為に関与したはずのない貧者たちが、なぜ容赦されなかったのかはわからない。実際、彼らはその裏切りを指揮した者たち以上に報いを受けた。

その日、リモージュの町には、冷酷で信仰心のかけらもなく、目のまえで起きている悲劇を嘆かぬような心をもつ者はいなかった。というのも、三〇〇〇人以上の男や女、子供が殺されたからである。彼らの魂に神の慈悲があらんことを！　彼らは紛れもない殉教者だったのだから。

（前掲書）


町は略奪され、焼き払われ、完全に破壊された。

フロワサールは黒太子の残虐行為について、ほかにも多くの例を挙げている。それには太子が十代の頃にフランス北部で行なった火あぶりや略奪を「手始めに」、クレシーの戦いの前年にモンジスカールで女性や子供を虐殺したことや、「善良で純真で、戦争を知らない」という理由で人々を組織的に略奪し、殺害したことなどが含まれていた。だが、リモージュでの殺戮ほど、フロワサールの憐れみを誘ったものはなかったようだ。おそらく、それは彼が破壊されているものの価値を理解していたからだろう。高位の廷臣で、豊かな教養と趣味をもっていたフロワサールには、そこで失われようとしているものが人命だけではないことがわかっていた。黒太子はリモージュから美しい色彩を奪い、優れた職人や名工たちをその妻子とともに殺し、彼らの工房を略奪し、破壊していた。

世界の偉大な宝のひとつが拭い去られたのである。たしかにリモージュは最終的に回復し、ほかの工芸において芸術性のさらなる高みへと発展した。しかし、一三世紀や一四世紀にあの宝石のように見事なエナメル細工を生み出した専門的技術は失われ、その秘伝を受け継ぐ者たちも死に絶えて、その技は二度と目にされることはなかった。

しかし、フロワサールは黒太子を野蛮とか、罪深いなどとは考えなかった。それどころか、彼は太子を「あらゆる名誉と気高さ、知恵、勇気、そして寛大さの絶対的根源」と評した。太子は騎士の英雄という役を最後まで演じきった人物であり、もしここに理解できない矛盾があるとすれば、それは私たちが騎士道に対して史実に反する概念を勝手に築いてきたせいである。

フロワサールが考える騎士道とは、宗教的なものではなく、裁判所が考えるようなものだった。

エドワード三世は騎士の訴訟を扱うために騎士裁判所を立ち上げた。しかし、それは乙女のために跳ね橋を開けなかったとか、貧者や弱者を殺したとかで、騎士を裁判にかけるためのものではない。

この裁判所がおもに扱ったのは金銭に関わる案件だった——騎士たちはどこかの不運な町の略奪品をめぐって言い争ったり、身代金の儲けをどう分けるかで口論したり、特定の捕虜に対する権利を主張し合ったりしていた。もうひとつの重要案件は、特定の紋章の所有権をめぐる争いだった。

騎士裁判所は、王が戦争という事業に対して何らかの主導権を発揮するための手段でもあった。

クレシーと騎士道の終焉

エドワード三世は騎士道をやたらと美化していたかもしれないが、彼は騎士道を戦いの基本としていたわけではない。ロマンティックな騎士道物語や馬上槍試合では、優雅さがものを言った。しかし、戦場では勝たなければ意味がない。甲冑に身を包んだ騎士たちも、優雅とは言えない新しい武器には無防備だった。

一四世紀までに、騎士が戦場に出ることにはひどく金がかかるようになっていた。ローマ時代以来、戦闘装具の基本は鎖帷子だったが、飛び道具の発展により、帷子を貫通するような新しいタイプの矢が登場していた。そのため、騎士たちはより重い甲冑を身につけるようになった——金属板のスーツのようなものだ。すると今度は、その金属板を貫通する石弓が開発されたりした。戦闘装具に金がかかるようになると、騎士を養うのにより多くの領地が必要とされ、土地保有と軍務のバランスが崩れはじめた。

実際、ノルマン征服から一〇〇年のうちに、多くの人々がこの制度から離れていった。征服の時代が終わるにつれ、自分を戦士と考える土地保有者は減っていった。寡婦は夫の地所を相続できるようになり、若者は老人になった。いずれにせよ、高い金を出して精巧な甲冑をつくらせ、わざわざプロの乱暴者に死ぬほど怖い思いをさせられに行くよりも、もっといい金の使い道があった。軍役を果たすことで土地を保有するという制度は、現金で地代を払う貨幣地代に取って代わられ、やがて騎士領の保有者が騎士ではないことが一般的になった（イングランドの騎士の身分はけっして世襲ではなかった）。

黒太子の軍歴の始まりとなったクレシーの戦いでは、戦場での騎士らしい一騎打ちはまったく見られなかった。一三四六年までに、イングランドでは軍事的職業としての騎士への関心が失われていた。

イングランド軍は数で圧倒されていた。両陣営の騎士たちが馬上で戦い抜くと思い込んでいたフランス軍は、規模で劣るイングランド軍がすぐに打ち負かされ、身代金を取られ、壊滅状態になって敗走すると考えていた。ところが、イングランド軍は新しいルールで戦いを仕掛けた。戦場に到着したとき、騎士たちのほとんどが馬から降りた。これはまったく思いがけない作戦だったが、彼らには通常の騎士の手順を踏むつもりはなかった。彼らが頼りにしたのも、貴族ではない長弓兵の援護だった。

イングランドの長弓は貴族が使う武器ではなかったため、戦闘装具一式にフェラーリ一台分の金をかけるような裕福な若者には使われなかった。何千というフランスの貴族たちが一斉に突進してきた。最初の五分で、イングランド軍は三〇〇〇本以上の矢を放った。こうしてフランス騎士道の華は、一日六ペンスで雇われた射手によって切り落とされたのである。

フランス軍は五〇〇〇人以上の兵を失ったが、イングランド軍は数百人の損失で済んだ。戦いで勢力バランスを転じるために射手を利用することは、それ自体、新しい手法ではない。新しかったのは、イングランド軍が彼らを雇ったその規模である。もしその後の軍隊がこれと同じようなことをすれば、馬上の騎士は失業したも同然だった。

さらに、騎士道という危うい制度（おそらく、すでに存在していなかった）を蝕むものが、ほかにもあった。封建軍そのものが、職業軍人からなる近代的な正規軍に取って代わられようとしていたのである。

傭兵の台頭

土地もちの騎士を召集した封建軍は、けっして君主たちが用いた唯一の軍隊ではなかった。

彼らは一族独自の軍隊にも少なくとも同じだけ頼っており、一二世紀以降は、報酬を必要とする土地なしの騎士の軍隊にも頼った。たとえば、ヘンリー一世は、イングランド全土から約五〇〇〇人の騎士しか召集できなかったため、同時に一〇〇〇人の騎士の集団を金で雇った。ちなみに、彼らへの支払いに使われた solidus（ソリドゥス金貨）は、英語の soldier（兵士）の語源となった。キリスト教的騎士道に関するラモン・リュイの手引書が広く翻訳され、書写されるようになっていた当時、封建騎士の軍事的重要性は歴史のかなたへ消え去ろうとしていた。

軍隊の主力は職業化した傭兵軍となり、騎士たちの多くは宮廷で優雅に馬上槍試合を披露したり、同じ騎士階級のほかの者たちと宴会を開いたりして、国を離れず、軍役を果たす代わりに税金を払った。一方、戦場では、装備が貧弱で十分な訓練も受けていない兵士たちに対して、好きでその仕事をして報酬を得るプロの騎士たちが増えた。百年戦争が始まった一三三七年、エドワード三世がフランスに上陸したとき、彼の軍隊が抱える封建騎士はわずか約一五〇〇人だった。残りは、甲冑をつけた騎士であれ、徒歩の槍兵であれ、金で雇われた者たちだった。

職業軍人というこの新しい階級は、自分の地所で生計を立てていたわけではない。そもそも彼らは土地をもたず、戦争が彼らの生活の手段だった。もし王に雇ってもらえなければ、ほかの誰かに雇ってもらう必要があった。このことがヨーロッパに大きな惨事をもたらすことになろうとは、誰も予想していなかった。

一三六〇年、エドワードはフランスと和平条約――ブレティニー条約――を結んだ。それは王たちが今までに何度も行なってきたことだったが、このときは事情が違った。イングランド人の多く（とフランス人の多く）が帰るべき家をもっていなかったのだ。なかには二〇年もフランスで戦ってきた者もいた。彼らは立派な城を攻め落とすなどして、そこで領主のように暮らしていた――なぜ今さらイングランドへ帰り、挙げ句の果てに投獄されたり、他人にこき使われたりしなければならないのか。

その結果、フランスとイタリアには頑丈な甲冑をつけた頑強な男たちが群がった――他人に代わって汚い仕事をするための傭兵である。

傭兵はフランス北部で略奪を行なう雇い兵から始まった。エドワードは王室の役人を派遣してそれをやめさせようとしたが、彼らを抑えることはできなかった。しだいにイングランドの雇い兵たちは、ほかの国々から来た者たちとともに、雇い兵の部隊を形成するようになり、最終的にはひとつに合体して総勢一万六〇〇〇人の軍隊となった――エドワード自身の軍隊よりも大きかった！

彼らはみずからを傭兵団と呼んだ。それは悪夢のような規模の略奪団で、フランス中を荒らしまわっては、めちゃくちゃにした。しかも、それを止める手段もないようだった。彼らを鎮圧しようとする試みはことごとく裏目に出た。人類はパンドラの箱を開けてしまい、文明そのものが崩壊してしまったかのようだった。

傭兵団はついにアヴィニョンを襲撃したが、当時、そこは偶然にも教皇の座所となっていた

（教皇座は五〇年前からそこへ移っており、珍しくフランス人だった教皇にとって、ローマは乱暴で危険な都になっていた）。彼らは周囲の田園を焼き払い、「地上における神の代理人」である教皇に対して、魂を奮い立たせるような額の金を出さなければ攻撃すると脅した。

教皇は彼らに十字軍を差し向けようとしたが、そもそも傭兵団には奪うべき領地がなかったため、兵士たちは教皇に費用の支払いを頼らなければならなかった。しかし、十字軍に贖宥状以外の報酬を払うことは教皇の予定になかった——そのため、兵士たちのほとんどは荷造りをしてさっさと帰っていった。それどころか、かなりの数の十字軍兵士が傭兵団に加わった。教皇は状況を悪化させただけだった。結局、彼は傭兵団にフロリン金貨一〇万枚を支払い、おまけに彼らがこれまで犯してきた罪のすべてに大赦を与えた。

傭兵団を金で片づけた教皇は、彼らを説得して、その多くをイタリアへ渡らせた。イタリアは、行くあてのない傭兵にとって出世のチャンスに満ちていた。

当時の「イタリア」は、ピサやミラノ、ローマ、フィレンツェ、マントバといった多くの都市国家から構成されていた——いずれもそれ自体がミニ国家のようなものだった。彼らは隣国同士が昔からそうだったように、数世紀にわたって激しく争っていた。しかし、市民は戦いにそれほど関心があったわけではなく、自分たちの代わりに戦ってくれる傭兵団を雇うことに慣れていた。

こうしてイタリアは傭兵軍の発祥の地となった。いったん彼らがアヴィニョンから移ってくると、イタリア北部の都市国家にとって、傭兵団を雇うことはもはや選択の問題ではなくなった――金を払わなければ、命を失ったからである。

傭兵はヨーロッパ全土からやって来たが、そのうちのかなりの割合がイングランド人だった。当時のイタリアの年代記編者ピエトロ・アザーリオによれば、「彼ら［イングランド人］が馬で駆けていく夜は、みずから城の地下牢に入り、閉じこもる者もいた」[5]。

イタリアへ渡ったイングランド人兵士のなかで、人々にとくに大きな感銘を与えたのが、「シャープ・ジョン（切れ者ジョン）」こと、ジョン・ホークウッド――イタリアではジョヴァンニ・アクートと呼ばれた――である。彼はやがて傭兵部隊のひとつである「白衣団」の指揮官となった。エセックスの裕福な革なめし職人の家に次男として生まれた彼は、百年戦争をつうじて出世の階段を駆け上がった。

彼はイタリアでみずからの傭兵団を立ち上げ、金さえ払ってくれればどんな客にもサービスを提供し、四〇年にわたって豊かに暮らした。ただ、ときには仕事を得るために脅しを使うこともあった――「私の軍隊があなたの領土にいるうちに雇ったほうがいい。そうでないと、多大な損害を与えないとは保証できない」。それは中世における「みかじめ料」にほかならなかった。

もうひとりのイタリア人年代記編者のマッテオ・ヴィラーニは、ホークウッドが率いた男たちの様子を生き生きと伝えている。

こうした連中はみな若く、そのほとんどが英仏の長い戦争の最中に生まれ育った者たちだ。血の気が多く、強情で、かつては殺しや略奪にも手を染めた彼らは、刀剣を巧みに扱い、自分自身の身の安全など考えもしなかった。[6]

これはその後の軍隊の先駆けだった。「槍騎兵」隊を単位とした構成で、各隊は鉄鋼の甲冑に身を包んだ軍馬の騎士と、そこまでの重装備ではない軍馬の従騎士、そして乗用馬の騎士見習いからなっていた。「槍騎兵」隊は一〇〇〇組あり、長くて重い槍を主要な武器としたことからそう呼ばれた。この槍を使いこなすにはふたりの人間が必要で、密集隊形では徒歩でしか使われなかった。各隊は重い剣や短刀を携え、弓を背負っていた。

この槍騎兵の隊を援護していたのが、長弓で武装し、剣や短刀、さらには砦を登るための軽梯子を運んでいた歩兵隊である。彼らは頑強かつ統制の取れたプロの兵士で、五つの槍騎兵隊で一小隊、五つの小隊で一中隊をつくり、有能な将校の指揮下にあった。

彼らは町に夜の奇襲をかけるのが得意で、男は虐殺し、女は強姦して、奪う価値のあるものは何でも奪い、残りは焼き払った。

これはいかなる意味においても騎士道的な戦いではなかった。それはひとつの仕事だった。ホークウッドは栄誉や名声のために戦っていたわけではない。彼は現実的なビジネスマンであり、その仕事がたまたま戦争だったというだけだ。実際、こんな話がある。あるとき、ふたりの修道士が彼に「神があなたに平和を授けますように」と挨拶した。するとジョンはこう言い返した――「神があなたたちから施しを奪いますように」。修道士たちが理由を訊ねると、彼はこう答えた――「それはあなたたちが神に私を飢え死にさせるように願ったからだ。私は戦争で食べているのだから、平和になったら終わりだ」。

チェゼーナ

一三七七年、ジュネーヴ伯ロベール枢機卿の兵士たちがチェゼーナ市民に殺されたとき、ジョン・ホークウッドは彼と契約を結んでいた。ロベールは、もし武器を捨てて降伏すれば恩赦を与えると約束し、市民たちは愚かにも、「聖使徒」の位階にあるこの司祭枢機卿の言葉を信用した。

ところが、ロベール枢機卿は、近くのファエンツァの都で女という女を強姦しようとしていたホークウッドを呼びつけ、チェゼーナ市民を全員殺せと命じた。公平を期すために言うと、ジョンはそれではあまりに汚いと抗議したようだが、枢機卿は「正義」を望むと答えたらしい。彼にとっての「正義」とは、「さらなる流血」を意味した。その結果として生じた大虐殺は、ヨーロッパに衝撃を与えた。

ホークウッドの軍隊は「町を丸ごと焼き払い、住民を皆殺しにした。川は血に染まった。そして煙が立ちのぼる廃墟、強姦、殺戮に混じって、ひとつの痛ましいエピソードがあった。二四人の修道士が、主祭壇のまえで会衆とともに殺されていた」。怒りに満ちた年代記編者の記録によれば、八〇〇〇人もの人々が死んだという。一方、町では最大一万六〇〇〇人が避難し、ホークウッドは「極悪人だと思われないように、約一〇〇〇人の女性住民をリミニへ向かわせた」[7]。

建物はすべて破壊されたが、そのあとに町は完全に再建された。今もかつての城壁のごく一部が残っている。

しかし、そうした行為がホークウッドの評判を損ねることはなかった。むしろ、それは彼がいかに職務に忠実であるかを証明し、名声をさらに高めた。それから二〇年以上にわたって彼のビジネスは繁盛しつづけ、ホークウッドはイタリアにいくつかの城と不動産、そしてイングランドにも複数の地所を手に入れた。晩年の一五年間、彼はフィレンツェと事実上の永久契約を結んでいた。一三九五年に彼が死去するまえ、町はその中心部の大聖堂――ドゥオーモ――に壮麗な大理石の墓を建てることを約束した。

しかし、フィレンツェ市民はなかなかのやり手で、彼らはつねにビジネス感覚を失わなかった。イングランド王の求めでホークウッドの遺体を母国へ返すことになったとき、彼らは空っぽの墓を建てるよりもマシな金の使い方を考えた――墓を建造する代わりに、その墓の絵を画家に描かせたのである。

革なめし職人の息子として生まれ、貴族ではなかった男が、戦争をビジネスにすることで貴族同然の身分になった。一方、騎士道は社会的地位をともなう職業として発展し、戦争の現場からさらに遠く離れていった。そしてイングランドの騎士たちは、郷紳——田舎の大邸宅に住む裕福な紳士——となり、地方行政の中枢となった。

騎士道はひとつのファンタジーであり、恐ろしい戦争を立派に見せるための飾りとして使われた。ノルマンの騎士は歴史上のどの戦士よりも乱暴で残虐だったとか、ウィリアム・マーシャルや黒太子のような騎士道的な騎士は、ジョン・ホークウッドのような傭兵団長ほど残虐ではなかったとか、そんなことは一概には言えない。しかし、一四世紀、戦争の商業化とともに何かが変わったのは確かである。

騎士道を絵に描いたような「白馬の騎士」など、実際には存在しなかった。乙女を救い、弱者を助ける正義の味方というのは、中世のイメージがつくり上げた願望にすぎず、そのイメージはヴィクトリア朝時代に熱狂的に受け入れられ、今日もハリウッドの映画会社に受け継がれている。

実際、騎士道などないほうが幸せだったかもしれない。そのご立派な理想は、戦争を美化するために幾度となく利用されてきたが、それは戦争で食べている連中が望むことだ。ホークウッドと同時代に生きたフランコ・サッケッティは、彼のことをこう言っている——「彼は状況を操作することに長けていたため、当時のイタリアには少しも平和なときがなかった」[8]。戦争を推進する者たちは、たいていがそこから利益を得る立場にあるという真実は、いつの時代も変わらない――それが武器の製造業者であれ、政治家であれ、あるいは「白馬の騎士」であれ。

第七章——乙女　Damsel

中世の「囚われの乙女」と言えば、危険にさらされ、つねに救出を待っている無力な女性のことであり、いわゆる「白馬の騎士」とセットでイメージされる中世の典型的なシンボルである。中世という残酷な時代、女は自分ではどうにもできない力に翻弄され、ただ英雄的な男に救い出されるのを待つしかなかった……と私たちは考えがちである。

画家のウィリアム・モー・エグリーが、レディー・オヴ・シャーロットと鏡に映る英雄ランスロットの姿を描いた一八五八年の絵は、いかにも懐古的な中世らしいイメージを余すところなく表現している（少なくとも、モデルとなったエグリー夫人の一九世紀的な格好に目をつぶれば）――部屋に閉じ込められたか弱い乙女、そして自由と勇気を象徴するような甲冑の騎士。しかし、この絵に再現されているのは、じつはそれが表しているという中世の時代にはあり得なかった世界なのである。

貴族の女性はそれほど救出を必要としなかったということではない。そうではなくて、救出を求める彼女たちの状況が、腹立たしいほど私たちのイメージとは違っていたということだ。

戦時の乙女

ニコラ・ド・ラ・ヘイの例を見てみよう。彼女は高い塔に閉じ込められ、たしかに救出を必要としていた。しかし、それはよくあるおとぎ話とはちょっと違った。

第一に、彼女が閉じ込められていた塔は、意地悪なおじや継父といった卑劣な親戚のものではなく、彼女自身のものだった。それはリンカーン城の一角で、ニコラはその世襲の城守——管理長官——だった。さらに、彼女はけっして無力な乙女などではなく、生まれながらの軍司令官だった。城を管理するだけでなく、リンカーンシャーの共同州長官でもあった彼女は、城で騎士の軍役を提供する義務があり、王から預かったリンカーンの町を管轄していた。

彼女が閉じ込められたのは、フランスの侵略軍がリンカーンを占拠し、城を包囲しようとしていたときだった。

言っておくが、ニコラは乙女というにはやや年配だった——彼女はもうすぐ七〇になろうとしていた。だが、彼女にとっての「白馬の騎士」もまた、老齢の年金受給者だった。それはかのウィリアム・マーシャルで、彼は七〇代でありながらイングランドの摂政を務め、なお騎士道の権化として広く知られていた。ウィリアムはフランス軍を撃退し、ニコラとリンカーン、そしてイングランド全土を幼いヘンリー三世に代わって救った。つねに理想の騎士だった彼は、そのときニコラを城守の重責から解き、それをソールズベリー伯に譲ることによって、自分と彼女の共同勝利を祝った。

しかし、ニコラはウィリアムのような老いぼれからそんな扱いを受けることに我慢できなかった。彼女はロンドンへ怒鳴り込み、城をふたたび自分の管理下に置かせて、八〇代になるまで城守を続けた。「では、騎士道とは何なのか。それはあまりに身につけがたく、大きな犠牲をともなうため、臆病者には無用の代物である」[1]。

残念ながら、ニコラは州長官の職は取り戻せなかった。女性は州長官にふさわしくないとされることがあるのは、社会変革の奇妙な点のひとつだ。イングランドに次の女性州長官が登場するのは、それから約四〇〇年後のことだった――レディー・アン・クリフォードは、イングランド屈指の裕福な女性であったばかりか、石弓の名手としても知られたことから、ウェストモーランドの州長官に任命された。ただ、ジェームズ一世もクロムウェルも彼女には手を焼いたようで、それ以降、ヴィクトリア朝時代まで女性州長官は現れなかった。

財産としての乙女

社会における男女の役割やその関係は、私たちが便宜上（たとえ誤りでも）、「中世」と呼んでいる時代をとおして絶えず変化していた。一連の考え方というものもなかった。それは今日と同じく、つねに変化を生み出す原動力だった。

ノルマン征服後の五〇〇年間で女性の権利や特権に着実な進歩があったかと聞かれれば、けっしてそうとは言えない。しかし、その期間の終わり頃、女性たちが社会でそれまで以上に平等な権利を享受し、尊重されていた時期があったことは確かだ――その後、状況はふたたび覆された。

言うまでもなく、彼女たちは男社会に生きていた――中世の初めはとくにそうだった。ノルマン征服は、ウィリアムがイングランドを「所有した」ことを意味した。イングランドは彼の個人的な財産となり、彼はそれを手放すつもりはなかった。その代わりに、彼は家臣が軍役と引き換えに領地を使用することを許した。地所と軍人職の結びつきは、土地の保有が男の領域になったことを意味した。すべては男が支配し、妻や娘はその夫や父親の命令に従うものとされていた。

新たに大領主となったノルマンの貴族の多くは、征服したイングランド人の寡婦や娘たちのなかから妻を見つけることを期待し、新しい王もまた、征服を確固たるものにする手段としてこれを奨励した。べつに驚くことではないが、こうした女性たちの多くは抵抗した。なかには自己防衛のために女子修道院へ逃げ込む者もいた。しかし、クリスティーナ・オヴ・マークヤーテのように、べつの方法で抵抗する者もいた。

クリスティーナ・オヴ・マークヤーテ

ノルマン人は、征服によって「棚ぼた」式に領地を手に入れたが、当然ながら、これはその以前の持ち主を犠牲にしてのことだった。アングロ＝サクソン人は自分たちが土地を追われ、権力機構にも入れないことを知った。多くの不幸な親たちが、娘を差し出すという昔ながらの伝統に頼った——新たな支配階級に属する裕福な男と結婚させることで、一族全員が出世街道に戻れたのである。

ヘースティングズの戦いから約三〇年後、オッティとベアトリクスのマークヤーテ夫妻も、幼い娘のクリスティーナにそうした運命を歩ませようとした。

オッティは、ハートフォードシャーのマークヤーテという村に住むアングロ＝サクソンの野心的な商人で、ノルマンの征服者に身内の女性による性的サービスを提供することで、彼らと同じような社会的地位を得ようとしたらしい。実際、彼の妹のアルヴィーヴァは、悪名高きラヌルフ・フランバードの愛人となった——彼はその強欲さと野心から広く恐れられ、評判の悪い男だった。ふたりの関係に潜在的なうまみがあったのは、赤顔王ウィリアムの首席大臣だったラヌルフがダラムの司教になったためだ。しかし、ウィリアムは命を落とし、嫌われ者のラヌルフはロンドン塔に投獄された。彼は母親（片目の醜い老婆だったという）の助けを借りて、ノルマンディーへ逃れた。

ラヌルフがイングランドへ戻り、司教の職に復帰したのは、クリスティーナが一〇歳の頃だった。彼がロンドンへ向かう途中にアルヴィーヴァの家へ立ち寄ると、彼女は一族の祝宴の準備をしており、ラヌルフはそこでクリスティーナを見初めた。

クリスティーナの両親は大喜びし、彼の望みを娘の「手」で叶えてやったが、それはどうやら、ラヌルフが考えていたこととは違ったようだ。

異民族間の結婚は、家臣を新しい国に根づかせるための手段として、征服王ウィリアムによって奨励されていたかもしれないが、クリスティーナは誰とも根づくつもりはなかった。幼い頃にセント・オールバンズ修道院を巡礼に訪れた彼女は、それに大きな感銘を受けていた。彼女にとってこの修道院ほど立派な建物はなかったようで、彼女はここでひそかに処女の誓いを立て、キリストへの献身を示すために修道院の壁に十字を刻んだ。

祝宴のあと、クリスティーナはラヌルフの部屋でふたりきりにされ、不道徳な行為を手ほどきされそうになった。これがどういうことかをよく知っていたクリスティーナは、ドアに鍵をかけると言って立ち上がり、素早く外側から鍵をかけた。

怒ったラヌルフは彼女に嫌がらせをしようと決心し、バースレッドという若い貴族を結婚相手として差し向けた。もちろん、彼女の両親は喜んだ。クリスティーナは一族のために叔母のアルヴィーヴァ以上のことを成し遂げようとしていた――彼らの孫は正統な貴族の一員になるのである。

問題は、クリスティーナが結婚を拒み、自分はキリストと約束していると訴えたことだった。両親は娘に分別をもたせようと、プレゼントを買い与えたり、いろいろな約束をしたりして一年を費やした。そして彼女はついに婚約に同意させられた。しかし、婚約と、床入りを果たすこととはべつだった――当時、結婚は床入りが果たされて初めて価値をもった。

両親はあの手この手の必死の作戦に乗り出し、芸人を雇って娘を楽しませたり、彼女を晩餐会に連れて行ったりして、その頑なな心を和らげようとした。これらが失敗に終わると、彼らは不運なバースレッドを娘の寝室へ押し込み、できることをやらせた。クリスティーナはその青年を座らせ、男女にとって純潔がいかに尊いものかを説いた。彼はやや困惑して部屋を出たが、両親からもっと骨の折れる努力を強いられた。

クリスティーナの両親は、バースレットをふたたび娘の部屋へ押し込み、男ならびしっとして、力づくで娘をものにしろと命じた。これは彼女をまさに狂乱状態にさせた。彼女は「慌てて ベッドから飛び起き、壁に固定された釘に両手でしがみつくと、壁と壁掛けの間で震えながらぶら下がっていた」。結局、バースレッドは彼女を見つけられず、夫婦間レイプの企てを断念した。

最終的に、オッティは娘をハンティンドンにあるセント・メアリー小修道院の聖アウグスティノ修道会へ連れて行った――「なぜあの子は伝統に反するようなことをしなければならないのでしょうか。なぜあの子はこれほど父親の体面を汚す必要があるのでしょうか。あの子の清貧の生活は貴族全体の評判を落とすことになるでしょう！」。小修道院長は、父親よりもその娘のほうに感銘を受け、司教も同じだったため、オッティは彼を買収して娘に結婚を命じさせた。だが、クリスティーナは動じなかった。

母親は母親で、問題は娘の不感症にあると決めつけた。彼女は魔女のような老婆を雇い、クリスティーナにそっと媚薬を手渡させた。そして夜中に複数の男を差し向けて、ついには「あの子の処女を奪う方法が見つかるなら、誰が娘を凌辱しようとかまわない」と毒づいた。

クリスティーナは逃げるしかなかった。彼女はまずアルフウェンの修道窟へ行った。そこはフラムステッドという近隣の村にある古くからの女性隠者の独房で、彼女はその暗い小部屋に身を隠した。一方、バースレッドは、いかにも騎士らしく乙女を探す旅をして、そこにクリスティーナが隠れていないかと訊ねにやって来た。アルフウェンはこう答えた――「お若い方、おやめなさい。その娘が私たちとここにいるなどと考えてはなりません。夫から逃れてきた妻をかくまうなど、私たちの慣習にはありません」。伝記によれば、さらにこう続いている――「こうして欺かれたその男は、もう二度とこんな使いはごめんだと思い、立ち去った」。

最終的にクリスティーナは、マークヤーテの村で隠遁者として暮らしているセント・オールバンズの修道士ロジャーのもつ小屋へ移った。彼女はその小屋の片隅で、厚板と重い丸太のうしろにひっそりと身を隠して過ごした。やがてバースレッドが婚約を破棄し、彼女は独房を出ることができた。さらにロジャーが亡くなり、その小屋をクリスティーナに残したことで、彼女の幸せは確かなものとなった。

その後、彼女はセント・オールバンズ修道院の聖女として名を馳せ、教皇のために室内履きをつくったり、大修道院長の下着に刺繍を施したりした。これが「囚われの乙女」の実態である。彼女たちはか弱いどころか、意志が強く、立派に自立していたのである。

誘拐のリスク（とメリット）

たしかに、乙女が連れ去られ、財産目当ての相手と無理やり結婚させられるという話はいくらもあるが、これらは必ずしも見かけどおりとはかぎらなかった。

裕福な未亡人や未婚の貴族女性の相続財産は、その夫となる者の財産となったが、いずれにせよ、そうした女性たちは自由に結婚できたわけではなかった。彼女たちは王の保護下に置かれ、その地所の贈与権は全面的に王にあり、王はそれを誰でも望む相手に与えることができた。

しかし、これにはひとつ問題があった。もし未婚のカップルが同じ屋根の下で夜を過ごしたら、ふたりは同衾したと見なされ、したがって結婚していることになるという法的原則である――結局、結婚はひとつの社会的契約にすぎなかった。それは司祭の関与を必要とするものではなかったが、そうした不当な結婚は――王の考えでは――王の所有物を盗むのと同じだった。ということは、その結婚は法的には誘拐によるものとされ、その夫婦は多額の罰金を払わなければならなかった。

こうした「誘拐」が、当の女相続人を共犯として頻繁に行なわれたのは明らかである。というのも、それは彼女が自分で自分の夫を選ぶことができる手段だったからだ。キャリック女伯マージョリーは、みずから男を誘拐するという極端な行動に出た。彼女は一二五五年に父親を亡くして以来、三歳のときからその称号を保持していた。スコットランドの主要な女相続人として、彼女の結婚はスコットランド王アレグザンダー三世の管理下にあり、彼女は一五歳にもならないうちに二〇歳年上の領主と結婚させられた――アダム・ド・キルコンキャスである。

アダムが彼女の夫にふさわしいとされたのは、彼が未来のイングランド王エドワード一世と親しい関係にあったからで、エドワードが一二七〇年に念願の十字軍として聖地へ赴いたとき、アダムも随行した。しかし、当時のエルサレムの十字軍国家は縮小の一途をたどり、拠点の港湾都市アッコンを残すのみとなっていた。内輪の喧嘩や殺人が蔓延するなか、十字軍は絶望的な状況に陥り、アダムは命を落とした。

その悪い知らせが届いたのは一二七一年のことだった。それは同じく十字軍に参加していた一八歳の青年ロバート・ブルースによって、一九歳のマージョリーのもとへ届けられた。彼はアナンデールおよびクリーヴランド卿の息子だった。ロバートはマージョリーが猟をしているところを見つけた。彼女はその知らせに打ちひしがれたわけではなかったようだ――ふたりの結婚はとても恋愛結婚とは言えなかったからだ。しかし、彼女はすぐに憂鬱な事実に気づいた――自分はふたたびアレグザンダー王の有益な「資産」のひとつとなり、その地所を必要とするどこかの年配の支援者と結婚させられるということだ。

次に何が起こったのかははっきりしない。ロバートによれば、マージョリーは彼ほど魅力的な男はいないと思い込み、その若い十字軍兵士を強引に自分のものにしたという。彼女は足をばたつかせたり、叫んだりして「ひどく嫌がっている彼を、無理やりターンベリーの自分の城へ」引きずっていった。そして一五日後、その哀れな青年は既婚者となって現れた。

歴史家のなかには、この記述に懐疑的で、ロバートも共犯だったのではないかと疑う者もいる。しかし、彼はすべてをマージョリーのせいにすることで、王への背信行為を回避したのであり、王は彼女が罰金を払うまで城と領地を差し押さえることにした。ただ、それは王にとって必ずしも好ましい縁組みではなかった。というのも、ブルース家は王位を狙うライバルであり、マージョリーの富は彼らの勢力を強化させたからである。実際、マージョリーの息子のもうひとりのロバート・ブルースは、スコットランド王になった。

だが、この物語の重要なポイントは、実際に何が起こったかということではなく、若い貴族の女性が男を拉致し、彼とベッドをともにして、結婚を余儀なくさせたという話が十分にあり得ることとして見なされていた事実にある。それは女性が無力でか弱い存在とは見なされていなかったというだけではない。彼女たちは性の略奪者と見なされることもあったということだ。

女は男ほど性欲がないとされたヴィクトリア朝の考え方は、中世では理解されなかっただろう――とくに女性には。

「囚われの乙女」の構築

レディー・オヴ・シャーロットの物語は、ヴィクトリア朝やエドワード朝の時代にこれを題材とした創作を数多く生み出した。ラファエル前派の画家たちは、いかにも中世的なイメージを求めて、幾度となくこの物語に立ち返った。詩人のテニスンはそうした中世のイメージに物語を与えた。そこではシャーロット姫が鏡をとおしてしか外界を見ることができないという呪いをかけられている。しかし、ひそかにランスロットを見張っていた彼女は、彼にうっとりするあまり、ついその姿を直接見てしまう。すると鏡が粉々に割れ、彼女の運命は決まる。哀れにも小舟に乗ってキャメロットへ向かうシャーロット姫だったが、着く頃には呪いの影響が生じ、彼女は息絶える。

これは乙女というものが基本的に閉じ込められ、自由を奪われている存在であり、世間への全面参加を禁じられ、それを破ると命を落とすという考え方である。たしかに感傷を誘うもので、今も悲劇的なイメージとして定着している。

しかし、テニスンは本来の中世の物語を完全に書き変えてしまった。もともとのストーリーでは、シャーロット姫はか弱くもなければ、無力でもなく、いかなる呪いもかけられていなかった。また、彼女は受け身でもなければ、感傷的でもなかった。それどころか、強情で頑固な女性であり、ランスロットへの情熱的な愛を堂々と表明した。彼女の悲劇は、それが報われなかったということだ。この物語は、一五世紀の騎士で作家のトマス・マロリーによる『アーサー王の死』（W・キャクストン編、厨川文夫／厨川圭子編訳、筑摩書房、一九八六年）でも、形を変えて記されている。そこでもシャーロット姫（アストラットのエレイン）は、あからさまに愛を表明し、「なぜそのような考えを捨てねばなりませんの？　私はこの世の女でしょ？」（前掲書）、同等の立場でランスロットに手紙を書くという現実的な生身の女性として描かれている。

実際、中世の文学では、無力そうに見える乙女がじつはそうではなかったということがよくある。たとえば、『クレティアン・ド・トロワ「獅子の騎士」――フランスのアーサー王物語』（菊池淑子訳、平凡社、一九九四年）を見てみよう。主人公の騎士イヴァンは、森の礼拝堂でわが身を嘆いているとき、そこに「幽閉されていた哀れな乙女」と話をする。死刑に処されようとしている彼女を救えるのは、三人の告発者と戦える勇敢な男だけだった。もちろん、その英雄がイヴァンである。

無力な乙女と白馬の騎士――これはおとぎ話の典型的な組み合わせのように思える。しかし、この若い女性はけっして受け身で引っ込み思案の娘ではない。じつはイヴァンは彼女のことを知っている。物語の前半で、絶体絶命のピンチに陥ったイヴァンに、姿を見えなくさせる魔法の指輪を手渡し、自分の命も顧みずに彼を救ったのは彼女だった。そう、この乙女は、勇気と大胆さにおいて騎士にひけを取らない。

実際、中世の文学には、高貴な生まれの乙女で、真に無力な娘というのは出てこない。たぶん、これはそれほど意外なことではないのだろう。というのも、そうした物語の多くは、貴族の女性たちがその友人や家族に読んで聞かせるために、依頼してつくらせたものだからである。貴族女性の暮らしについては膨大な情報があるわけではないが、多くの場合、そうした女性の寝室が優雅なサロンのように飾られ、そこで女友達(概して、夫の家臣と結婚していた「乙女たち」)や男の客をもてなして楽しんだり、「ワインを飲み、チェスをし、ハープを聴いた」りしたことは確かだ。[2] そして彼女たちは本を読んだり、読んでもらったりした――黙読はひどく怪しげで、非社交的もしくは憂鬱のしるしとされ、それがふさわしいのは学者だけだった。

一四世紀に書かれた遺言書を見ると、高価な本を買えるような裕福な女性たちは、男性と同じくらい、物語に登場する騎士たちの勇敢な行為に関心をもっていたことがわかる。ある最近の歴史家はこう書いている――「チョーサーの時代に書かれた女性たちの遺言は、(中略)世代から世代へと本を受け継ぐ女性読者のネットワークがあったことを示している。これには祈禱書のほか、チョーサーが本を読み合う女性たちを描いたロマンス物語も含まれていた。そうした本の多くは母から娘へ、姉から妹へ、名づけ母から名づけ娘へと継承されたが、女系に保持されることはとくに重要ではなく、女性たちの読書の好みは広範囲にわたり、男性とも共通していた」[3]。

たとえば、一三八〇年、エリザベス・ラ・ズーチは『ランスロット』と『トリスタン』を夫に残した。デボン伯は本をその息子ではなく、娘たちに残した。未亡人となった妻のマーガレット・コートニーは、自分の本を娘や女友達に残し、それには『マーリン』や『アーサー・オヴ・ブリタニー』が含まれていた。

こうした物語に出てくる乙女たちは、ヴィクトリア朝のステレオタイプとは大きくかけ離れている。彼女たちは無力どころか、機略に富み、しばしば狡猾である。また、性的に受け身だったかと言えば、中世の女性たちにはその意味さえわからなかっただろう。物語に登場する乙女の多くは、たいてい性の略奪者だった。『サー・ガウェインと緑の騎士』のなかで、ガウェインにひと目惚れした城主夫人を例に見てみよう。

それまでのストーリーはこうだ。ガウェインは探索の旅に出ていた。ある晩、彼は見知らぬ城で一夜を過ごした。朝早くに目を覚ますと、城主とその家来たちはすでに狩りに出かけたあとだった。不意に彼の部屋の扉が開き、夫人がそっと入ってきた。彼女は扉に鍵をかけ、彼のベッドへ忍び寄り、その上に腰かけた。ガウェインはしばらくじっと隠れていたが、ついに気配に気づかれた。すると夫人は彼にこう話しかけた。

私の主人と家来たちは遠くにいます。
そのほかの者もまだベッドにいますし、私のメイドたちもそうです。
扉は閉まっていて、頑丈な鍵がかかっています。

あなたを喜んで私の体に迎えます。
どうか楽しんでください。
私はもう自分の衝動を抑えられません。
あなたの僕《しもべ》になりたくてたまらないのです。

こうした物語では、既婚女性は自由に愛人をもつことができ、もし夫が不満を訴えても、妻にその愛人は勇敢で名高い騎士だと説明されれば黙るしかなかった。現実の生活でも、事情はそれほど変わらなかった。実際、マリー・ド・サン・ティレールとキャサリン・スウィンフォードのふたりには、彼女たちがどちらも乙女（貴婦人に仕える既婚女性）だったという事実のほかに、こんな共通点があった。ふたりともジョン・オヴ・ゴーントがブランシュと結婚しているときに彼とベッドをともにし、しかもそれを秘密にしなかった。

一二世紀のもっとも有名な情事と言えば、若く美しい弟子のエロイーズが教師のアベラールと情熱的な恋に落ちたことだろう。アベラールは非凡な人物だった——彼は優れた神学者としてつねに注目の的だった一方、著名な詩人、歌人であり、パリ大学に多くの学生を引きつけた魅力的な教師でもあった。エロイーズは彼を誘惑しようとし、見事に成功した。だが、ふたりの恋愛は惨劇を招いた――アベラールはエロイーズとの結婚を求めたが、反対した家族は彼の睾丸を切り取り、エロイーズを修道院に閉じ込めた。その修道院からアベラールに宛てて書いた手紙のなかで、エロイーズはみずからの情熱を振り返り、それを賛美した。

神はきっとご存じです。私がいまだかつてあなた以外の何ものも求めなかったことを。私が求めたのはあなた自身であって、あなたの持ち物ではなかったのです。私は夫婦の誓いも、結婚の持参金も求めませんでした。私が満たそうと思ったのは、あなたもよくご存じのように、私自身の喜びでも願いでもなく、あなたの喜びや願いだったのです。たしかに、妻という名はより神聖で尊く聞こえるかもしれませんが、私にとっては、愛人という名のほうが甘美に響いたのです。あるいはもしあなたが許してくださるなら、妾や娼婦という名でもよかったのです。私はあなたのために自分を卑下すればするほど、あなたに喜びを与え、またあなたの輝かしい名声を損なわずに済むと信じていました。

淑女ぶることは美徳ではなかった。女性たちは性的に積極的で、当然の権利として、同じだけのものを夫に要求した。もし男が夫婦の交わりにおいて義務を果たせなかった場合、女はそれを自由に公表することができた。一二世紀のある手引書は、男性の生殖器を「事情に詳しい既婚婦人」に検査してもらうように勧めている——彼女たちはそれがどう機能するかをよく心得ていた（らしい）。そして局部の作動を本格的な「路上テスト」で観察するため、何人かの立会人が呼ばれた。

男女がひとつのベッドに寝かされ、事情に詳しい女性たちが幾晩も呼ばれてベッドを囲む。そしてもし男性の局部がいつも役立たずで、死んだように無力であることが判明した場合、その夫婦は別れることができる。

一三世紀のカンタベリー市民だったウォルター・ド・フォンテも、そんな哀れな男のひとりだった。一二九二年、彼の妻は夫が性的不能だと訴えた。彼は「品行方正な」一二人の婦人たちによって正式に検査され、その結果、彼の「男根」は「役立たず」と断定された。まったく、こんな形で歴史に名を残すとは……。

同じようなケースが一四三三年にもあった。ただ、ある熱心な立会人が市民としての務めを果たそうと必死になるあまり、われを忘れた。彼女は「胸をさらけ出し、先ほどの火で温めた両手で、ジョンのペニスと睾丸を握ってしごいた。そしてジョンを抱きしめ、何度もキスした」。しかし、その努力は無駄に終わった。そこで集まった女性たちは「声をそろえて」、ジョンが妻に「奉仕し、喜びを与える力が十分」でないと罵った。

乙女と教会

女は男よりも性的に積極的であるという考え方は、教会も確固として認めていた。肉欲の誘惑に対するその長い戦いにおいて、女性はもっぱら誘惑者の役にされていた。

もちろん、教会はセックスそのものを否定したわけではない——結局、神も「産めよ、増えよ」と言ったからである。しかし、人々がそれを楽しむことには少しばかり問題があった。性交渉を楽しむことが罪ならば、婚外での性交渉は言語道断だった。だが、こうした考え方は教会以外では一般的ではなかったため、牧師は無関心な民衆にその罪の重さを認識させるため、しばしば極端なことを言った。

女が諸悪の根源であるのは、彼女たちが男を誘惑するからであり、そうでなければ男は清純なままだっただろうと彼らは主張した。一一世紀の枢機卿ペトルス・ダミアニによれば、「女の邪悪さは、世界中のほかのすべての邪悪さを合わせたよりも大きい。(中略) 女のふしだらさに比べれば、毒蛇や大蛇の毒のほうが、男にとっては治りやすく、危険も少ない」。イヴと禁断の果実の物語を徹底的に研究した彼は、「女は『男の魂にとって悪魔の餌であり、毒である』」と聖職者たちに説明した。彼のような考え方は、当時の修道士にはごく普通のもので、彼は教会で聖人と呼ばれている。

そもそも教会は、ダミアニがバトンを拾って走り出すまえの少なくとも八〇〇年にわたって、イヴによるアダムの誘惑をすべて女性のせいにしてきた。二世紀、聖テルトゥリアヌスは女たちにこう呼びかけた――「お前たちは自分がイヴだとわからないのか」。彼はさらに女たちにこう告げた――「神の宣告はお前たちの性に今も覆いかぶさり、その罰はお前たちに重くのしかかっている」。「お前たちは悪魔への入り口だ」。

テルトゥリアヌスの時代以来の重大な変化と言えば、それはもちろん、中世の教会が社会全体を包摂し、独自の裁判所をもったということだ。姦淫をはじめとする性的な罪は、もっぱら宗教裁判所の案件とされ、それはよく突飛な方法で処理された。たとえば一三〇八年、カンタベリー大司教のロバート・オヴ・ウィンチェルシーは、姦淫の罪を犯した者は、その罪がなされた日を始まりとする婚姻の契約に署名しなければならないが、それが効力を発するのは彼らが二度目に罪を犯した場合にかぎられると定めた。また、姦淫の告発は、独身女性からその土地を取り上げるための策として利用されることも多かった――たとえば、ウィンチェスター司教の地所に関して言えば、一二八六年から一三五〇年までに記録された没収財産の四分の一は、女性の側にのみ科された姦淫の罰によるものだった。[4]

教会は女性をイヴの子孫として厳しく非難する一方で、男性を罪へと誘惑することのない貞淑な女性の理想像を推進した。もちろん、これは処女性を保ったまま母親になることを要したため、実現は容易ではなかった。しかし、教会が提示した女性の役割――誘惑者、母親、召使い、修道女――には、一家の主に代わって生活を切り盛りする女性の存在が見落とされていた。

管理者としての乙女

こうした乙女たちの多くは、一家を取りしきる必要があった。ニコラ・ド・ラ・ヘイのように、生まれながらに権限をもつ乙女もいたが、結婚によってその権力が生じる乙女もいた。結婚すると、貴族の女性は否応なしにその一家と、多くの場合、その地所（パン焼き場、醸造所、搾乳場、馬や庭園の管理などを含む）の仕事を切り盛りする責任を負った。

自分の領地においては、彼女は女王も同然だった。当然ながら、これは男性が留守のとき、女性にひどく男性的な役割を押しつけるという影響をもたらした。裕福な家庭の妻たちは、夫がいつも仕事で家を留守にし、しかも多くの場合、重武装して、家中の元気で有能な男たちを全員いっしょに連れていってしまうことに気づいた。その結果、領主夫人は不在の夫に代わって、荘園裁判所を運営したり、一家の財産や名誉を守ったりといった責任を担うことになった。

ノーフォークのオックスニードに住むマーガレットとジョンのパストン夫妻が交わした手紙を読むと、一五世紀の荘園領主の妻が問題をどう処理していたかがよくわかる。

マーガレットは裕福な家の娘で、親の土地を相続した。一四四〇年頃、彼女は判事の息子で、ロンドンに法律事務所をもつジョン・パストンと結婚した。彼の父親はクローマーの近くに荘園をもっていたが、その所有権をめぐって、ジョンと地元のべつの有力一族の間で争いが生じていた。その裁判でジョンがロンドンに行っている間、彼の妻は屋敷に残り、より荒っぽい戦いを指揮していた。

心から敬愛する貴方へご挨拶申し上げます。お願いがあるのだけれど、どうか石弓と矢をいくつか送ってくださいますようお願い致します。今ほど必要に迫られたことはありませんが、この屋敷は天井がとても低いので、長弓は使えません。それと戸口を守るための短い戦斧を二、三本と、革の防御着もできるだけたくさん送ってください。（中略）パートリッジの連中は、あなたがまた彼らの土地に入ってくるのではないかとひどく警戒しています。彼らは屋敷を徹底的に守ろうとしているそうで、扉に横木をいくつも打ちつけて補強したり、家のあちこちに弓や短銃のための銃眼をつくったりしています。（中略）それから私のためにアーモンド一ポンド（約四五〇グラム）と砂糖一ポンド（約四五〇グラム）を買ってきてください。それと子供たちの服をつくるのに毛織りの生地もお願いします。[5]

パストン夫妻にはジョン・ファストルフという裕福な親戚がおり、彼はノーフォークのケイスターに城を建てた。ジョン・パストンは彼の顧問弁護士だった。ファストルフには子供がなく、ノーフォーク公がその地所を相続すると思われていたが、この老人が亡くなったとき、ジョン・パストンは突然、ファストルフがケイスター城を含む彼の広大な地所をジョン・パストンという人物に残したとする新しい遺言書を発表した。落胆した相続人たちは、パストンを遺言書偽造の罪で告発し、城を包囲した。

一四六九年、マーガレットは一家の財産を守るため、またしても采配を振るわなければならなかった。すでに夫を亡くしていた彼女は、無能だったらしい息子のジョン・パストン二世に小言の手紙を書いた。彼女は息子が財産を無駄にして、宮中で遊び暮らしていると感じていた。

ケイスターにいるあなたの弟とその同志たちは大きな危険にさらされています。(中略)ドーブニーとバーニーは戦死し、ほかの者たちも重傷を負っています。(中略)すぐにでも援軍が来なければ、彼らは命も城も失うでしょう。そうなれば、あなたは紳士としてこれ以上ないほどの非難を受けることになりますよ。というのも、あなたが何の助けも救済策もないまま、彼らをあれほど長く大きな危険にさらしたことに、世間の誰もがあきれるからです。

乙女とボタン

乙女たちは男性の役割を負わねばならず、性的に大胆で、（ノルマン征服から一世代か二世代のうちは）軍務と言えるものさえ引き受けたが、だからと言って、彼女たちは女性らしさを失ったわけではなかった。それどころか、乙女たちは権力を行使すればするほど、女性らしさを強調するような服装をした。ノルマン征服から一〇〇年のうちに、貴族の女性たちは質素なドレスから、繊細な刺繍が施されたドレスへと移行し、髪型もさらに凝ったものになった。

ヨーロッパ人が十字軍からもち帰った「輸入品」のなかで、もっとも大きな影響を及ぼしたもののひとつがボタンだった。この小さなボタンの登場で、それまで頭からかぶって着ていた衣服はもはやゆったりつくる必要がなくなり、女性たちのファッションを一変させた。流行を追う女性たちは、ぴったりしたコルセットを流れるような長いスカートや袖と組み合わせることで、体のラインを強調することができた。もちろん、女性らしさは、男をコントロールするための武器にもなった――騎士道にもとづく宮廷愛のゲームでは、高貴な女性はどんな男よりも大きな影響力をもっていた。

十字軍はまた、ヨーロッパにそれまでなかった生地――絹、繻子、緞子、ブロケード、ビロード――や鮮やかな色彩、手の込んだ織り物をもたらした。そして貿易が盛んになり、色生地の種類が増えるにつれて、女性たちは着るもので自分が何者であるかを主張しはじめた。一三世紀や一四世紀には、ほっそりしたスタイルが流行し、体にぴったりしたカットによって少年のような体型が強調された――実際、少年たちはよく「乙女」と呼ばれ、この言葉は幼いリチャード二世を表すためにも使われた。

成功した乙女たち

一四世紀後半までに、多くの乙女たちがかなりの権力をもつ地位に就き、イングランドの宮廷社会はますます洗練され、当然ながら女性中心になっていた。リチャード二世はたしかに、歴代の王のように馬上槍試合を開いたが、それらは戦争のための訓練というよりも娯楽のひとつであり、そのあとに音楽や踊りが続いた。宮廷で重視されたのは芸術だった――詩や音楽、ファッション、そして高級フランス料理。それはある粗野な年代記編者の胃をむかつかせるほどだった。トマス・ウォルシンガムはこう書いている――「王は、戦場よりも寝室において勇ましい『ヴィーナスの騎士団』に囲まれていた」。

乙女たちは政府においても重要な役割を果たし、リチャード二世の妃アン・オヴ・ボヘミアは、王の無慈悲なまでの正義に対する重要な抑止力と見なされていた。聖母マリアが人類に代わって神との仲を取りなしたように、王妃が道を誤った臣民に代わって王との仲を取りなすことは正当かつ適切と考えられた。一三八一年の農民一揆のあとの公式文書には、こんな恩赦が数多く含まれていた。

王妃の嘆願により、また種々の聖職者や伯爵、議員の同意により、（中略）ロンドンの先の暴動における不法行為についてトマス・ド・ファーリンドンを赦免する。[6]

リチャードは最愛の王妃アンとともにあらゆる場所を旅し、ふたりはたしかに真の愛情で結ばれていた。王妃は知的で心の広い女性だった。たとえば、彼女は英語に翻訳された最初の聖書とされるウィクリフ聖書を一冊所有しており、それはおそらく、彼女をつうじて母国ボヘミアに広まった。王妃は夫に対しても大きな影響力をもち、推測ではあるが、宮廷での女性の認知度を高める助けとなった。一三九七年、マーガレット・マーシャルは生まれながらのノーフォーク公爵となったが、女公爵を誕生させた王はリチャードが最初である。

乙女実業家

女性の役割は、貴族階級だけでなく、社会のずっと広い範囲にわたって変化していた。奇妙なことに、黒死病がこれに大きく貢献した――疫病で人口が激減したため、それまで男性に限られていた多くの分野の仕事を女性が担わなければならなくなった。彼女たちは商人として自活することができ（一三六三年の法令により、女性がひとつの商売や手工業に制限されていた禁令が解かれた）[7]、結婚相手についてもより選択の自由を行使できるようになった。

なかでも有名な乙女実業家と言えば、神秘家のマージェリー・ケンプで、一三七三年にノーフォークのリンで生まれた彼女は、イングランド最古の自伝と呼ばれる『マージェリー・ケンプの書』（石井美樹子／久木田直江訳、慶應義塾大学出版会、二〇〇九年）を書いた。父親のジョン・ド・ブラナムは、リンの町長を五回も務めたやり手の商人で、同書にはマージェリーがいかに裕福に育ったかが描かれている。

彼女は自分をファッション中毒と評している。頭には金の糸を巻き、長いリボンのついた頭巾には流行のスリットが入っていた。ケープにも当世風のスリットが入っており、その切れ込みの間から色鮮やかな裏地が見えた。だが、夫が彼女の浪費癖に腹を立て、ついには金を出すことを拒否すると、マージェリーは自分で金を稼ごうと決心した。当時、女性は単独で商人として働くことが法的に許されていたため、彼女は夫の許可を得る必要がなく、儲けた金を自分のものにすることができた。そこで、彼女はまずビール醸造人として、「リンの町一番」になることを目指した。しかし、残念ながら、そうはならなかった。

彼女のビールはうまく発酵しなかったようだ。

しかし、マージェリーはへこたれなかった。彼女は馬二頭と粉挽き機を買い、トウモロコシの粉挽きとなった。しかし、これも大失敗に終わった。粉挽き機を動かす馬がまえではなく、うしろへ進みはじめたらしい。それで彼女は逃げ出した。「その後、リンの町では、彼女のためには人間も獣もまともに働かないらしいと噂された」。

マージェリーはこれを自分が商売には向いていないという神からのお告げと受け取り、べつの仕事を探した。そしてヒステリックなプロの幻視家として再出発した。

神の存在にフルタイムで涙を流すという職業は、それほど儲かるようには思えないかもしれないが、マージェリーはライバルをはるかに凌駕していた。実際、彼女は世界チャンピオン級の泣き女だった。十字架像を目にするだけで気絶したという彼女は、目のまえに神の存在を感じると、気持ちを抑えきれずに号泣しはじめた。彼女は人前で泣き、説教中も泣き、食事のときも泣いた――大きな声で絶え間なく。ある修道女はマージェリーに彼女の涙は精霊の贈り物だと言ったが、ほとんどの人々はそれを不愉快な迷惑行為としか思っていなかった。彼女と面会したヨーク大司教でさえ、職員に五シリングを与えて、彼女をできるだけ遠ざけたと伝えられている。

また、彼女がエルサレムへ巡礼に行ったとき、仲間の巡礼者たちは彼女が泣いてばかりで、夕食中も嘆き悲しんでいることに耐えられなくなった。彼らはやめてほしいと丁重に頼んだが、彼女は泣きつづけた。そこで一行は聖地への道のりを四分の一も進まないうちに、彼女を見捨て、あとはひとりで行くように言った。

マージェリーが並みの乙女実業家でなかったことは明らかだが、少なくとも彼女は最終的にリンで地位を取り戻し、ギルドのメンバーにさえなった。女性の役割は大きく変化していた。著述家や思想家たちは、女の役割をただ男に仕えることだけとした従来の姿勢を見直しはじめた。また、教会はこれを、女がもともと男を堕落させる存在で、道徳的にも精神的にも男より劣っており、公の生活に参加するには不向きであるという事実の必然的な結果であるとしたが、彼らはこれにも疑問をもちはじめた。そして女たち自身も、これに公然と疑問の声を上げはじめた。

その問題をどう見ても、頭のなかでどう考えめぐらせても、私自身の経験からは、女性の本質や傾向に対するそうした否定的な見方を裏づけるような証拠は見つけられなかった。しかし、たとえそうでも、女性を攻撃することに一章あるいは一段落も割かれていない道義的作品がほとんど見つからないことを考えると、私は女性に対する彼らの否定的な意見を受け入れるしかなかった。なぜなら、優れた知性と豊かな洞察力に恵まれているように見える多くの学識ある男たちが、ありとあらゆる機会を利用して、嘘をついていたとは考えにくいからである。

（クリスティーヌ・ド・ピザン、『婦女の都 *The Book of the City of Ladies*』）

一四〇四年頃にこの見事に皮肉っぽい作品を書いたクリスティーヌ・ド・ピザンは、女性に対する学識者の態度にひどく苦しみ、それをどうにかしたいと思った。彼女は父親が学者兼医師として宮廷に仕えていたパリで育ち、やがて国王秘書官と結婚した。ところが二五歳のとき、不幸が襲った。三人の子供と介護が必要な母親を残して、夫が亡くなったのだ。すでに地位を失っていた父親も、その二年前に亡くなっていた。

収入を補うため、彼女は抒情詩を書くようになった。当時、自分の作品を才能と認め、それに報酬をくれるパトロンを見つけて、詩作で生計を立てる男性はたくさんいた。クリスティーヌはこの男性市場に参入する決心をした。やがて彼女はフランスの宮廷で詩人として認められ、依頼を受けるようになった。同時に、彼女は幅広い分野の本を読み、パリの知識階級に加わるようになった。

自分が読んだものに対して明確な意見をもっていた彼女は、男たちの女性の描き方に反論する必要があると考えた。彼女は「学識者」による著作はもちろん、一般的なロマンス物語にも危機感を覚えた。とりわけ、彼女は当時もっとも有名だったジャン・ド・マンの『薔薇物語』（篠田勝英訳、筑摩書房、二〇〇七年）に異議を唱えた。彼女は「愛の神への書簡 *Cupid's Letter*」を発表し、女性に対する彼の態度を非難した。彼女によれば、ド・マンは当時の多くの男性に悪い影響を与え、彼らが軽薄にも女性を誘惑し、口説き落とすことを奨励しているとした。

ある国王秘書官が彼女を厚かましい女とし、「高い学識」をもつ男性を生意気にも攻撃していると書いたとき、彼女はこれに容赦なく反論した。

（中略）あなたは理由もなく私に腹を立て、『おお、けしからん出しゃばりめ！　愚かなうぬぼれ屋め！　女の口から発せられた意見の何と性急で軽率なことか！　高い学識をもち、ひたむきな研究を続ける男性を非難する女め（中略）』などと、私を激しく攻撃します。

　私の答えはこうです――まあ、何という身勝手な意見に惑わされた男でしょう！（中略）聖教会の教えを励ましとするつましい主婦でさえ、あなたの過ちを批判できるでしょう！[8]

男性の反発

　しかし、乙女たちが半分自由にものを言える時代は長くは続かなかった。いわゆる「中世」がいわゆる「ルネサンス」へと融合するなかで、ヨーロッパは専制政治と新たな軍国主義や蛮行の波に支配されてしまったようだ。そして当然の結果として、多くの男性が社会で目立った役割を果たしている乙女たちに憤慨し、恐れを感じた。王妃が仲介者として王の抑止力となることも、もはや政治的理想とは見なされなかった。男たちは女性をふたたび背後へ押し戻そうとした。

一四世紀後半に経済が黒死病から回復するにつれ、男性の反発は顕著になっていった。一四〇〇年にヨークで出された条例では、「今後、いかなる地位や状況の女性も、その技を適切に教わっていないかぎり、われわれに混じって織りものをしてはならない（中略）」とされた。女性はギルドに入れなかったため、それは二度と織りものができないことを意味した。ほかにも同じような規則が次々と登場した。

しかし、例によって、男たちは女性に対するもっとも手近な武器が宗教であることに気づいた。そのもっとも明確な例が、ジャンヌ・ダルクの奇妙な歴史にある。一四二九年、クリスティーヌ・ド・ピザンは、この驚くべき乙女がフランス中で民族解放軍を率いたとき（それがクリスティーヌの見方だった）、彼女への大いなる賛歌を書いた。しかし、二年後、ジャンヌはイングランドの牢獄にいた。

彼女は男装して戦いに出ていた。牢獄でも男装を続け、ズボンとチュニックを「紐でしっかりと縛っていた」。それは彼女を見張る兵士たちからレイプされないための防御のようだった。ジャンヌを魔術と異端の罪で告発しようとする動きもあったが、これらは失敗に終わったため、彼女はただ男装の罪で有罪となった。ところが、彼女は最終的に女装に戻ることに同意したにもかかわらず、看守たちにドレスを奪われ、代わりに禁じられた男物の古着を投げつけられた。結局、それを着てふたたび男装に戻った彼女は、即座に「異端への逆戻り」と判断され、死刑を宣告された。

ジャンヌが火刑に処されたことは、女性の地位だけでなく、女性の本質に対する認識そのものを変える長い道のりのほんの始まりにすぎなかった。貴族の女性の服装にも著しい変化があった。ほっそりした少年体型を強調する代わりに、一五世紀のファッションでは、ゆったりとして場所をとるドレスに関心が向けられた。新しく登場した「ウプランド」と呼ばれるドレスは、深いVネックとだぶだぶの袖、そしてたっぷりしたスカートが特徴で、女性たちの動きを制限した。貴族の男性もウプランドを着たが、それはそのだぶだぶさが富と浪費の象徴だったからで、男性版はそれほど動きを妨げるものではなかった。

こうして乙女たちは、みずから無力なお飾りになるようなドレスを着はじめた。

女のドラゴン

こうした変化の心理的背景を見事に洞察しているのが、サマンサ・リッチズ博士のドラゴンの絵の研究である。[9]
聖ゲオルギオスとドラゴンの物語は、一二世紀から伝えられていた。この恐ろしい竜は、ある町の田園を荒らしまわっていたという。ひどい毒気をもつドラゴンは、町へ近づくたびに疫病を引き起こしたため、人々はドラゴンの飢えを満たすために毎日、二頭の羊を捧げた。そしてとうとう羊が尽きると、人々はドラゴンにくじ引きで選ばれた人間の生贄を捧げることにした。結局、生贄に選ばれたのは王の娘だった。娘は花嫁姿にされて連れ出され、ドラゴンを待つために置いていかれた。そこへ聖ゲオルギオスが通りがかり、勇敢にドラゴンと戦ってそれを倒した。

この物語は一五世紀に広く知られるようになった。しかし、そこには何か不気味なものが隠れていた。

リッチズ博士は、一五世紀末――から一六世紀初め――に描かれたこの物語の絵を見て、その多くでドラゴンが女性生殖器をもっていることに気づいた。ドラゴンが女として性的に描かれたことは、この当時の女性の性欲に対する恐れと関係があるようだ。絵のなかの「乙女」は聖ゲオルギオスによってドラゴンから「救われる」が、ゲオルギウスが純潔を象徴しているとすれば、ドラゴンは娘の抑えきれない性欲を象徴している。女性の性欲が怪物と結びつけられていたことは、こうした性欲が邪悪で恐ろしいものと考えられていたことを示唆する。聖ゲオルギオスはさまざまな町の守護聖人とされたため、女商人を禁じる法律を盛んにつくっていた町では、こうした考え方があっても不思議ではない。

町で始まったことは、やがて国全体に広がった。宗教的な対立が生じたときも、それを主導したのは町の職人や商人たちで、最終的に都市部のプロテスタント主義がイングランド全土を支配した。プロテスタント主義には、女性を「連れ合い」とする考え方が組み込まれており、それは結婚式で愛し、敬い、従うことを誓わなければならなくなった従順で家庭的な女性を意味した。女が女王としての役割を果たすことも奨励されなくなり、このことは一五五八年にスコットランドの宗教改革家ジョン・ノックスが書いた『婦人のおぞましい執政に反対する最初の警笛 *The First Blast of the Trumpet against the Monstrous Regiment of Women*』でも明らかにされている。それは女性を国家元首にすることへの非難だった。

状況はさらに大きく変化し、一八世紀には、イングランドの偉大な法学者ウィリアム・ブラックストンさえこんなふうに書いている。

女性の法的存在は、結婚によって凍結される。（中略）こうした理由により、夫はその妻にいかなるものも譲渡できず、妻といかなる契約も結ぶことができない。なぜなら、譲渡は妻の独立した存在を前提とするものであり、妻との契約は夫自身との契約でしかないからである。

こうした傾向は啓蒙運動や産業革命をとおしていっそう強まり、主役は男であって女は飾りにすぎないとか、性欲は男のものであって女にはないとかいった考え方が広まった。もし妻のほうが夫よりも淫乱だったりしたら、夫は心配で、妻を残して仕事へ出かけることなどできなかっただろう。実際、つい一〇〇年前まで、セックスに「過剰に」興味をもつ女性は病気か狂気と見なされ、治療が必要とされた。精神病院にいる女性の大半は、私生児を産んだためか、あるいはただ適切とされる以上にセックスを楽しんだという理由で、そこに入れられていた。

　つまり、こうした流れを背景にして生まれたのがシャーロット姫であり、ラファエル前派であり、「囚われの乙女」なのである。これらは過去を美化しようとするヴィクトリア朝時代の創作にすぎず、私たちの中世への理解を邪魔するものだ。現代の（男性の）学者たちは、アベラールに宛てたエロイーズの手紙――「私にとっては、愛人という名のほうが甘美に響いたのです。あるいはもしあなたが許してくださるなら、妾や娼婦という名でもよかったのです」――が、男の手で捏造されたものに違いないとしている。あんなふうに手紙を書いたり、考えたりする女は現実にはいないというわけだ。

第八章――王　King

イングランド王は三つのタイプに分けられる――善王、悪王、醜王。はっきり言って、これは確かな事実である。しかし、誰がどのタイプかはべつの問題だ。

たとえば、リチャードの名をもつイングランド王を見てみよう。まずは善王のリチャード一世――理想に燃える十字軍兵士で、イングランド屈指の戦士とされる獅子心王リチャード――だが、彼は本当に善き王だったのだろうか。次に悪王のリチャード二世――虚栄心が強く、誇大妄想狂の暴君――だが、これは彼の不幸を願う者たちの中傷によるものではないのか。そして醜王のリチャード三世――シェークスピアが生み出した奇形の怪物――は、本当にこの偉大な劇作家が描いたような人物だったのだろうか。

歴史というのは、私たちがその祖先について後世に伝えたいと思う物語からできている。そしてどの世代も、それぞれの見解や方針に合った物語を構築する。立場によってこれほど歴史の見方が違うのでは、私たちは何ひとつ当然のこととして受け取ることはできない。石に刻まれているような事実――歴代イングランド王の名前や、イングランド最後の侵略は一〇六六年だったという史実――でさえ、けっして見かけほど確実ではない。

口にするのもはばかられるイングランド王

では、誰にも言及すらされない王について取り上げてみよう。オスリックとインフリスという王の名はあまり聞いたことがないかもしれない。紀元六三三年、彼らはふたつの王国を支配していたが、両国はやがてノーサンブリアというひとつの王国となり、その後、ふたりはウェールズ北部のキャドワラ王によって殺された。

私たちがこのふたりの王について何か知っているとすれば、それはアングロ＝サクソンの修道士で歴史家のベーダが、約一〇〇年後に書いた『イングランド教会史 *Ecclesiastical History of the English Nation*』のなかで、彼らのことはどの国王一覧にも記されていないと述べていることだけだ。

今日に至るまで、その年月はすべての善良な民にとって不幸で憎むべきものと見なされてきた。（中略）したがって、このふたりの王の治世について記した者たち全員が、その不誠実な君主の記憶を消し去り、その年月を次なる王にして神に愛された男オズワルドの治世に加えることに同意している。

これと同じ運命が、ルイス一世にも降りかかったようだ。

最初にして最後（？）の国王ルイス

ルイは一二一六年、征服王ウィリアムとほぼ同じ規模の艦隊と、それを大きく上回る大軍を率いてイングランドを侵略した。彼は抵抗を受けることなく上陸し、ロンドンに到着したときには王として熱狂的に迎えられた。六月二日、この新たな支配者となったフランス王位継承者は、セント・ポール大聖堂の壮麗なミサに歓迎された。[1] 彼はロンドン市民をはじめ、諸侯の大半、そしてスコットランド王から忠誠の誓いを受け、[2] 支配下にある地域の統治はもちろん、残りの地域の征服にも着手した。

ルイは大法官（カンタベリー大司教の弟）とともにイングランドの大部分を支配し、少なくともギルバート・ド・ガント（ゴーント）という男を貴族に昇進させ、彼をリンカーン伯にした。ルイは諸侯をはじめ、ロンドン市民、ウェールズの貴族、そしてスコットランド王から国王として認められていた。そんな彼が正式な国王一覧で重視されていないという事実は、「イングランド王」という表現が厳密に何を意味するのかという難しい問題を提議する。

ルイがイングランドへやって来たのは、諸侯たちが彼を王位に就かせるために招いたからである。当時、ジョン王は、スティーヴン・ラングトンのカンタベリー大司教任命をめぐって教会と長く対立しており、それによってジョンは破門され、王国全土が聖務禁止令——礼拝の禁止——のもとに置かれた。一二一三年、教皇インノケンティウス三世は、フランス王フィリップ二世にイングランドを侵略し、ジョンからその王国を奪う権限を与えた。ジョンはリチャード一世の死後、次に王位を継ぐ立場にはなかった。だが、彼は国民によって選ばれたという理由で前任の大司教から王冠を授けられ、それは民衆の歓呼の声による確固たる選択とされた。フィリップ二世は評議会を召集し、息子の王太子ルイに侵略軍を指揮させ、イングランド王位を乗っ取らせることを決めた。ルイはジョンの姪と結婚しており、そのことが彼に王位継承権の根拠を与えた。

実際に侵略が行なわれたのはその三年後で、ジョンが当初承認したはずのマグナ・カルタを遵守しなかったため、イングランドの諸侯や大司教がルイを招聘し、ことを急がせた。ただ、ジョンはあらかじめイングランドを教皇に引き渡すという措置を講じていた。これは彼の破門と聖務禁止令が解かれ、さらには教皇の王国となったイングランドを攻撃することで破門にされるのは諸侯や司教たちであることを意味した。だが、これは彼らにとって大きな問題ではなかった——彼らに関するかぎり、ジョンは国をべつの支配者に引き渡したことで、王位に就く権利を失っていたからである。

一二一六年五月二一日、ルイとその軍隊はイングランドのサネット島に上陸した。彼は妻をつうじた継承権と諸侯たちに選ばれたという事実を根拠に、王位を主張した。

こうして彼は最初にして最後の国王ルイス一世として、歓呼の声とともにイングランド王と宣言された。たしかに司教から王冠を授けられたわけではなく、その意味では異例ではあったが、彼が王として統治したのは明らかである。一方、国を取り戻そうとしたジョンの試みは大規模な戦争に発展した。一〇月、彼はノーフォークのリンから北へ向かって出発したが、一行がウェランド川を渡って近道をしようとしたときにちょうど潮が満ちてきたため、戴冠用宝玉を含む荷物がすべて失われた。それは二度と見つからなかった。打ちひしがれたジョンは、慰めを得ようとリンカーンシャーのスワインズヘッドにあるシトー会修道院へ行った。シトー修道会本来の厳格な禁欲生活はすでに消滅しており、桃と新酒を大量に口にしたジョンは、赤痢にかかってあっけなく死んだ。

その結果、ルイがイングランドで唯一の王として残った。彼は（結婚による）王位継承権を主張する唯一の成人男性でもあった。ジョンには九歳になる息子――のちのヘンリー三世――がいたが、子供がイングランドの君主になることは許されていなかった。しかし、教皇特使はこのことをあまり問題とせず、まったく新しい継承ルールを考案した。彼はヘンリーをグロスター大聖堂へ呼び出し、そこでジョンに忠実だった少数の諸侯たちが参列するなか、ウィンチェスター司教による間に合わせの戴冠式が執り行なわれた――カンタベリー大司教とロンドン司教には先約があった。急遽、金の飾り輪が用意され、幼いヘンリーの頭にぽんと置かれた。こうして新しい王が誕生した。

一方、ルイはフランス人の側近とともに統治することを望んだため、イングランドの諸侯たちから支持を失った。そこへ登場したのが、かつて馬上槍試合の英雄として名を馳せ、ペンブルック伯の爵位を得ていた七五歳のウィリアム・マーシャルだった。彼は幼いヘンリーに代わって政務を行なう摂政の仕事を引き受け、ルイの追放に乗り出した――彼がいつもの有能さを発揮したことは明らかだった。一二一七年五月二〇日、リンカーンで大規模な戦闘が生じ、ルイは敗北を喫し、彼の軍隊は撤退した。数か月後、ルイは戦いを断念した。一二一七年九月、双方の間で条約が結ばれ、それによってルイは攻略した城を明け渡し、臣下をみずからへの宣誓から解放して、同盟者に武器を置くように命じた。そしてルイの側にいた誰もがヘンリー三世に忠誠を誓い、ルイはフランス王位を継ぐために母国へ帰った。こちらのほうがずっと確実で見込みのある仕事だったが、彼は即位から三年後に死んだ。

どこの王？

一二二〇年、ヘンリーは最終的にウェストミンスターでまともな戴冠式を挙げた。そして王国が継続的に機能できるようにするため、かつてルイに忠誠を誓った諸侯たちは、その事実を消し去ることにした。イングランド王ルイス一世という君主が存在したことを、彼らはなかったことにしたのである。

歴史の本に書いてあることは、新しい政府の意向に従ったもので、専制君主だったジョンに対する反乱を正当化し、諸侯たちが一時的にフランス王を「輸入」したことを巧みに言い繕っている。今でもその内容は変わらない。つまり、歴史書というのは非常に偏った書き方がされているため、読むほうも偏った読み方をする必要があるということだ。私たちが今、ジョン王について知っていることのほとんどは、彼の治世についてのごくわずかな記述によるもので、しかもそれらを書いたのはジョンの破門に激怒したか、あるいはルイ後の政権下にいた聖職者たちであり、[3]彼らは王権を弱体化させようと熱心だった。その後の歴史家たちは、ただ彼らの記述を写し取り、それを脚色したにすぎない。

王たちの権力

新体制下の年代記編者が旧体制の記憶を歪曲しようとするこのパターンは、イングランドの歴史をつうじて定着することになった中世の王のイメージを生み出した。それによれば、王というのは専制君主で、その気まぐれで利己的な権力には抑制が必要であるとされた。悪王ジョンはそうした専制君主の第一号で、数世紀後、王権に対するこうした見方が歴史家によって正当化され、一七世紀のイギリスの憲法革命やアメリカの独立戦争に役立てられた。マグナ・カルタ（大憲章）――ジョンの直臣たちの具体的な不満に対処した文書――が、イギリス憲法やアメリカ憲法の礎として神話化された理由はここにある。

一七世紀のイングランド屈指の法律家で、ピューリタン革命（大内乱）への前段階で議会を指揮したひとりだったエドワード・コークは、マグナ・カルタをチャールズ一世に対する攻撃手段として解釈し直し、国王でもコモン・ローには従わなければならないと主張した。彼は議会で、「マグナ・カルタは（中略）その上に君主をもたない」と述べた。彼の主張は、のちにアメリカ独立宣言の草稿を書いた第三代大統領トマス・ジェファーソンによって利用された。

一七世紀および一八世紀の著述家や、「立憲君主制」や共和制の熱心な支持者にとって、過去の歴史を調べ、王を専制君主として描くのに都合のいい材料を見つけることは簡単だった。体制が変わるたび、新しい政府当局は前体制を排除した自分たちがいかに感謝されるべきかをアピールする必要があった。これには、歴史上の人物を悪者として歪曲して伝えることも含まれた。

王権とその行使や乱用が、ほかの国々に比べて、イングランドでより問題となったのは、イングランドの王が、たとえばフランスの王とは大きく異なる立場にあったからだろう。フランスでは、君主の権力は比較的弱く、有力貴族がそれぞれの領地をそれぞれのやり方で統治した。こうした貴族にはイングランドの王も含まれ、王はフランスにおける領地をイングランドの王権によってではなく、ノルマンディーやアンジューといったフランスの地方の公爵として保有していた。フランス人が絶えずイングランド人と戦っていたのはこのためだ。そうした独立した有力貴族というのは、イングランドには存在しなかった。

そもそもヨーロッパの王位には、投票によって選ばれるという特徴があった（長男が自動的に王位を継承するという考え方はイングランドで始まり、それは幼いヘンリー三世を王位に据えるための駆け引きの一環だった）。クヌート（カヌート、一〇一七年から一〇三五年までイングランドを支配したデーン人の王）のような征服王でさえ投票で選ばれ、クヌートの場合、最初はデーンの海軍によって、最後はアングロ＝サクソンの賢人会議（有力貴族の合議）によって選ばれた。これは王位が他者によって与えられるものであり、少なくとも理論上は、他者によって退かされる可能性もあることを意味した。

一〇六六年のノルマン征服はそうした状況を一変させた。イングランド王位の条件は、必然的に征服王ウィリアムによって定められた。それは新しい種類の王位であり、武力のみにもとづく権力だった。彼の戴冠は臣民の承認を必要としなかった。ウィリアムは、ほかのどのヨーロッパの君主もできなかったことを成し遂げた――王国全土の実質的征服である。重要なのはヘースティングズの戦いではなく、そのあとに続く戦闘だった。彼はエクセターを攻略し、ヨークで残忍な「北部侵略」を実行し、チェシャー、シュロプシャー、スタッフォードシャー、ダービーシャーを略奪し、フェンズで反乱軍を壊滅させた。イングランド全土を制覇し、みずからの臣下を国中に領主として据えた彼は、奴隷ひとり、耕地ひとつに至るまで土地を徹底的に調査した台帳――『ドゥームズデー・ブック』――をつくり、封建制の鎖でつながった土地保有者全員が、王である自分に対して個人的に忠誠を誓うことを求めた。

イングランドを自分のものにしたウィリアムほど、王国を完全に掌握できた王はいなかった。また、彼は王位を気に入った息子に相続させた。もちろん、それは彼の死後、すぐに問題となった。彼がイングランドを託した次男の赤顔王ウィリアムは、やがて「事故」で命を落とし、その弟のヘンリーが王位に就いた。

しかし、王冠を載せる頭はなかなか安定しない。ヘンリー一世の死からすぐの一一四〇年頃に書かれたジョン・オヴ・ウースターの年代記には、ヘンリーが不満を抱く農民や乱暴な諸侯たちの悪夢に苦しむ様子が記されている。実際、国は崩壊へ向かっており、実際に崩壊した。

死をまえにしたヘンリーには嫡男がいなかった（彼には二五人もの非嫡出子がいたが、誰ひとりとして王の器とは見なされなかった）。彼は遺言によって娘のマティルダに王国を継がせ、諸侯たちに彼女への忠誠を誓わせたが、いったん彼が死去すると、甥のスティーヴンが王位を主張し、イングランドは内乱に明け暮れる「無政府時代」に突入した。ある年代記編者の表現を借りれば、それは「キリストとその天使たちが眠っていた」時代だった。

戦争が終わったのは、スティーヴンが王位に就くものの、マティルダの息子をその継承者とすることで双方が同意したときだった。その息子はヘンリー二世となり、崩壊した王国の再建に着手した。ヘンリーはイングランド王として全面的な権限を要求し、それは王の権力と大領主たちの権力の間にふたたび距離をつくることを意味した。征服王ウィリアムが使った手（敵の軍事的壊滅と戦利品の分配）はもはや選択肢になかったため、彼は国民を味方につける必要があった。ヘンリー一世の悪夢から逃れる唯一の道は、人々に彼がしていることを納得させることだった。とりわけ、それは彼が法的な権限によって行動しているという意識を生み出すことを意味した。当時、土地を保有する者はそれぞれの地所で独自の裁判を開いていた――イングランド全体の領主であるヘンリーは、全土の裁判官でもあり、その拠点は国王裁判所だった。

これは彼の切り札であり、効果的に使われた。彼は国中に裁判所を設け、王の名において民事問題を裁く権限を治安判事に初めて与えた。また、イングランドのコモン・ローの基礎とされる最初の法律教本が出版されたのも、この時代だった。ヘンリーは陪審による裁判も導入し、人々を国王の法的権限に参加させた。

彼はこの法的権限を貴族の領地や教会にも拡大した。もちろん、これは教会の反発を招き、カンタベリー大司教トマス・ベケットとの深刻な対立につながった。彼は法の権限を利用して、内乱中に王の許可なく建てられた城を取り壊した。また、彼は諸侯の「忠誠心」に頼るよりも兵を雇うことを選んだため、貴族にその軍役の義務に代わる税金――軍役免除金――を課した。これをきちんと機能させるため、記録管理も徹底させた。

当時、王の仕事はそれほど個人的なものではなかった。ヘンリーは王国をまとめるために、武力よりも有効と思われる法的・行政機構を構築していた。それは多くの点で、ノルマン征服以前に存在していた統治様式への回帰だった。つまり、人民の同意による統治であり、広く認められた伝統的な法的枠組みのなかでの統治だった（実際には、それは自由民の同意による統治で、隷農はこれに含まれていなかった――アングロ＝サクソン時代の奴隷が権利も権限ももたなかったように、自由のない彼らにはごく限られた法的権利しかなかった）。

しかし、ヘンリーの王権は理論上、法にもとづく王権ではあったが、それを牽制する制度はまったくなかった。ヘンリーはただ優れた政治家として、現実に実行できそうなことを行なっていた。それでも王位は彼の個人的財産であり、彼は誰に自分の跡を継がせるかを自由に選ぶことができた。生き残った息子たちのうちで最年長だったリチャードは、彼の第一候補ではなかった。

これが善王、悪王、そして醜王を生み出した。

善王リチャード一世

リチャードはオックスフォードで生まれたが、本質的にはフランス人で、母親エレオノールの宮廷があるアキテーヌで育った。ヘンリーは彼にアキテーヌを与えたが、イングランド王にはその弟ジョンを据えるつもりだった。これにはリチャードが殺人や強姦といった犯罪行為を重ね、アキテーヌで激しい非難を浴びていたことも影響していた。そのため、人々の間では彼の統治に対する大規模な反乱も正当化された――「彼は自由民の妻や娘、親戚を力づくで奪い、強姦し、みずからの激しい性欲が満たされると、今度は彼女たちを兵士らに使いまわさせた」[4]。

しかし、リチャードはジョンにイングランドを渡すつもりはなく、フランス王フィリップ二世の力を借りて、一一八九年に父親の軍勢を破った。失意のヘンリーはそのすぐあとに死去し、リチャードがイングランド王位を手に入れた。

彼がなぜそれほど動揺したのかはよくわからない。十字軍遠征のための資金をできるだけ多く調達しようとした彼は、戴冠式のためにロンドンに到着したが、まったく英語が話せなかった。さらに、ロンドンのユダヤ人社会の指導者たちが、高価な贈り物をもって宮廷へ参上したが、彼らはそこへ入ることを許されなかったばかりか、めった打ちにされ、各地に反ユダヤの暴動が広がった。リチャードは、自分が必要とするものを与えてくれようとした者たちへの仕打ちにひどく動揺し、その直後に国を出て、それから何年もイングランドに戻らなかった。彼はロンドンを嫌い、適当な買い手がいればいつでも売り払うと宣言した。

聖戦への熱狂はウイルスのようにヨーロッパを席巻していた。参加を拒む者は侮辱され、まるで彼らが女であるかのように羊毛を贈られた。司祭たちはヒステリックな反イスラム主義を煽った。その道具として人々の視覚に訴えたのが、エルサレムにあるキリストの墓をイスラムの騎士が踏みにじり、馬がそれに放尿している絵だった。
リチャードがその時代の英雄とされ、それから何世紀にもわたって伝説的人物とされたのは、もっぱら彼の十字軍戦士としての活躍のためだった。
しかし、この偉大な戦士は「異教徒の」サラディンからエルサレムを奪還できなかった。ドイツをとおって十字軍から帰還する途中（ひとりで、しかも変装して）、リチャードはオーストリア公レオポルト五世に捕らえられ、二年間を獄中で過ごした。善王としてＩＱも高かったはずの彼だが、なぜこんなことになったのかを理解できなかったようだ。

なぜ彼らは私をここに幽閉するのか
誰も私にこの悲しみの原因を教えてくれない。
それゆえ私は今、嘆きとともに不満を訴える。
私には多くの仲間がいるが、何の助けも得られない。
彼らが身代金も払わずに私を放置し、
ここでふた冬も惨めに暮らさせるとは恥ずべきことだ。

最終的に、彼は母親がイングランドの忠臣たちからかき集めた身代金によって解放されたが、そのために王国の財政は何年にもわたって逼迫した。一一九四年、リチャードはイングランドへ帰還して王位を取り戻したが、直後にふたたび国を離れ、二度と戻らなかった。しかも、彼は重税に苦しむイングランドの国庫金を使って、パリ北部に最新鋭のガイヤール城を建設した。その費用は一万二〇〇〇ポンドにのぼり、それまでのどの要塞よりも金がかかった。だが完成から六年後、城はフランスのフィリップ二世によって攻略された。

そのときにはリチャードはすでに死んでいた。一一九九年、彼はシャリュにある砦を攻撃中に命を落とした。数人の兵士が守っているだけの小さな砦で、最後までもち堪えられるとは思えなかったが、鎧をつけ忘れたリチャードは、城壁まで馬を進めたところを石弓で射抜かれた。一〇年間の治世で、彼がイングランドで過ごした時間は合わせて六か月だった。

そんな男がどうして「善王」として記憶されることになったのか。これはプロパガンダの影響としか思えない。

中世の情報操作

リチャードとその後継者ジョンの治世に書かれたラルフ・オヴ・コッグシャルの年代記写本を見ると、年代記編者が過去に対する見方をいかに都合よく変えていたかがよくわかる。第一段落は、リチャードが十字軍から帰還した一一九五年頃から始まっており、彼を「ノルマン民族の比類なき王の鑑」として熱狂的に称えている。ところが、ジョンが王位に就いたあとに書かれた次の段落では、書き方がまったく違っている。そこではリチャードが悪王として記されている——貪欲で（コッグシャルはこれほどの重税を課した王は彼が初めてだと言っている）、脅迫的で、盾突く者には容赦なく、誰に対しても残忍。

あの王が解放されて帰国してから五年のうちに取り立て、ため込んだ金は莫大で、長きにわたって統治した王も含めて、あれほどの金をむしり取った王はどの時代にも記憶がなく、どの歴史にも記録がない。

一方、新たに王となったジョンは、その「心が分別と忠義の精神に満ちた」王として、それまでとは正反対の書き方をされている。リチャードの存命中、ラルフはジョンのことをひどく批判的に書いていたが、そうした批判はこの当時の彼の年代記写本には見当たらない。私たちにわかっているのは、ラルフが自分の書いた形跡を消すまえに、ロジャー・オヴ・ウェンドーヴァーというべつの年代記編者が彼の原稿をすっかり書き写していたということだけだ。いったんジョンが王位に就くと、ラルフはこの新しい王に対する批判を慎重に消し去り、その部分を大法官の免職や司教の叙階など、新たな細かい史実で埋めた。[5]

もちろん、ひとたびジョンが失脚すると、彼はたちまち「悪王」となり、代わりにリチャードが「善王」として復活した。

王権の制限

マグナ・カルタは、後年のジョンの治世に大きな影響を及ぼしたが、王権を牽制する新たな制度は何も生み出せなかった。本質的に、それはしかるべき法を守るという王の意向を述べた戴冠誓約を補足したもので、そうした法のいくつかについて詳しく説明していた。

諸侯たちをこの大憲章の要求へ駆り立てたのは、王室機構、とくに戦時の王室機構の維持にかかる費用の問題だった。ジョンとリチャードはどちらも封建諸税や法的課税の大幅アップによってこれに対処しようとし、マグナ・カルタの大部分はこれらを無効にしようとするものだ。反乱諸侯たちはジョンの「専制」——言い換えれば、彼が法を無視して統治していたこと——に不満を訴えたが、彼らの言っている法とは必ずしも私たちが理解しているようなものではなかった。彼らは王から免除特権を与えられていたが、王の統治ではこの特権の値段が極端に高かった。王に対する義務の免除金の価格は、一〇〇ポンドから六六六六ポンドに跳ね上がっていた。

しかし、ほかの条項——たとえば、「今後はいかなる役人も、裏づけとなる確かな証拠を提出することなく、勝手な供述にもとづいて人を裁判にかけてはならない」や「裁判官や城守、州長官といった役職には、王国の法を理解し、それを正しく守ろうとする者しか任命しない」——については、王国が法にもとづいて営まれ、それらの法は王に対しても拘束力をもつという考え方を、諸侯たちが確固としてもっていたことを示している。

要するに、彼らには適切な王権のあり方についての概念があり、マグナ・カルタはそれが意味するところを明確にしようとした。

王権のもっとも重要な問題は、適切な統治を行なうための仕組みをどう確立するかということだった。おそらくある程度まで、これには教会が関与していた。一一世紀から一三世紀にかけて、教会はときに一国の君主をひざまずかせ、屈服させることができた。実際、ヘンリー二世はカンタベリー大聖堂の祭壇でひれ伏し、大司教トマス・ベケット殺害に対する贖罪として鞭打ちの罰を受けなければならなかった。また、王権には反乱を招き、ついには退位させられ、殺される危険もあった。だが最終的に、王権は民衆の（あるいは少なくとも諸侯の）合意にもとづく仕組みに行きついた。

民主政治のもつ危険

ただし、そうした合意が民主的な形で正式に承認されるべきだという考え方は、まったくの誤りと見なされた。私たちは、成人市民に自分たちを統治する政党を選ぶ機会が定期的に与えられることを理想の政治制度だと思い込んでいるようだが、これはごく最近の考え方である。イギリスの哲学者で、民主主義思想に大きな影響を与えたジョン・ステュアート・ミルでさえ、

「多数派の専制」を警戒していた。この危険性については、中世ではよく認識されていた。ダンテが民主政治を専制制度のひとつとし、君主制なら、そこから人々を守れるとしたのはこの理由による。

人類がほかの何かのためではなく、それ自身のために存在するのは、君主が統治しているときだけである。というのも、民主政治、寡頭政治、専制政治といった歪んだ政治体制がきちんと正されるのは、そのときだけだからである。（これらをすべて経験している者には明らかなように）こういった政治体制は人類を奴隷にさせる。

「民主政治」への反対論は、チョーサーの言葉にも反映されている。

物事の真実やそれによる利益は、勝手な要求を口々に叫んだり、訴えたりする烏合の衆によってよりも、分別と理性にあふれた一部の者たちによってのほうが見出しやすい。

ただし、君主制がきちんと機能するためには、君主が法律を自己の一部として内在化させる必要があった――彼は他者の行為に対してと同じく、自分自身の行為に対しても厳格な判事でなければならなかった。全権を有する強力な君主とただの専制君主との違いはここにある。

もし王が民衆の利益のために統治したなら、彼は統治者にふさわしい君主だった。しかし、王が自分自身の利益のために統治したなら、彼は専制君主だった。一四世紀、パリ大学の学長を務めたパドヴァのマルシリウスはこう書いている。

王による君主政治は、ひとりの統治者が公共の利益のために、その臣民の意思と合意にもとづいて統治するという穏健な政治体制である。専制政治はその反対で、ひとりの統治者が自分の個人的な利益のために、その臣民の意思を無視して統治するという不健全な政治体制である。

統治の中心にあるのは、王への服従の義務だった。これは王国の平和、名誉、繁栄のすべてにおける基礎とされ、それだけに王に従えば必ず報われるというようにするのが王の務めだった。政治の第一の役割は、人々が平和で安全に暮らせるようにすることであり、強力な中央集権による君主制は、そのために不可欠なものと理解されていた。というのも、個々の諸侯は公共の利益に関心がなく、放っておけば、国をずたずたに引き裂いてしまうのは明らかだったからだ。満足な統治が失われるのは、王権が強力すぎるからではなく、それが貧弱すぎて諸侯の支持を得られず、彼らを支配できなくなるからだった。

ヘンリー三世とその息子のエドワード一世は何とか満足な統治をしたが、次の王位継承者のエドワード二世は完全に失敗した。彼は最終的に諸侯たちに退位させられ、王国は彼の妻とその愛人によって、一五歳になる息子エドワード三世の名において乗っ取られた。これは専制政治に対する反乱ではなく、無能に対する反乱だった。エドワード二世は、嫌われ者の寵臣に深入りしたこと、そして戦争指導者として完全に失格だったことから、支持者となり得る者たちをすべて遠ざけた。

エドワード三世は、未成年の王が直面する数々の困難を経験しながら成長し、やがて立派な大人となって、母親の愛人を捕らえて処刑した。しかし、晩年に長男のエドワード黒太子を亡くしたため、その王位はべつの子供に受け継がれた——一〇歳の孫息子リチャードである。

「悪王」リチャード二世

歴史家のほとんどは、リチャード二世がイヤな奴だったという意見で一致している。「うぬぼれが強い」、「誇大妄想狂」、「ナルシスト」、「不誠実」、「執念深い」、「専制的」というのが、彼を形容する言葉として多いものだ。おまけに、かなりの数の歴史家たちが彼を「精神異常」と記している。

『オックスフォード・イングランド史 *Oxford History of England*』によれば、一三九七年以降の彼の行動は「突然の錯乱によるもので、精神不安の兆候を示唆している。もし一三九七年以降のリチャードが正気だったとすれば、彼は自分から正気で騒ぎを起こしたことになる」[6]。

リチャードがうぬぼれの強い男だったのは確かだろう――自分に生き写しの肖像画を依頼したイングランド王は、彼が最初ではなかっただろうか。また、誇大妄想狂というのも、まさに彼のことだ――リチャードは自分のことを従来のように「殿」ではなく、「陛下」と呼ばせ、人々をひざまずかせた。

執念深い傾向についても、彼が一三九七年、イングランド屈指の大貴族三人を突然に排除したことからも明らかだ。彼はウォリック伯を流刑にし、アランデル伯リチャードを処刑し、グロスター公トマス・オヴ・ウッドストックを暗殺させた。

しかし、現代の歴史家たちは、むやみにリチャードの悪いところばかりを信じる傾向があり、実際には起こらなかったことまで彼のせいにしている。たとえば、リチャードの精神異常を示す証拠のひとつとして、ある修道士が王のまえに現れ、ランカスター公ジョン・オヴ・ゴーントが王の命を狙ったと訴えた事件がある。修道士が執拗にそう主張したため、リチャードはランカスター公をすぐに死刑に処すように命じた。分別のある側近たちがそれを押しとどめると、リチャードは癇癪を起こし、ケープと靴を窓から投げ捨て、狂人のように振る舞いはじめたという。

この話は、リチャードの初期の精神異常を示す確たる証拠として、歴史家たちによってまことしやかに語られてきた。しかし、一九五三年、ある研究者が、ヴィクトリア朝時代の編集者によって年代記のケープと靴についての一文が置き違えられていたことを指摘し、狂人のふりをしたのは、じつは嘘の告発がばれると悟った修道士のほうだったことを明らかにした。実際、リチャードは側近の言葉に耳を傾け、その年代記によれば、「賢明にも彼らの助言に従って（中略）行動することを約束した」。

とは言え、これほど馬鹿げた話がいとも簡単に信じられたということは、リチャードに対する歴史的見方が操作された可能性を示唆している。

執念深いリチャード？

ウォリック伯、アランデル伯、グロスター公は、リチャードが一三七七年に王位を継いで以来、ずっと彼の悩みの種だった。一三八七年、彼らは公然と彼に反旗を翻した。彼らは国王軍を破り、リチャードの側近たちを次々と滅ぼした――王の親しい友人や相談役など約一八人を拷問し、処刑した。

これとは対照的に、リチャードが一三八九年にふたたび権力を取り戻したとき、彼は誰も処刑しなかった。八年後に行動を起こしたときも、彼はそれを局部攻撃にとどめ、取り巻き連中には復讐しなかった。また、拷問もしなかった。彼は自分を裏切り、自分に不利になることばかりしたこの三人の厄介者を排除しただけだった。

つまり、人々が思うほど彼は執念深い性質ではなかったのである。

誇大妄想狂のリチャード?

リチャードが王権の象徴を歴代のどのイングランド王よりも洗練させたのは確かなようだ。しかし、それは誇大妄想の表れだったのだろうか。

実際、彼が「陛下」といったより高尚な呼称を採用したり、頭を下げるといった儀礼的挨拶を導入したりしたことは、当時のヨーロッパの宮廷でごく一般的だった流儀を取り入れようとしたにすぎない。

いずれにせよ、一四世紀の政治思想家たちは、強力な中央集権による君主制を専制政治ではなく、啓蒙的支配と見なしていた。もう一方の選択肢として貴族政治があったが、彼らは絶えずいがみ合っては王国を混乱に陥れていた。

王に絶対的権力を握らせるという考えは、実際、特権を脅かすものではなく、それを守るものと見なされた。一三八一年の反乱の最中、ワット・タイラーが貴族政治を廃止し、王が直接人民を統治することを提案したとき、彼はけっしてその場の思いつきでそう言ったのではない。彼は当時の政治思想家の間で一般的だった考えを表明したのである。

リチャードが所有していたことが明らかになっている数少ない本のひとつに、キプロスの元大法官フィリップ・ド・メジエールが書いたものがある。そのなかで、フィリップは理想の王国について記しているが、現代の読者は君主制が社会主義といかに結びついているかを知って驚くかもしれない——私有財産の廃止と「それぞれの必要に応じた各人」への富の分配。

すべての果実はその住人によって、それぞれの必要に応じて各人で共有され、『自分のもの』という言葉はけっして聞かれなかった。（中略）専制政治や暴政というものはその果樹園から排除されたが、王は権威と公共の利益の象徴として存在し、人々から父親のように敬愛された。それはまったく驚くに値しない。というのも、王はその臣民、その果樹園の住人たちの幸福につねに関心を寄せ、彼も彼の子供たちも何も所有しなかったからだ。[8]

「ウィルトンの二連祭壇画」には、リチャードがイングランドの旗を赤ん坊のイエスから受け取ろうと両手を広げている様子が描かれている。つまり、イングランドは聖なる信託財産であり、金のなる木ではないということだ。

では、リチャードはなぜ「悪王」と呼ばれるようになったのだろうか。

ヘンリー四世のプロパガンダ

それは昔からよくある話だ。ヘンリー・ボリングブルックは不当な王位簒奪者で、不実にも、騎士道にもとづく騎士としての忠誠の誓いに背き、従兄から王位を奪い、彼を殺させた。この王位簒奪者はみずからの罪の意識だけでなく、彼をまさしく裏切り者と見なした当時の世論も和らげる必要があった。

ヘンリー四世の治世の年代記編者の主張と異なり、イングランドへ戻ったボリングブルックは、民衆から安堵や解放感とともに迎えられたわけではなかった。彼は上陸に安全な場所を見つけることにさえ苦労し、「船隊に海岸線を行ったり来たりさせ、王国のあらゆる地域へ少しずつ近づいた」。彼はついにはるか北のヨークシャーに上陸することを決めた。ロンドンの市長や参事会員たちはリチャードが捕虜にされるまで彼を手放さず、捕虜にされてからも商談を有利に進めた。しかし、実際はそんなふうに記されたわけではない。ボリングブルックは歴史の記述を非常に重視した。

権力を握った彼はすぐに国中の修道院や主要な教会に書簡を送り、「これらの宗教施設の指導者たちに、征服王ウィリアムの時代から現在に至るまでのイングランド王国の状態や統治に言及した年代記のすべてを、いつでも検査できるようにすることを指示した」。これらの写本には数々の削除や修正の跡が今も残っており、ボリングブルックとその父親に対する批判が消され、反リチャードの要素が加えられて、修道士たちもその意味を十分によく理解していたことがうかがえる。ロンドン市の記録文書は、王位簒奪の時期を含んだ二枚半のページがナイフで切り取られている。

ほかの著述家たちにも、新しいポリティカル・コレクトネス（政治的正当性）に従うように圧力がかけられていたことがわかる。チョーサーより一〇歳ほど年上で、おそらくすでに失明していた詩人のジョン・ガワーは、説話集『恋する男の告解』（伊藤正義訳、篠崎書林、一九八〇年）の写本をできるだけ当時の政治的正説に合わせようと涙ぐましい努力をしている。彼はもともとその詩をリチャードに捧げていたが、王位簒奪にともなう恐怖と不安のなかで、それをヘンリーに献呈するものとして書き変えた。ジョン・ガワーは、王位簒奪のずっとまえにそうした改変をしたようにさえ見せかけた。

ヘンリーの圧力は、この詩人が一字一句書くたびに、その肩に重くのしかかったに違いない。

リチャード二世は、権力の基盤が圧倒的な軍事力や政治的陰謀ではなく、主権者の大いなる権威にあると考えていた。彼の宮廷は軍事的権威ではなく、魔力の源泉だった。そこでは王の正義という至高の権威が王妃の仲裁という慈悲によって和らげられ、礼儀や礼節が重んじられた。

だが、そういったことは諸侯にとっては何の利益にもならず、彼らの影響力や権力を高めることにもならなかった。彼らには戦争が必要だった。『リチャード二世の治世 *Vita Ricardi Se-*

cundi』の年代記編者は、リチャードが「対外戦争では弱腰で、これといった戦果を挙げられなかった」と批判した。実際、彼は戦争の代わりに馬上槍試合を開催し、優雅なダンスや音楽を楽しんだ。トマス・ウォルシンガムは、リチャードの廷臣たちを厳しく批判している。

こうした連中は、王と近しい関係にありながら、騎士として知っておくべきことにまったく関心がない――私が言っているのは武器の使い方についてだけではない。狐狩りや鷹狩り――王の名声を高めることに役立つ活動――など、高貴な王が平時に関心をもつべき事柄についてもそうだ。

（『イングランド史 *Historia Anglicana*』）

実際、リチャードはイングランドに王権の新しいヴィジョンをもたらし、戦争の術だけでなく、平和の術にも関心をもつ王として君臨した。王の役割とは、戦時と同じく、平時にも有効な権威の対象を生み出すことだった。実際、ヘンリー四世とそれに続く王たちは、リチャードのこの功績を土台にしようとした。

三人目にして最後のリチャード王も例外ではなかった。だが、またしても、彼を中傷する者たちのプロパガンダによって、その評判は損なわれた。

悪王

もちろん、私たちはみなリチャード三世という王がいたことは知っている。しかし、私たちが知っているその人物は、実際に王位に就いた男とはまったくの別人である。現実のリチャードは姿を消し、代わりに現れたのはボール紙を切り取ったような悪党で、舞台に登場するといつも野次やブーイングを浴びる悪役である――これはシェークスピアが生み出したキャラクターで、その怪物のような王のイメージは、きわめて偏った史料にもとづいていた。英国の俳優ローレンス・オリヴィエのスクリーンでの名演技は、シェークスピアがつくり出した卑劣な男のイメージをそのまま体現している。自分が精神異常であることを知っている彼は、その顔に怪しげな微笑を浮かべ、世間に対して曲がった背骨の恨みを晴らそうと復讐心に駆られている。

おれは、生まれながら色恋遊びには向いておらず、
鏡を見てうっとりするようなできぐあいでもない。
このおれは、生まれながらひねくれて、気どって歩く
浮気な美人の前をもったいつけて通る柄でもない。
このおれは、生まれながら五体の美しい均整を奪われ、

ペテン師の自然にだまされて寸詰まりのからだにされ、
醜くゆがみ、できそこないのまま、未熟児として、
生き生きと活動するこの世に送り出されたのだ。

おれは色男となって、美辞麗句がもてはやされる
この世のなかを楽しく泳ぎまわることなどできはせぬ、
となれば、心を決めたぞ、おれは悪党となって、
この世のなかのむなしい楽しみを憎んでやる。
筋書きはもうできている、その危険な幕開きは

（『リチャード三世』小田島雄志訳、白水社、一九八三年）

もちろん、イングランドにそんな王はおらず、リチャードは脊柱後彎症でさえなかった。英国王室が所有する「ロイヤル・コレクション」には彼の肖像画があり、それはおそらく彼から王位を奪ったヘンリー七世の治世に描かれたものと思われるが、専門家のなかには、その絵が背中の曲がった姿に描き変えられたと主張する者もいる。この主張が正当かどうかはさておき、リチャードがイングランド王位の簒奪を企て、暴君として君臨したという話をつくり出すまでには、じつに途方もない量の工作がなされていることは明らかだ。

そもそも中世の王は合意による統治を行ない、それ以外の方法は不可能だった。ほぼすべてのイングランド王にとって、これは基本的にイングランド南部と中部の貴族たちの合意を意味し、北部の諸侯たちはつねに無視されていた。それが結果として薔薇戦争という内乱に発展し、これはエドワード四世が北部諸侯を倒したことでいったん決着した。

エドワードはそこで、弟のリチャードに北部の人心掌握の仕事を任せた。王がロンドンで統治する一方、グロスター公のリチャードは一種の副摂政としてヨークへ派遣された。一四七六年、彼は五〇〇〇人の兵士とともに現地に到着した。しかし、ヨーク市の記録によれば、彼は武力で押さえつけるために来たわけではなかった――「挨拶が交わされたあと、公爵は市の役人にブーサム・バーの城門内部で話しかけ、自分は法の支配と平和を守るために王から派遣されたと言った」。

事実、リチャードは行政や裁判の細かい事柄にまで心を砕いた。彼に出された嘆願書からは、彼がその地方の生活にどっぷり浸かっていたことがわかる。

正義にして偉大なる公よ、われらの完全なる監督にして格別に優れた領主よ、小生が、あなた様の高貴で高潔な領主の地位をほかの何よりも信頼し、殿下に懇願いたしますのは、（中略）筌《うえ》［魚取りの一種］の改良に関することです。

一四八二年、ヨーク市は「その優れた働きぶり、そして正義にして高貴で強大なる公がつねにこの市の幸福のために行なってきた善意と慈悲に満ちた領主の仕事に対して」、リチャードに贈り物を進呈した。評議会のプレゼント袋から出てきたのは魚だった――「カワカマス六匹、テンチ六匹、ブリーム六匹、うなぎ六匹、チョウザメ一樽」、さらに地元特産のスパイス入りのパン、そしてこれらすべてを流し込むためのワイン一四ガロン（約六四リットル）。

そんなリチャード三世を悪人に仕立てた伝説の中心的要素が、いわゆる「ロンドン塔の王子たち」で、彼が殺したとされるエドワード四世のふたりの息子である。一四八三年、死をまえにしたエドワードは一二歳の長男エドワードを後継者に指名した。リチャードはこの少年王が大人になるまで護国卿を任じられた。しかし、王が四月九日に死去したとき、リチャードはイングランド北部におり、王子は母方のウッドヴィル家の手中にあった。

彼らはリチャードが王の死を知るまえに王子をロンドンへ行かせ、五月四日に強引に戴冠させようとした――これは彼らが幼い王と王国の支配権を手に入れるためのクーデターだった。リチャードは何とかそれを阻止し、王子をロンドンへ護送して、彼をロンドン塔の王族部屋に入れ、戴冠式の日程を六月二二日に変更した。六月一三日、リチャードに対する大規模な陰謀が発覚し、エドワードの幼い弟（ヨーク公リチャード）も塔に入れられた。エドワードの戴冠式は一一月まで延期された。

六月二二日、ロンドン市長の兄弟である神学者のラルフ・シャアは、エドワード四世とエリザベス・ウッドヴィルとの結婚が、秘密裡に行なわれたもので、王はすでにレディー・エレノア・バトラーと婚約していたため、この結婚は違法なものだったとロンドン市民に都合よく断言してくれた。リチャードは兄エドワード四世の忠実な補佐官として、生涯のほとんどをイングランド北部で過ごしていた。彼は人々から広く支持と信頼を集め、市民全員のことを知っている有能な統治者だった。当時、王位継承の正統性が損なわれ、王国はようやく抜け出したばかりの激しい内乱にふたたび突入しようとしていた。リチャードはみずからこの危機に立ち向かい、もしエドワード四世の子供たちが庶子ならば、亡き王の実弟である自分こそがその正統な継承者であるはずだと宣言した。六月二六日、彼は歓呼の声とともに王として認められ、七月六日に戴冠した。ふたりの王子は姿を消し、その後のテューダー朝の公式見解では、リチャードが彼らを殺したとされた。

　歴史家たちが最初にして最後の国王ルイス一世について議論するとき、彼は戴冠式を行なっていないため、イングランド王に数えられるべきではないとされることが多い。しかし、幼いエドワードは、戴冠もしていないばかりか、統治もしていないという事実にもかかわらず、エドワード五世として王に数えられている。これは有意な王位継承権をもたなかったにもかかわらず、一四八五年に王座を奪ったヘンリー・テューダーにとって、リチャードを国王殺しに仕立てる必要があったからだ——そのために、幼いエドワードは王として認められたのである。

　実際、このふたりの王子の殺害に関心をもつ者がいたとすれば、それはヘンリー・テューダーだった。
ふたりの子供の骨は、リチャードの邪悪な所業の証として、今もロンドン塔に展示されている。彼らの骨が発見されたのは一七世紀で、新たに調査が行なわれた一九三三年当時、それは犯罪の決定的証拠とされた。しかし、その骨がいつの年代のものかは誰にもわからない。
リチャード自身の生涯におけるあらゆる証拠によれば、彼は暴君ではなかった。彼が王になってほぼ最初にしたことは、ヨークのワイン商人に借りていた二〇〇ポンドを全額返済したことだった。そんな暴君がいるだろうか! それから彼は宮廷の関係者全員を北のヨークへ連れて行き、二度目の戴冠式を華々しく執り行なった——彼の書記官はヨーク市自治体に盛大なショーを演じるように助言した。それはヨークシャーの羊毛を宣伝する絶好の機会でもあった。

国王陛下が進まれる通りという通りに、美しいつづれ織りの衣やタペストリーなどを掛けて飾った。というのも、そこには一般の多くの南部諸侯や身分の高い人々がいっしょにいたからである。

ヨーク市は素晴らしいショーを演出し、多くの市民がこれに気前よく寄付した。市長と参事会員たちはいずれも緋色の服を着て、王や王妃とともに馬で織り物の町を進んでは、途中で手の込んだ見せ物や展示に立ち寄ったりした。彼らは町を羊毛のディズニーランドに変えたのである。

多くの南部諸侯にとって、それはまるで薔薇戦争が審判のもとへ差し戻され、とくにリチャードが宮廷をヨーク出身の家臣で固めたことから、最終的には北部が勝利したと判定されたように思えた。不満を募らせた彼らは、ヘンリー・テューダーを支持して王位を乗っ取らせた。リチャード三世は戦死した最後のイングランド王となった。しかし、ボズワースの戦いにおける彼の死の知らせがヨークの評議会室に届いたとき、評議員たちはこれでイングランドが暴君から解放されたと喜んだわけではなかった。

この町にとって大きな悲しみであることに、かつてわれわれを情け深く統治していたリチャード王は、ノーフォーク公をはじめ、王に背を向けた多くの者たちの恐るべき裏切りにより、これら北部地域の多くの諸侯や貴族とともに、哀れにも殺され、死に追いやられた。

それは市の記録に書き残すにはあまりに危険な事柄だったが、心からの真実だったに違いない。では、なぜリチャードに背中の曲がった残虐な暴君というイメージがついたのだろうか。

おれは兄の娘と結婚せねばならぬ、さもないとわが王国はもろいガラスの上にあるようなものだ。
まずあの王子たちを殺し、次にその姉と結婚する！
まるで綱渡りだ！　だがここまで血の流れに
足をひたした以上、罪が罪を呼ぶにまかせるほかない。
涙もろいあわれみ心などこの目に宿ってはおらぬ

（前掲書、小田島雄志訳）

それはテューダーの強力なプロパガンダの影響だ。ヘンリー七世――ヘンリー・テューダー――は王位を奪ったものの、彼の王朝は不安定な土台の上にあった。王位簒奪を正当化するためには、リチャードという架空の怪物をつくり出す必要があった。

リチャードの存命中、著述家のジョン・ラウスは彼のことを「偉大なる公にして、格別に優れた領主」と記した。ところがテューダー家が権力を握ると、ラウスは彼をキリストの敵も同然に描いた――「リチャードは母親の子宮のなかで丸二年を過ごし、歯が生えそろった状態で生まれてきた」。その一〇〇年後に『リチャード三世』を書いたシェークスピアは、自身がテューダーの君主に仕えていた。彼のおもな情報源はテューダー家に仕える者たちによって書かれたテューダーの文書だった。

中世の王だからと言って、すべてが専制政治に励んでいたわけではない。多くの点で、彼らはその臣民よりずっと不自由だった（もちろん、ずっと裕福ではあったが）。「善王」とか「悪王」とかいった物語は、彼らの跡を継いだ者たちのプロパガンダによるものだ。そして誰がイングランド王で、誰がそうでないかという問題でさえ、本人たちが死んだあとに決められたものにすぎない――年代記編者によって。

プロパガンダ、汝の名は歴史なり。

謝辞

われわれは、本書のテレビ・シリーズのプロデューサーで最初の二作品の番組のディレクターを務めたポール・ブラッドショーをはじめ、以後の作品でプロデューサーおよびディレクターを務めたナイジェル・ミラーとルーシー・クック、リサーチを担当してくれたニック・エンジェルとクレア・モッターシードおよびケート・スミス、諸事の調整をしてくれたアナベル・リー、さらにアリックス・ボヴィー、ジョシュ・キー、マーク・ティリー、キャサリン・クーパー、レーチェル・シェーディック、ジャッキー・ロートン、クレア・ミルズ、キャシー・フェザーストーン、ケート・ハーディング、そしてオックスフォード・フィルム・アンド・テレビジョンのすべての関係者に、この場を借りて謝意を表したい。あわせて、エグゼクティヴ・プロデューサーのニコラス・ケントとヴァネッサ・フィリップスにも、お礼を申し上げたい。また、番組シリーズで歴史顧問を務めてくれたリチャード・ファース・グリーン、アンソニー・ムッソン博士、グリン・コパック博士、キャロライン・バロン、ブレンダ・ボルトン博士、クリストファー・ティアマン博士、フェイ・ゲッツ博士、ヘンリエッタ・レイザー、アンドリュー・プレスコット教授にも心から感謝を述べたい。最後に、本書の執筆に貴重な力添えをしてくれたジャネット・ネルソン教授にも感謝したい。

テリー・ジョーンズ、アラン・エレイラ

訳者あとがき

本書は、二〇〇五年に英国のBBC Booksより、同名のテレビ・シリーズに合わせて出版されたTerry Jones' Medieval Livesの翻訳である。著者のテリー・ジョーンズは、言わずと知れた伝説のコメディー・グループ「モンティ・パイソン」の元メンバーで、本国では歴史家としても知られ、とくに中世をテーマにした数々の著書や番組を手がけている。

訳者として、最初にこの点だけは明記しておきたいのだが、本書はあくまでも真摯な歴史書であり、著者が元モンティ・パイソンだからと言って、お笑い歴史パロディだと思ったら大間違いである。イングランドがノルマン人に征服された一〇六六年から、ヘンリー八世がローマ・カトリックと決別し、国内の修道院を解散させた一五三六年までの四七〇年間を「中世イングランド」とし、当時の人々のさまざまな身分や職業を独自の視点から解説したのが本書である。ただし、この独自の視点というのがミソで、著者のテリー・ジョーンズはその独特の皮肉っぽい視点から、中世に対する間違った先入観やイメージを覆し、事実にもとづく真の中世の姿を明らかにしようとしている。

たしかに、中世と言えば、一般に「暗黒の時代」と呼ばれ、無知で野蛮な空気が世の中を支配していたという印象がある。そこには残忍な暴君がおり、貧しい農民がおり、禁欲的な修道士がおり、ロビン・フッドのような「正義の味方」がおり、「囚われの乙女」を救う「白馬の騎士」がいた……と私たちは考えがちだ。しかし、中世とは本当にそんな時代だったのだろうか。本当に農民は粗末なあばら家に住み、修道士は清貧を実践し、ロビン・フッドは弱きを助け、乙女は無力で、騎士は勇気と礼節のシンボルだったのだろうか。本書によれば、じつはそうでもなかったようだ。多くのさまざまな史料が物語っているように、中世の農民はわりと豊かな暮らしをしていたし、ロビン・フッドや「白馬の騎士」はけっこう残虐で、「囚われの乙女」は意外としたたかだった。おとぎ話に出てくるようなロマンティックな中世のイメージは、創作から生まれた虚像であって、実際は違うというわけだ。そんなステレオタイプなイメージは捨てて、もっとリアルで生き生きとした中世を知ってほしい——これが本書のスタンスであり、著者の切なる願いである。

そもそも歴史とは、後世の人間が自分たちに都合のいいように事実を書き変え、編集した物語にすぎない。たとえば、リチャード三世が背中の曲がった醜い暴君で、私欲のために幼い王子たちを殺した非道な男として伝えられているのは、彼から王位を奪ったヘンリー・テューダー（ヘンリー七世）の意図的な情報操作によるものだ。彼は王位簒奪というみずからの行為を正当化するため、リチャードを悪人に仕立てる必要があった。もちろん、こうした偽りの人物像を決定的にしたのがシェークスピアであることは言うまでもない。王だけでなく、中世の農民や詩人、無法者、修道士、哲学者、騎士、乙女についても、私たちが抱いているイメージは、のちの時代の偏った解釈、あるいは小説や映画の影響によるところが大きい。著者は『ハムレット』の名セリフになぞらえて、こう締めくくっている――「プロパガンダ、汝の名は歴史なり」。私たちがそんなプロパガンダに惑わされ、中世の人々の真に豊かで人間らしい営みを見逃しているとしたら、それはとても残念なことだ。読者の皆さんにとって、本書が中世への新しい扉となることを願っている。

なお、翻訳にあたっては、歴史上の身分や役職など、適当と思われる日本語訳がないものについてはカタカナ表記とし、括弧に原語を併記した。また、可能なかぎりの調査と推敲を重ねたつもりだが、訳者の不勉強による誤りもあろうかと思う。ご教示いただければ幸いである。

最後に、本書の刊行にあたって、編集の労を執ってくださった株式会社原書房の大西奈己さん、ならびに翻訳のご縁をくださったオフィス・スズキの鈴木由紀子さんに、心からお礼を申し上げます。また、深夜に及ぶこともたびたびだった翻訳作業を支えてくれた家族にも感謝します。

二〇一七年二月

高尾菜つこ

注

第一章　農民

1. Sir Michael de la Pole, 1383 Rot. Parl., III 150
2. Cliff Bekar, *Income Sharing Amongst Medieval Peasants: Usury Prohibitions and the Non-Market Provision of Insurance* (Lewis and Clark College, Oregon, USA).
3. M.Treitez, *The Great Hunger of 1044: The Progress of a Medieval Famine, in Serve it Forth 11* (June 1999) *and 12* (Oct 1999).

第二章　吟遊詩人

1. Guido, bishop of Amiens, *Carmen de bello Hastingensi*, v. 931–44 (in Mon. Hist. Brit.,1848); Henry of Huntingdon, Historia Anglorum (in Rer. Brit. med. aevi script., p.763, ed.Arnold, London, 1879); Wace, Roman de Rou, 3rd part, v. 8035–62, ed.Andresen(Heilbronn, 1879).
2. Norman Moore, ed. *The Book of the Foundation of St. Bartholomew's Church in London*, Early English Text Society, no. 163 (1923).
3. フロワサールがこのときのことを記している。彼はジョンがフランス語で歌ったとは言っていないが、チャンドスの紋章官が黒太子の生涯を伝える詩を書いたとき、それがフランス語だったことから、彼が英語で歌ったとは考えにくい。
4. *How king Edward & his menye met with the Spaniardes in the see,The Poems of Laurence Minot 1333–1352*. Originally published in *The Poems of Laurence Minot 1333–1352,* edited by Richard H. Osberg, trans A. Ereira (M.I. Kalamazoo:Western Michigan University for TEAMS, 1997).

第三章　無法者

1. G. Spraggs, *Outlaws & Highwaymen* (Pimlico 2001), p. 24.
2. H. Rothwel, ed., *English Historical Documents 1189–1327* (NewYork: Oxford University Press, 1975), III, pp. 566–7.
3. Translated by G. Spraggs from 'Trailbaston', ed. I.S.T. Aspin in *Anglo-Norman Political Songs* (Oxford, Blackwell for the Anglo-Norman Text Society, 1953), pp. 67–78.
4. Rot. Parl. III 504.
5. *A Relation of the Island of England about the year 1500* (Camden Soc., 1847), pp. 34–5.
6. M. Keen, *The Outlaws of Medieval Legend*, Routledge, p. 200.

第四章　修道士

1. Aelred, *Mirror of Charity*, bk. II, ch. 23, trans. E. Connor, cited by Julie Kerr in 'An Essay on Cistercian Liturgy in-Yorkshire' in the University of Sheffield's Cistercians in Yorkshire project.
2. Edward Coleman,'Nasty Habits – Satire and the Medieval Monk', *HistoryToday*, volume 43, issue 6, June 1993, pp. 36–42.
3. Jocelin of Brakelond, *Chronicle of the Abbey of St Edmund's*.

第五章　哲学者

1. 'Breakdown of the Year: Physics Fraud', *Science*, Vol. 298, 20 December 2002, p. 2303.
2. Office of Research Integrity, Annual Report 2001.
3. Jeffrey Burton Russell, *Inventing the Flat Earth: Columbus and Modern Historians* (Greenwood Press, 1997).
4. ニコラス・ホワイトによる論文については http://explorers.whyte.com/row.htm を参照。
5. Vol. 349, Feb 1, 1997.
6. イギリスのＮＨＳ（国民健康保険）急性期トラストの院内感染管理規制によれば、院内感染によって年間五〇〇〇人が命を落としていると推定された。ちなみに、二〇〇二年のイングランドとウェールズにおける交通事故死者は三二〇〇人だった。国家統計局HSQ10DT2

第六章　騎士

1. Georges Duby, *Guillame le Marechal, ou le meilleur chevalier du monde* (Paris, 1984), trans. R. Howard, William Marshal, Flower of Chivalry (New York, 1986), p. 33 – quoted in Kaeuper, p. 280.
2. *The Book of the Ordre of Chyvalry*, trans. W. Caxton, ed. A.T.P. Byles (EETS, 1926 rep. 1971) p. 31. Following quotations: pp. 32, 38.
3. Sarrasin, *Le Roman du Hem*, ed. A. Henry (Brussels, 1939), discussed in Juliet Vale, *Edward III and Chivalry: Chivalric Society and its Context 1270–1350* (Boydell Press, 1982).
4. Jean Froissart, *The Chronicles of Froissart*, trans. by John Bourchier, Lord Berners, ed. G.C. Macaulay (NewYork, 1910).
5. Pietro Azario, 'Liber gestorum in Lombardia', in L.A. Muratori *Rerum Italicarum Scriptores – Storici Italiani* (Bologna, 1939), xvi, iv, p. 128.
6. Matteo Villani, *Cronica* (Florence, 1825–6) v. 259–260.
7. J.Temple-Leader and G. Marcetti, *Sir John Hawkwood* (London, 1889).

8. Francho Sacchetti, *Il trecentonovelle* ed.V. Pernicone (Florence, 1946), pp. 448-9.

第七章　乙女

1. History of William Marshal.
2. H. Leyser, *Medieval Women: a Social History of Women in England 450–1500* (Palgrave Macmillan, 1995), p. 241.
3. *Ibid.*, p. 247.
4. *The Peasant Land Market in Southern England, 1260–1350,* Dr Mark Page, University of Durham.
5. Letter of 1448, *Paston Letters and Papers of the Fifteenth Century*, ed. Norman Davis (Clarendon Press, Oxford, 1971).
6. Calendar of Patent Rolls, Richard II, 2, 103.
7. Leyser, p. 161.
8. *La Querelle de la Rose: letters and documents*, compiled and edited by Joseph L. Baird and John R. Kane, North Carolina studies in the Romance languages and literatures; no. 199 (Chapel Hill: UNC Dept. of Romance languages [distributed by University of North Carolina Press], 1978), pp.129–30.
9. Samantha Riches, *St. George: Hero, Martyr and Myth* (Sutton Publishing, 2001).

第八章　王

1. G.H. Cook, *Old St Paul's Cathedral*, 1955, p. 92: Henry Hart Milman, *Annals of St Paul's*, 2nd ed, 1869, pp. 43–4.
2. Matthew Paris, *Chronica Majora,* pp. 654, 666.
3. Ralph of Coggeshall, *The Barnwell Chronicle*, Roger of Wendover, Gervase of Canterbury, and the *Annals of Margam* and Tewkesbury.
4. William Stubbs (ed.), *Gesta Regis Henrici Secundi* (Roger of Howden) I, p. 292.
5. D. A. Carpenter, Abbot Ralph of Coggeshall's Account of the Last Years of King Richard and the First Years of King John, *English Historical Review,* Nov. 1998.
6. McKisack M., *The Fourteenth Century* (Oxford, 1959), 498.
7. L.C. Hector, 'Chronicle of the Monk of Westminster', *English Historical Review*, 68 (1953), pp. 62–5.
8. Philippe de Mézières, *Letter to King Richard II*, trans. G.W. Coopland (Liverpool, 1975), p. 54.

参考文献

WEB

ネット上で正確な情報を提供しているサイトを探すなら、主要な中世研究サイトを見るのが一番だ。そのひとつがORB（the On-Line Reference Book for Medieval Studies、www.the-orb.net）で、labyrinth（http://labyrinth.georgetown.edu/）では他のサイトも紹介されている。そのほかの書籍や参考文献については、ケンブリッジ大学図書館のウェブサイト（www.lib.cam.ac.uk/）を利用（ホームページからCatalogues へ移動）。

全般

Bolton, J. L., *The Medieval EnglishEconomy, 1150–1500* (Everyman,1980)

Boureau, A., *The Lord's First Night:The Myth of the Droit de Cuissage,*tr. Lydia G. Cochrane (Universityof Chicago Press, 1998)

Britnell, R., *The Closing of theMiddle Ages: England, 1471–1529*(Blackwell, 1997)

Campbell, J., *The Anglo-Saxons*(Cornell, 1982)

DeVries, K., *Medieval MilitaryTechnology* (Broadview, 1992)

Dyer, C., *Standards of Living in theLater Middle Ages: Social Change inEngland c.1200–1520* (CambridgeUniversity Press, 1989)

Gimpel, J., *The Medieval Machine:The Industrial Revolution of theMiddle Ages* (Holt, 1976)

Hanawalt, B., *Growing Up inMedieval London:The Experienceof Childhood in History* (OxfordUniversity Press, 1993)

Horrox, R. E. (ed.), *Fifteenth-Century Attitudes* (CambridgeUniversity Press, 1994)

Keen, M., *English Society in theLater Middle Ages,1348–1500*(Penguin, 1990)

LeGoff, J., *Medieval Civilization,400–1500* (Blackwell, 1989)

ジャック・ル・ゴフ『もうひとつの中世のために　西洋における時間、労働、そして文化』加納修訳、白水社、二〇〇六年

Pollard, A. J., *Late Medieval England,1399–1509*Prestwich, M., *Armies andWarfarein the Midle Ages:The EnglishExperience* (Yale University Press,1996)

Rigby, S. H., *English Society in theLater Middle Ages: Class, Statusand Gender* (Macmillan, 1995)

Stenton, F., *William the Conquerorand the Rule of the Normans*(Barnes & Noble, 1966)

Stock, B., *Listening for theText: Onthe Uses of the Past* (Universityof Pennsylvania Press, 1997)

Thomson, J. A. F., *TheTransformationof Medieval England 1370–1529*(Longman, 1983)

Tuck, A., *Crown and Nobility(1272–1461)* (Fontana, 1985)

Platt, C., *Medieval England:A SocialHistory and Archaeology from theConquest to 1600 AD* (Routledge,1988)

第一章　農民

Allison, K., *Wharram Percy: DesertedMedieval Village* (English HeritagePublications, 1999)

Beresford, M. & Hurst, J., *WharramPercy – Deserted Medieval Village*(Batsford, 1990)

Coulton, G. G., *The Medieval Village*(Dover Publications, 1989)

Dobson, R. B. (ed.), *The Peasants'Revolt of 1381* (Macmillan, 1983)

A・ダイヤー『イギリス都市の盛衰：１４００〜１６４０年』酒田利夫訳、早稲田大学出版部、一九九七年

Hanawalt, B., *The Ties that Bound:Peasant Families in MedievalEngland* (Oxford University Press,1986)

Hatcher, J., Plague, *Population andthe English Economy, 1348–1530*(Macmillan, 1977)

ブリジット・アン・ヘニッシュ『中世の食生活：断食と宴』藤原保明訳、法政大学出版局、一九九二年

Herlihy, D., *Medieval Housholds*(Harvard University Press, 1985)

Hilton R. H. and Aston T. H. (eds.),*The English Rising of 1381* (1984)

Jordan,W. C., *The Great Famine:Northern Europe in the Early-Fourteenth Century* (PrincetonUniversity Press, 1998)

Mollat, M., *The Poor in the MiddleAges:An Essay in Social History*(Yale University Press, 1986)

Newman, R., *Cosmeston MediaevalVillage* (Glamorgan–Gwent-Archaeological Trust, 1988)

Platt, C., *King Death: The BlackDeath and its Aftermath in LatemedievalEngland* (UCL, 1996)

Poos, L.,*A Rural Society after theBlack Death: Essex, 1350–1525*(Cambridge University Press,1991)

Rösener,W., *Peasants in the MiddleAges* (University of Illinois, 1992)

Schmidt, A.V. C. (ed.), *WilliamLangland:The Vision of PiersPlowman:A Complete Edition ofthe B-Text* (Everyman Classics,1987)

Schofield P. R., *Peasant andCommunity in Medieval England,1200–1500* (Macmillan, 2002)

Spufford, P., *Money and its use inMedieval Europe* (CambridgeUniversity Press, 1988)

Webber, R., *Peasants' Revolt:TheUprising in Kent, Essex, East Angliaand London During the Reign ofKing Richard II* (T. Dalton, 1980)

第二章　吟遊詩人

Aubrey, E., *The Music of theTroubadours* (Indiana University-Press, 1996)

Coleman, J., *Public Reading and theReading Public in Late MedievalEngland and France* (CambridgeUniversity Press, 1996)

Daniel, A., *Pound'sTranslations ofArnaut Daniel:AVariorum Editionwith Commentary from UnpublishedLetters* (Garland Science, 1991)

Egan, M.,*The Vidas of theTroubadours*(Taylor & Francis, 1984)

Gaunt, S. & Kay, S. (eds.), *TheTroubadours:An Introduction*(-Cambridge University Press, 1999)

Green, R. F., *Poets and Princepleasers:Literature and the English Court inthe Late Middle Ages* (Universityof Toronto Press, 1980)

Hueffer, F., *TheTroubadours:A Historyof Provençal Life and Literature inthe Middle Ages* (Ams Press, 1977)

Jensen, F., *Troubadour Lyrics:ABilingual Anthology,* Studies in theHumanities,Vol 39 (Peter LangPub. Inc., 1998)

Paden,W. D., *TheVoice of theTrobairitz: Perspectives on theWomenTroubadours* (Universityof Pennsylvania Press, 1989)

Page C., *Discarding Images: Reflectionson Music and Culture in MedievalFrance* (Oxford University Press,1993)

Page C., *The Owl and theNightingale: Musical Life and Ideasin France 1100–1300* (Universityof California Press, 1989)

Paterson, L. (ed.), *TheWorld of theTroubadours: Medieval OccitanSociety, c.1100–1300* (CambridgeUniversity Press, 1995)

Putter,A. & Gilbert, J. (eds.), *TheSpirit of Medieval Popular Romance*(Longman, 2000)

Schulman, N. M., *WhereTroubadoursWere Bishops:The Occitania of Folc ofMarseille, 1150–1231* (Routledge,2001)

Southworth, J., *The English MedievalMinstrel* (Boydell Press, 1989)

Topsfield, L.T., *Troubadours and Love*(Cambridge University Press,1975)

Wilkins, N., *Music in the Age ofChaucer* (Rowman & Littlefield,1979)

第三章　無法者

Bellamy, J. G.,'The Coterel Gang:an Anatomy of a Band ofFourteenth-century Criminals',*English Historical Review*, vol. 79,(1964), pp. 698–717Bellamy, J. G., *Crime and PublicOrder in England in the LaterMiddle Ages* (Routledge, 1973)

S・B・クライムズ『中世イングランド行政史概説』小山貞夫訳、創文社、一九八六年

Hanawalt, B. A.,'Ballads andBandits. Fourteenth-CenturyOutlaws and the Robin HoodPoems' in *Chaucer's England*, ed.Barbara A. Hanawalt (Universityof Minnesota Press, 1992)

Hanawalt, B. A., *Crime and Conflictin English Communities*

1300–1348(Harvard University Press, 1979)
J・C・ホウルト『ロビン・フッド：中世のアウトロー』有光秀行訳、みすず書房、一九九六年
Johnston, A. F.,'The Robin Hoodof the Records' in *Playing RobinHood.The Legend as Performancein Five Centuries*, ed. Lois Potter(University of Delaware, 1998)
Jusserand, J. J., *EnglishWayfaringLife in the Middle Ages*, (Methuen,1961) Part I, ch. iii; Part II, ch. iiiKeen, M., *The Outlaws of MedievalLegend*, revised paperback edn.(Routledge & Kegan Paul, 1987)
Knight, S., *Robin Hood.A CompleteStudy of the English Outlaw*(Blackwell, 1994)
Musson,A., *Medieval Law in Context:The Growth of Legal Consciousnessfrom Magna Carta to the Peasants'Revolt* (Manchester UniversityPress, 2001)
Powell, E., *Kingship, Law andSociety: Criminal Justice in theReign of HenryV* (Clarendon Press,1989)
Seal, G., *The Outlaw Legend.A CulturalTradition in Britain,America and Australia* (CambridgeUniversity Press, 1996)
Spraggs, G., *Outlaws and Highwaymen.The Cult of the Robber inEngland from the Middle Ages tothe Nineteenth Century* (Pimlico,2001)
Stones, E. L. G.,'The Folvilles ofAshby–Folville, Leicestershire,and their associates in crime,1326–1347', *Transactions of theRoyal Historical Society*, 5th series,vol. 7 (1957), pp. 117–36Summerson, H.,'The CriminalUnderworld of Medieval England',*Journal of Legal History*, vol. 17, no.3 (December, 1996), pp. 197–224Wiles, *The Early Plays of RobinHood* (Brewer, 1981)
Wilkinson, B., *Constitutional Historyof England in the Fifteenth Century(*1964)

第四章　修道士

Brown, P., *The Cult of the Saints:Its Rise and Function in LatinChristianity* (Chicago UniversityPress, 1981)
Burton, J., *Monastic and ReligiousOrders in Britain 1000–1300*(Cambridge University Press, 1994)
Burton, J., *The Monastic Order inYorkshire, 1069–1215* (CambridgeUniversity Press, 1999)
Butler, L. & Given-Wilson, C.,*Medieval Monasteries of GreatBritain* (Michael Joseph, 1979)
Daly, J., *Benedictine Monasticism: ItsFormation and Development Throughthe 12th Century* (Sheed andWard,Inc., 1965)
Evans, J., *Monastic Life at Cluny910–1157* (Oxford UniversityPress, 1968)
Greene, J. P., *Medieval Monasteries*(Leicester University Press, 1992)

Grundmann, H., *Religious Movementsin the Middle Ages:The HistoricalLinks between Heresy, the MendicantOrders, and theWomen's ReligiousMovement in theTwelfth andThirteenth Century* (Notre Dame,1995)

Haigh. C. A., *English Reformations*(Clarendon Press, 1993)

Hill, B. D., *English CistercianMonasteries and Their Patrons in theTwelfth Century* (University ofIllinois Press, 1968)

シェリンダン・ギリー、ウィリアム・J・シールズ編『イギリス宗教史：前ローマ時代から現代まで』、指昭博、並河葉子監訳、法政大学出版局、二〇一四年

Hudson, A., *The PrematureReformation:WycliffiteTexts andLollard History* (Clarendon Press,1989)

Knowles, D., *The Monastic Ordersof England* (Cambridge, 1963)

Lawrence, C. H., *MedievalMonasticism: Forms of MedievalReligious Life inWestern Europe inthe Middle Ages* (Longman, 1989)

Leclercq, J., *The Love of Learningand the Desire for God:A Study ofMonastic Culture* (Fordham, 1961)

第五章　哲学者

Alington, G., *The Hereford MappaMundi:A Medieval View of theWorld* (Gracewing, 1996)

Burckhardt,T., *Alchem: Science ofthe Cosmos, Science of the Soul*(Fons Vitae, 1997)

Burland, C., *The Arts of theAlchemists* (Ams Press, 1989)

Coudert,A.,*Alchemy: the Philosopher'sStone* (Wildwood Ho., 1980)

Erlande-Brandenburg, A., *TheCathedral Builders of the Middle-Ages* (Thames and Hudson, 1995)

Getz, F., *Medicine in the EnglishMiddle Ages* (Princeton UniversityPress, 1998)

Henwood, G., *Abbot Richard ofWallingford: Fourteenth CenturyScholar, Astronomer and InstrumentMaker* (Pie Powder Press, 1988)

スタニスラス・クロソウスキー・デ・ロラ『錬金術：精神変容の秘術』種村季弘訳、平凡社、二〇一三年

Moffat, B., *The sixth report onresearches into the medieval hospitalat Soutra, Scottish Borders/Lothian,Scotland* (SHARP)

Read, J., *Prelude to Chemistry*(MIT Press, 1966)

Russell, J. B., *Inventing the Flat Earth:Columbus and Modern Historians*(Greenwood Press, 1997)

リン・ホワイト・Jr、リン・ホワイト・Jr『中世の技術と社会変動』内田星美訳、思索社、一九八五年

第六章　騎士

Anglo, S. (ed.), *Chivalry in theRenaissance* (Boydell, 1990)

Barber, R. and Barker, J.,*Tournaments: Jousts, Chivalry and-*

Pageants in the Middle Ages(Boydell Press, 1989)

Barker, J., *TheTournament inEngland 1100–1400* (BoydellPress, 1986)

Barron,W. R. J., *English MedievalRomance* (Longman, 1987)

Benson, L. D.,'Courtly Love andChivalry in the Later Middle-Ages', *Fifteenth-Century Studies:Recent Essays*, ed. Robert F.Yeager(Connecticut, 1984)

Benson, L. D. and Leyerle J. (ed.),*Chivalric Literature: Essays onrelations between literature and life inthe later Middle Ages* (Kalamazoo:Institute, 1980)

Burnley, D., *Courtliness and Literaturein Medieval England* (Longman,1998)

Chickering, H. and Seiler T. H.,(eds.), *The Study of Chivalry:Resources and Approaches*(Kalamazoo Institute, 1988)

Contamine, P.,*War in the MiddleAges,* tr. Michael Jones (Blackwell,1984)

Donaldson, E.T.,'The Myth ofCourtly Love' (1965). Reprintedin *Speaking of Chaucer* (Athlone,1970)

Gies, F., *The Knight in History*(Robert Hale, 1984)

マーク・ジルアード『騎士道とジェントルマン：ヴィクトリア朝社会精神史』高宮利行、不破有理訳、三省堂、一九八六年

Jones,T. and Ereira, A., *Crusades*(BBC Books, 1994)

Jones,T., *Chaucer's Knight:The Portraitof a Medieval Mercenary* (BatonRouge, 1980)

Keen, M.,'Chaucer's Knight, theEnglish Aristocracy and theCrusade', *English Court Culturein the Later Middle Ages*, ed.V. J.Scattergood and J.W. Sherborne(Macmillan, 1983)

Keen, M., *Chivalry* (Yale UniversityPress, 1984)

Lester, G. A.,'Chaucer's Knightand the Medieval Tournament',*Neophilologus* 66 (1982): 460–8Lewis, C. S., *The Allegory of Love:A Study in MedievalTradition*(Oxford University Press, 1936)

Loomis, R. S. (ed.), *ArthurianLiterature in the Middle Ages*(-Clarendon, 1965)

Lull, R., *The Book of the Ordre ofChyualry*, tr.William Caxton, ed.Alfred T. P. Byles, EETS o.s. 168(London, 1926)

Mayer, H. E., *The Crusades*, tr. JohnGillingham, 2nd edn (OxfordUniversity Press, 1988)

Prestwich, M.,*Armies andWarfarein the Middle Ages:The EnglishExperience* (Yale University Press,1996)

Riley-Smith, J. (ed.), *The OxfordIllustrated History of the Crusades*(Oxford University Press, 1995)

Riley-Smith, L. and J. (eds.), *TheCrusades: Idea and Reality, 1095–1274*, Documents of MedievalHistory 4 (Edward Arnold, 1981)

Russell, F. H., *The JustWar in theMiddle Ages* (CambridgeUniversity Press, 1975)

Tyerman, C., *England and theCrusades 1095–1588* (Universityof

Chicago Press, 1988)
Vale, J., *Edward III and Chivalry:Chivalric Society and its Context,1270–1350* (Brewer, 1982)
Vale, M.,*War and Chivalry:Warfareand Aristocratic Culture in England,France, and Burgundy at the End ofthe Middle Ages* (University ofGeorgia Press, 1981)
Wilson, D., *The BayeuxTapestry:The CompleteTapestry in Colourwith Introduction, Description, andCommentary* (Thames andHudson, 1984)

第七章　乙女

Barratt, A. (ed.),*Women's Writing inMiddle English* (Longman, 1992)
Collis, L., *Memoirs of a MedievalWoman:The Life and the Times ofMargery Kempe* (Harper ColophonBooks, 1983)
Delany, S., *WritingWoman:WomanWriters andWomen in Literature,Medieval to Modern* (SchockenBooks, 1983)
Ennen, E.,*The MedievalWoman*(Blackwell, 1989)
Gies, F. and J.,*Women in the MiddleAges* (Barnes and Noble, 1980)
Gilson, E., *Heloise and Abelard*(Regnery, 1951)
Goldberg, P. J. P.,*Women,Work andLife-Cycle in a Medieval Economy:Women inYork andYorkshirec.1300–1520* (Oxford, 1992)
Harksen, S.,*Women in the MiddleAges*, tr. Marianne Herzfeld(A. Schram, 1975)
Harris, C. & Johnson, M.,*Figleafing through History:TheDynamics of Dress* (Atheneum,1979)
Houston, M. G., *Medieval Costume inEngland and France* (A & C Black,1979)
Irigaray, L., *This Sex Which is NotOne* (Cornell, 1985)
Jewell, H.,*Women in MedievalEngland* (Manchester University-Press, 1996)
Kamuf, P., *Fictions of FeminineDesire: Disclosures of Heloise*(University of Nebraska Press,1982)
Kelly, A., *Eleanor of Aquitaine and theFour Kings* (Harvard, 1950)
Kors,A. and Peters E. (eds.),*Witchcraft in Europe, 1100–1700:A Documentary History*(Pennsylvania, 1972)
Labarge, M.W.,*Women in MedievalLife:A Small Sound of theTrumpet*(Hamilton, 1986)
Leyser, H., *MedievalWomen:A SocialHistory ofWomen in England 450–1500* (St. Martin's Press, 1995)
Lucas, A. M.,*Women in the MiddleAges: Religion, Marriage, and Letters*(Harvester Press, 1983)
Meale, C. M. (ed.),*Women andLiterature in Britain, 1150–1500*(Cambridge University Press,1993)
Painter, S., *William Marshall:Knight-Errant, Baron & Regent*

ofEngland (Toronto/MART Series,1982)

M・プライア編『結婚・受胎・労働：イギリス女性史 １５００～１８００』、三好洋子編訳、刀水書房、一九八九年

Prior, M. (ed.),*Women in EnglishSociety, 1500–1800* (Methuen,1985)

Richards, E. J. (ed.), *ReinterpretingChristine de Pizan* (University ofGeorgia Press, 1992)

Rose, M. B. (ed.),*Women in theMiddle Ages and the Renaissance:Literary and Historical Perspectives*(Syracuse University Press, 1986)

Shulamith, S., *The Fourth Estate:A History ofWomen in the MiddleAges* (Methuen, 1983)

Thiebaux, M. (ed.), *The Writings ofMedievalWomen* (Garland, 1987)

Ward, J. (ed. and tr.),*Women of theEnglish Nobility and Gentry1066–1500* (ManchesterUniversity Press, 1995)

Wilson, Katharina M. (ed.),*MedievalWomen Writers*(University of Georgia Press,1984)

第八章　王

Brown, A. L., *The Governance ofLate Medieval England, 1272–1461*(London, 1989)

Carpenter, C., *TheWars of theRoses: Politics and the Constitutionin England, c.1437–1509*(Cambridge, 1997)

Condon, M. M.,'Ruling elitesin the reign of Henry VII' in*Patronage, Pedigree and Power inLater Medieval England*, ed. C. D.Ross (Gloucester, 1979)

Gillingham, J., *Richard I* (YaleUniversity Press, 1999)

Given-Wilson, C., *The RoyalHousehold and the King's Affinity:Service, Politics and Finance inEngland, 1360–1413* (YaleUniversity Press, 1986)

Goodman, A. and Gillespie, J. (eds.),*Richard II:The Art of Kingship*(Oxford University Press, 1999)

Harriss, G. L., 'Political Society andthe Growth of Government inLate Medieval England', *P&P*, 138(1993)

Harriss, G. L. (ed.), *HenryV: thePractice of Kingship* (Oxford, 1985)

Horrox, R., *Richard III: a Study ofService* (Cambridge UniversityPress, 1989)

McFarlane, K. B., *Lancastrian Kingsand Lollard Knights* (OxfordUniversity Press, 1972)

Ormrod,W. M., *Political Life inMedieval England, 1300–1450*(Macmillan, 1995)

Ormrod,W. M., *The Reign of EdwardIII* (Yale University Press, 1990)

Ross, C. D., *Edward IV* (YaleUniversity Press, 1974)

Saul, N., *Richard II* (Yale UniversityPress, 1997)

Scattergood,V. J. & Sherborne, J.W.(eds.), *English Court Culture in theLater Middle Ages* (DuckworthPress, 1983)

Watts, J. L., *Henry VI and the Politicsof Kingship* (Cambridge UniversityPress, 1996)

Waugh, S. L., *England in the Reign ofEdward III* (Cambridge UniversityPress, 1991)

◆著者

テリー・ジョーンズ（Terry Jones）

イギリスの作家、歴史学者。中世イングランドに関する一般書のほか、児童書の執筆を行なっている。コメディー・グループ「モンティ・パイソン」のメンバーおよび脚本家として知られ、俳優、映画監督、テレビ・ラジオの番組制作者としても活躍。

邦訳書に『いたずら妖精ゴブリンの仲間たち』（井辻朱美訳、東洋書林、2001年）、『騎士見習いトムの冒険（1）（2）』（斉藤健一訳、ポプラ社、2004·2005年）などがある。

アラン・エレイラ（Alan Ereira）

テレビ・ラジオの歴史番組のプロデューサーおよび脚本家として、40年以上にわたって活躍し、受賞歴もある。テリー・ジョーンズとは数々の歴史映画を共同制作しているほか、*Crusades*（テリー・ジョーンズとの共著）をはじめ、*The People's England*、*The Invergordon Mutiny*、*The Heart of the World* などの著書がある。

◆訳者

高尾菜つこ（たかお・なつこ）

1973年生まれ。翻訳家。南山大学外国語学部英米科卒業。訳書に、『新しい自分をつくる本』、『バカをつくる学校』（以上、成甲書房）、『アメリカのイスラエル・パワー』、『「帝国アメリカ」の真の支配者は誰か』（以上、三交社）、『図説 イギリス王室史』、『図説 ローマ教皇史』、『図説アメリカ大統領』、『図説 砂漠と人間の歴史』、『レモンの歴史』、『ボタニカルイラストで見るハーブの歴史百科』、『図説 金の文化史』（以上、原書房）がある。

カバー画像提供　SPL/ PPS 通信社
Tarker/ PPS 通信社

中世英国人《ちゅうせいえいこくじん》の仕事《しごと》と生活《せいかつ》

●

2017年3月30日　第1刷

著者……………テリー・ジョーンズ
　　　　　　　　アラン・エレイラ
訳者……………高《たか》尾《お》菜《な》つこ
装幀……………川島進
発行者……………成瀬雅人
発行所……………株式会社原書房
〒160-0022 東京都新宿区新宿 1-25-13
電話・代表　03(3354)0685
http://www.harashobo.co.jp/
振替・00150-6-151594
印刷・製本……………図書印刷株式会社

ISBN 978-4-562-05392-6, printed in Japan